PIRATE
海贼王

[美]霍华德·派尔/著
HOWARD PYLE
梦迪 /译

新世界出版社
NEW WORLD PRESS

序 言

如果把现代文明比作布丁，把邪恶比作面粉里的调味料，那么为什么往面粉里加调味料并没有让布丁产生令人讨厌的味道呢？还有另外一个问题：在英雄史诗中，海盗为什么一直散发着某种可怕的魔力呢？在文化积淀的残骸中，是否存在支撑这些旧式野蛮人的潜在根基？在现代井然有序的法治社会中，我们的精神家园是否还保留着没有被驯化的野性，不停地对抗着法律与秩序？为了更清楚地表达我的观点，下面我举一个例子：每个男孩，不管是出于什么想法，不是都愿意当海盗船长，而不愿意当国会议员吗？我们不也宁愿去读艾弗里船长俘虏东印度运宝船，赢得美丽公主和无数的珠宝的故事，而不愿去听阿特伯瑞主教的布道或者去读大师罗伯特·波义耳的宗教浪漫史《提奥多拉和迪戴姆斯》吗？我们可以这么理解，大多数人罪恶深重的本性是这个问题的唯一答案。

每当读到勇敢威猛的纳尔逊指挥战役的故事时，我们都会心潮澎湃、热血沸腾。但是，虽然他们英勇冒险的故事引人入胜，我想，大多数人还是宁愿翻过这一页历史，去阅读英国航海家弗兰西斯·德雷克在南海擒获西班牙运宝船的故事。人们肯定想看一看他是如何在盘岛上瓜分那一大堆金银财宝的。盘岛这个名字源于海盗们分赃的器皿，因为掠夺的珠宝太多难以计量，因此海盗们只好用夸脱盘来分赃。

勇敢和大胆，不论多么疯狂，多么不虔诚，总是能够激发任何一个地位卑贱的人心中潜在的罪恶。毫无疑问，他拥有不顾一切的勇气，他反抗文明社会中所有法律和秩序所造成的不平等，而正是这些造就了一位屹立于骷髅旗下的深受大众喜爱的英雄。但是，他的形象之所以深入人心，并不仅仅是因为他的勇敢，也许还有一个更大的原因，那就是对财宝的渴求；正是后者，使我们深深地沉溺于在海岛上瓜分财宝的故事中。在故事的前半部分里，海盗们瓜分完财宝以后，把这些非法获得的财宝埋藏于热带海滩的沙地中，然后撤回岛上隐居起来，等待着挥霍多布隆的时机到来。一旦时机来临，他们就可以在文明社会中像个贵族一样挥霍金钱，奢侈地生活。他们可不想一直穿越于险象环生的珊瑚礁中，重复着努力摆脱奉命追捕他们的舰队的惊悚经历！

那真是充满冒险的人生啊！一个必须始终保持警惕、一直处于危险境地、不停地逃亡的人生！他是海上的以实玛利人，永远漫无目的、无家可归地在海上漂荡，有的时候会无声无息地消失好几个月；有的时候会在荒无人烟的海岸上清洗船只；有的时候会突然扑向商船，持枪疯狂地扫射。他大吼着、咆哮着，放肆地释放激情，大肆地破坏！他是卡莱尔人的英雄！在他的背后，充斥着鲜血、欲望、战火和掠夺！

18世纪初，海盗行为十分盛行，这段时期是海盗的黄金时期。当然，海盗行为并不是在这一时期突然产生的，而是由16世纪半合法性质的海上掠夺行为逐渐演化而来的。从某种意义上说，当时的海盗行为是由于英国都铎王朝时期无组织，并且不被官方认可的战争演化而来的。

早在英国女王伊丽莎白时代，那些反西班牙的冒险战争就带有一些海盗色彩。许多冒险家，比如弗兰西斯·德雷克一伙人，实际上多次逾越了国际法的界限，实施了许多具有海盗行为的行动。虽然官方并不认可他们的行为，但是也没有因为他们在国内或者在西印度群岛，对西班牙商船的掠夺行为而对其进行惩罚或者申斥，相反，却对他们加以赞扬。在那个所谓的和平年代，依靠掠夺西班牙商船发家致富并不是什么丢人的事儿。伦敦许多赫赫有名的市民和商人都认为女王没有尽到自己的职责与力量强大的天主教势力作战，于是就自行组织舰队，展开了反抗教皇军队的新教徒战争，这种战争的本质就是海盗行为，只不过是打着打击天主教的名义而已。

通过这些冒险行动，海盗们攫取了数量惊人、令人惊叹不已的财宝。比如，人们很难相信德雷克在南海被俘的著名运宝船那里“买”到的战利品的数量。

过了一个世纪以后，有一位古老的海盗作家写道：“西班牙人现在可以肯定，当时每位海盗分到了240吨金银餐具和16碗金币（总共有45个海盗）。由于这批财宝数量过于庞大，海盗船上根本无法全部装下，因此，他们不得不把许多财宝扔到了大海里。”

可能这是作者和西班牙官方在夸大其词，但是这其中包含的事实确实可以证明，在那个时代胆大妄为的人们“购买”（海盗们称之为“购买”）到的巨大财富都是抢夺过来的。在西方世界中，到处可以看到旧时代这些勇敢的航海家们的名字，他们驾驶着几百吨载重的小型铁皮船，穿越茫茫大海，一方面是为了探索未知海域；更关键的一方面，是为了追寻西班牙人的财宝。这些人包括：弗罗比舍、戴维斯、德雷克等。

在这场反对西班牙天主教徒的左翼战争中，毫无疑问，许多冒险家不但受到了清教徒式严格的加尔文主义的煽动，而且还受到了“天主教异教徒”金银财宝的吸引。因此，他们保持着持久的热情，勇敢地穿越一直延伸到日落处的辽阔而神秘的未知海域。在那些遥远的海域里，他们不断地攻击那些穿梭在加勒比海面或者通过巴哈马海峡的巨大而笨重的运宝船，因而掠夺到了巨额的财宝。

在所有骇人听闻的残酷事件中，旧时代的宗教战争是最可怕、最骇人听闻的。今天的人们很难去相信那个时代所发生的那些冷酷凶残的残暴事件。在当时，死亡通常是俘虏所受到的最轻的惩罚。西班牙人捉到英国人的时候，会把俘虏交给宗教裁判所，估计世人都知道这将意味着什么。而英国人捕获到西班牙船只的时候，就会百般折磨俘虏，要么是为了报复，要么是为了逼迫他们说出埋藏宝藏的地方。在这种以暴制暴的过程当中，我们很难说清楚在折磨受害者的时候，是盎格鲁撒克逊人表现得更为老练，还是拉丁人。

例如，科巴姆在比斯开湾俘虏了西班牙船只，在对方停止抵抗的情况下，他还是命令船员把敌方的将领、船员以及船上的每一个西班牙人，不论有没有携带武器，全部裹到主帆里缝起来，然后扔到大海里。几天之后，海水把那个主帆冲到岸边，人们在里面发现了二十多具尸体。

当然，血债血偿，这些行为无一例外地得到了报复。后来，许多无辜的生命都用来偿还了残忍的科巴姆欠下的血债。

任何行为都没有比这些更接近海盗行为的了。不过，前面已经提到过，这些海盗行为，虽然没有得到法律的准许，但是官方对此基本上睁一只眼闭一只眼，因为很多德高望重的人也参与了这些行动。

渐渐地，新教和天主教之间的矛盾有了缓和，不过离结束宗教战争还尚有些时日，但是当白刃出鞘的时候，剑鞘不会再被抛得远远的了。之后，便是一段有名无实的和平期，不再值得尊重的一代崛起——人们可以说这是一种责任——他们按照一种新的方式与敌国交战，那就是尽量使自己的国土免受战火的侵袭。仇恨的种子已经播下，人们已经证明了向西班牙实施海盗行为是可行的，自己的国家不会因此遭受一点儿损失。鲜血横流，暴行肆虐，人们沉溺其中不能自拔，他们对鲜血和暴行的渴望凌驾于一切欲望之上。

尽管在自己的国土上，西班牙可以得到和平与安宁，但是在西印度群岛，它却始终处于战争状态，不停地与英国、法国、荷兰等国交战。对它而言，要想屹立于新大陆之上，就必须面临这种生与死的抉择。当时，西班牙国内经济萧条，经历了大改革的全面动荡，因此国力大大削弱，面临崩溃的边缘。美洲是它的藏宝箱，它希望在那里可以让自己四处漏裂的钱袋装满金银珠宝。于是，它竭尽全力、拼命挣扎，想让属于自己的美洲财产与世隔绝。然而，这只不过是白费力气，它所倚仗的旧秩序已经倒塌，并且永远崩溃了。但是，它仍然执着地与命运作最后的抗争，于是，在热带美洲，它与全世界爆发了一场长期的战争。因此，当海盗在西班牙海域销声匿迹很久以后，又出现在遥远的海域，以永不衰退的活力纠集非法的暴力分子，在所有新开垦的领域里四处肆虐。在这里，唯一的法律就是违法；在这里，力量就是正义；在这里，只有割开别人的喉咙才能活下去。

目录

CONTENTS

海上恶魔

就在伊斯帕尼奥拉岛（海地岛）古老陆地的西北海岸上，也就在我们今天所说的圣多明各（多米尼加首都），有一个奇异的小岛被一条大约五六英里宽的狭窄水道与大陆分离开来，这个小岛从中间隆起，从远处看形状非常像海龟，因此得名海龟岛。这个小岛长约二十英里，宽约七八英里。它非常小，在地图上看的话，一个针头就可以覆盖了它。然而，这里却是熊熊火焰的中心，人类的邪恶、无情和欲望都在这里嘶吼着，从烈火的中心地带——这个小岛肆虐开来，向西班牙统治下的西印度群岛传播着恐怖和死亡的信息，从圣奥古斯丁到特立尼达岛，从巴拿马到秘鲁海岸。

大约在17世纪中期，一些法国探险家从圣克里斯多佛岛扬帆起航，乘坐大帆船和大平底船向西部进发，开始了寻找新大陆的历程。看到“满载欢乐”的伊斯帕尼奥拉岛，他们便登陆了，通过这个小岛，他们进入了内陆，在那里发现了数量巨大的野牛、野马和野猪。

从西印度群岛返回欧洲的途中，船队需要各种补给，而食物，特别是鲜肉在当时的西班牙海域群岛非常珍贵，因此，如果把保存的牛肉和猪肉卖给要返回家乡的船队，将会获得非常丰厚的利润。

伊斯帕尼奥拉岛的西北海岸位于古巴岛与大巴哈马海岸之间的旧巴哈马海峡的东部出口处，几乎正处在海上航行的主航道上。法国的航海先驱们很快就发现，从这里不费分文就能捕捉到野牛，将来在他们的鲜肉市场上将获得双倍利润。于是，他们驾着各种各样的船只冲上了伊斯帕尼奥拉岛，像一群蚊子一样聚集在这个岛的整个西海岸。他们安营扎寨，花费大量时间捕捉野牛，腌制肉食，然后过着放荡的生活，把赚的钱挥霍掉。在西班牙人的西印度群岛上，从来就不缺少奢侈浪费的机会。

刚开始的时候，西班牙人根本不把个别旅行劳累的法国人当回事儿，只不过认为他们因为长途旅行筋疲力尽，不得不射杀一两头野牛来保持体力和精力而已。但是，当法国人由几个人变成几打人，由几打人变成几十个人，由几十个人变成上百人的时候，西班牙人发现事态愈加严重，完全不像自己先前想象的那样，于是，岛上的原始定居者开始牢骚满腹，直至口出怨言，变得非常愤怒。

但是这些制作腌肉的人可从来不关注这个，他们所操心的是比起大陆来，这里缺少更为便利的运输据点。

不过，很快这种情况便得到了改善。一群猎人冒险穿过了大陆与海龟岛之间的狭窄海峡，在那里发现了他们梦寐以求的东西：一个地理位置非常优越的港口，它正好位于旧巴哈马海港与上风海峡的交界处，至少五分之四的从西班牙到印度的船都要经过这个港口。

这个岛上原本已经有了一些西班牙人，但是他们的个性都非常温顺，也乐于和这些陌生人交朋友。后来，越来越多的法国人穿过狭窄的海道，聚集在这里，在这里建起无数的牛肉加工坊，不停地把他们从邻岛上猎杀的野牛制成牛肉，最后法国人在岛上泛滥成灾。直到此时，这里的西班牙人才意识到，他们就像大岛上的西班牙人一样，已经难以控制这个岛上的局势了。

于是，有一天，半打手持武器的西班牙人乘坐船只来到了海龟岛，他们从岛后登陆，把法国人打得落花流水、溃不成军，然后将他们赶到了密林中或者猎人打猎前用石块垒起的据点中。那天晚上，面对取得的胜利，西班牙人欢呼雀跃，疯狂庆祝，喝得酩酊大醉、不醒人事。而被打败的法国人只好划着小船灰溜溜地回到了大陆上，海龟岛再次回到了西班牙人的手中。

虽然西班牙人把讨厌的陌生侵略者赶出了海龟岛，但是他们并没有满足于这点儿小小的胜利，在为这轻而易举得来的成功欢欣鼓舞的同时，他们也下定决心沿着伊斯帕尼奥拉岛一路直上，赶走所有的法国人，不留下一个制作腌肉的人。曾经有一段时间，他们的行动进展得非常顺利，因为每一个法国猎人都是单枪匹马在丛林中活动，除了身边跟着的半驯化的狗以外，没有一个伴儿，因此，当两三个西班牙人遇到一个法国人的时候，这个法国人几乎不可能再次走出丛林，就算侥幸逃出，也是狼狈不堪的样子。

但是，接下去，西班牙人的这种胜利却为他们带来了灾难。因为这些制作腌肉的人开始联合起来进行自卫，形成了非法者与非法者的奇异组合。他们之间的联系非常紧密，关系非常密切，就连夫妻关系也无法与他们之间的这种关系相提并论。两个制作腌肉的法国人结成联盟以后，就会签订条约，订下结盟的条款，把两个人的财产结合在一起，然后走进丛林等待运气的降临。之后，他们两人的关系就越来越好，仿佛变成了一个人，他们同吃、同住、同睡，同甘共苦。除非其中一个人死去，否则是无法将这两个人分开的。如果是这样的话，幸存者将继承亡者的所有财产。因此，西班牙人所面对的情形完全变了，那两个结合起来制作腌肉的人完全不顾性命，他们眼明手快，目标明确，有着不达目的绝不罢休的决心，这样两个人的力量就能顶上半打西班牙人的力量。

渐渐地，越来越多的法国人为了自卫组织起来，等到他们变得越来越强大之后，便开始采取攻势，主动向西班牙人发起进攻。法国人再次登上了海龟岛，现在两者的位置换了过来，西班牙人就像惊弓之鸟一样逃离海龟岛，而法国人则为胜利欢呼。

站稳脚跟后，法国从圣克里斯多佛岛派来一位名叫巴瑟赫的地方长官来管理海龟岛。因此，海龟岛的防务工作得到了加强，殖民者从各处涌了进来，里面包括很多奇怪可疑的男女。据说，制作腌肉的人认为一只利马豆的价值不亚于一枚西班牙金币，因而，对于妓院和酒馆的老板来说，这里可是一个收获金币、大把赚钱的好地方。此时，这个小岛已经完全成为了法国人的地盘。

海龟岛上的法国人通过有秩序的合法贸易，从驶向国内的船只那里赚到了无数的钱财，他们心满意足，对未来充满希望。但是，皮埃尔·勒格朗对此却并不满足，他率先开辟了利用海盗行为掠夺财富的先河，比起他们过去所从事的传统的半正义的贸易，这种赚钱方式要快捷、容易得多。

皮埃尔·勒格朗纠集了另外28个和他一样勇敢、不计后果的伙伴，弄了一只小得几乎无法容纳全部人员的小船，勇敢地驶进了大海，迎着风浪驶入了加勒比海。他们在那里等待着一个值得冒险的战利品。

一段时间内，运气似乎一直与他们作对，他们一无所获，而且食物与水的供给也越来越少，这样下去他们只有饿死，或者灰头土脸地返回老家，似乎除此之外别无选择。就在这种极度困窘的危急关头，他们看到了一只从同航线船队中落单的西班牙船只。

海盗们看到的这只船也许原本是一只大船附载的大艇，船上的西班牙人数是海盗人数的一到三倍。皮埃尔和他的伙伴们虽然只装备着手枪和弯刀，但这对于他们来说是一次机会，或许也是唯一一次机会。他们决定拿下这艘西班牙船只，否则就在战斗中死去，不成功，便成仁。晚上，海盗们接近了西班牙船只，皮埃尔命令船医在大家离开的时候毁掉自己的船。他们从船的侧面爬了上去，一手拿枪，一手拿刀冲上了甲板。西班牙人对此毫无察觉，因为他们对自己的船只信任无比。此时，一帮海盗冲进了军械库，抢到了武器和弹药，杀掉了所有挡住他们去路和企图反抗的西班牙人。另一帮海盗则紧跟皮埃尔冲进了大船舱。当时，船长和几个朋友正在玩牌，对此毫无防备，皮埃尔一个箭步冲上去，把枪抵在了他的胸前，命令他交出船只。在投降和死亡之间，西班牙人选择了投降。通过这次行动，海盗们获得了丰厚的战利品。

不久，这场伟大的壮举连同他们获得巨额财富的消息，传到了海龟岛和伊斯帕尼奥拉岛上那些制作腌肉的人们的耳朵里。海盗们的壮举引起了巨大的骚动和震撼，整个岛上都沸腾了！于是，猎捕野牛和制作腌肉立刻不再受欢迎，人们唯一想做的事情就是掠夺他人的财富，成为海盗。因为这将意味着会有丰厚的回报，或许还有更美妙的事情等着他们！

很快，海盗行为取代了他们所有的正常商业交易，成为了他们的日常事务。船长和船员之间达成协议，签订条款。别的合作者们也都签订了秘密合同。

在每个行业中，总是有人成功、有人失败。海盗行业也遵循了这个法则，有的海盗声名显赫，他们的名字流传至今；而有的海盗的名字则随着时间的流逝，慢慢失去了光彩，消逝在人们的记忆中。

尝到甜头以后，皮埃尔·勒格朗带着26个暴徒，雄心勃勃地冲进了南美洲海域的“珍珠”舰队中间，向船上的海军中将发起了进攻，俘虏了他们的船只。尽管那艘船上有8门大炮，60个人驾驶，但仍然难逃厄运。本来海盗们可以安全地带走那艘船，但是等到开船的时候，船的主桅杆却倒了下来，因此他们虽然追上了船，但是很多战利品却从手边溜走了。

尽管两只舰队面对的只是26个幸存的海盗，但是，西班牙人却并没有将他们赶尽杀绝，而是与海盗们达成了协议，因此，皮埃尔和他的手下毫发无损地离开了战场。

葡萄牙人巴塞洛缪的名字更值得一提。他与30个同伙驾着一只小船在海上航行，遇到了从科连特斯海峡驶出的一只大船，据说，这只船上当时有70个人。

他们对大船发起了一次又一次的进攻，尽管屡遭失败，但是他们锲而不舍，仍然坚持着，不断重新组织力量进攻。最终，船上幸存的50个西班牙人向活着的20个海盗缴械投降。后来，这些浑身沾满鲜血的海盗们像魔鬼一样冲上了西班牙人的甲板，将他们一一拿下。

后来，西班牙人伺机又组织战斗，重新夺回了自己的船只，而巴塞洛缪在一系列不可思议的冒险中总能虎口脱险、平安逃生。不久，他又组织了另一支冒险队伍。在某个夜晚，他再次遇到了那只曾经从他手上逃脱的船只。巴塞洛缪趁船在坎佩切湾抛锚的时候，冒着炮火，没费一兵一卒，轻而易举地再次擒获了这只船。不久，在松树岛附近，他遭遇了一场恶战并在战斗中失去了这艘船。但是，他在战斗中的英勇表现却使他从此声名显赫。

还有一个名叫罗克的杰出海盗，比起前两位来他一点儿也不逊色。这位英勇好战的荷兰人从巴西海岸来到美洲大陆上的西班牙殖民地，这里的海盗名单上似乎早已为他留下了位置。在第一次冒险中，他就俘获了一艘价值惊人的运宝船，并且成功地把它弄到了牙买加。后来，当被西班牙人逮捕的时候，他还威胁他们，说他的追随者必将用鲜血为他复仇。这个威胁吓坏了西班牙人，最终西班牙人把他放走了。

这就是侵扰美洲大陆上的西班牙殖民地的三位最著名的海盗。除了他们，还有成百上千个和他们一样胆大包天、欲壑难填的亡命之徒在这里出没。

不久，这些海盗行为造成的恶劣后果便逐渐显现出来。由于猖狂的海盗行为，西班牙商船的船主和托运货物的人们承担了巨大的风险，因此，渐渐地，商业活动几乎完全消失在这片海域之中。如果没有强大舰队护航的话，商船几乎都不敢出港，即使有了舰队护航，他们也无法避免海盗的侵扰。从中南美洲出口到欧洲的货物都取道麦哲伦海峡，几乎没有船只再走巴哈马和加勒比群岛之间的水道了。

因此，后来人们称之为“腌肉”的海盗行为，不再像当初那样能够获得丰厚的回报了。仿佛奶油已经被抽干，盘子里只剩下稀薄的牛奶了。即使在海上巡游10天，海盗们也不可能再赚到惊人的财富了。即使赚到钱，这些钱几乎连冒险所要花费的成本都不够支付。现在必须开拓新的出路，否则，海盗们只能等待灭亡。

这时，有一个人为海盗们指了一条明路，提供给他们一个从西班牙人身上榨取钱财的新方法，他就是英国人刘易斯·司格特。

由于美洲大陆上的西班牙殖民地的商业处于停滞状态，因此所有的财富都聚集到西印度群岛，在这里逐渐形成了防卫坚固的城镇。由于海上已经不能再给海盗们带来收益了，因此要想挣钱，海盗们必须到陆地上去掠夺财物。刘易斯·司格特是第一个认识到这个事实的人。

他招集了一大帮和他一样强大、嗜财如命的亡命之徒，突袭了坎佩切湾，洗劫了那里的城镇，带走了一切能带走的东西。

把城镇洗劫一空之后，司格特还威胁那里的人，如果不交出他要的一大笔赎金的话，就放火烧掉所有的房子。结果他成功地得到了这笔钱，并安全地返回了海龟岛。于是，海盗“无米之炊”的生活难题得到了解决。

继司格特之后，一位名气稍逊于他的海盗开始了他的第一次旅程，这个海盗叫芒斯威勒。他到了圣凯瑟林岛（今天的旧普罗维登岛），并把那里作为他的据点，试图登陆新格拉纳达岛和喀他赫纳岛，但是不幸的是他的行动都以失败告终。如果他不是伟大的亨利·摩根船长最为敏捷聪明的学生，那么他根本不可能和其他伟大的海盗一起长留史册。亨利·摩根船长是历史上最为著名的海盗，曾经在牙买加做过执政官，并被国王查理二世授予骑士称号。

继芒斯威勒之后，又出现了行为更加大胆的约翰·戴维斯。作为牙买加土著，他似乎从娘胎里一出来就着急做海盗了。他只带了80个人，在一个漆黑的夜晚突袭了尼加拉瓜城，用刀子撂倒了岗哨，“不知廉耻”地将教堂和居民家中的一切财物洗劫一空。

当然，很快这个镇上就响起了警报，除了尽快跑回船中，这些海盗们别无选择。尽管他们在镇上只待了很短的时间，但是，这段时间足以够他们集合在一起，卷走价值5万八里尔的钱财和珠宝。除此之外，他们还拖走了十几个人做俘虏，从这些人身上敲诈了大批赎金。

此时，又出现了一个非凡的海盗，他将海盗“事业”推到了一个前所未有的高度，这个人就是弗朗索瓦·罗罗诺易兹。他洗劫了大城市马拉开波城和直布罗陀镇。他冷酷无情，看见他就让人不寒而栗。他的身体内流动着冰冷的血液，他从来没有被人类的温暖感动过，也从来不会对那些倒在他血腥双手下的无助的受害者，产生哪怕一丝丝怜悯或者一点点慈悲的念头。

为了剿灭他，哈瓦那地方长官派出了一艘巨大的战舰，还带了一个黑人刽子手，准备一抓住这个海盗就立刻将他就地正法，决不延误时机。但是，罗罗诺易兹并没有坐以待毙，反而主动出战。遇到战舰的时候，战舰正停泊在伊斯特河口。拂晓时分，他发动了猛烈的攻势，这次袭击是在对方毫无防备的情况下发动的，而且又来势凶猛，于是，很快取得了决定性的胜利。不久，海盗们夺下了这艘战舰，西班牙人被迫躲进了船舱，等待着死神的来临。可怜的西班牙人被一个个从船舱里揪了出来，又一个个被残忍地杀害。罗罗诺易兹站在尾楼甲板上，面无表情地看着这场血腥的屠杀。那个黑人刽子手被从剩下的人群中拖了出来，他一个劲儿地哀求海盗们饶他一命，并发誓会把自己知道的一切告诉他们。罗罗诺易兹审问了这个黑人，在榨干了所有信息之后，他冷冷地挥了挥手，将这个可怜的黑人推向了黄泉之路。这场屠杀中只有一个人活了下来，就是那个为罗罗诺易兹给哈瓦那长官送信的人。他让那个人告诉地方长官，从此以后，他不会给自己遇到的任何一个武装的西班牙人一点生存的可能，这决不是一个空头的威胁。

罗罗诺易兹的崛起并不十分迅速，他是经过了艰辛的努力，克服了许多困难才逐渐闻名于世的。但是，风水轮流转，经过几次逆境之后，等待他的就只有好运了，他接连获得了一个又一个的成功，这种好运一直持续到他生命的终结。

在马拉开波湾附近巡逻的时候，他俘虏了一个装着大量金银餐具和钱币的船只。他还构思着一个雄伟的计划，那就是突袭强大的马拉开波城。刚刚制订好计划，他就迫不及待地召集了500个从海龟岛上精心挑选出来的亡命之徒，并任命一个叫迈克尔·德·巴斯科的人做陆地指挥，带着二百多个海盗沿海前行，到达了委内瑞拉海湾。他们如同瘟疫一般扑向了这座倒霉的城市。下船之后，这些海盗向马拉开波湖口的堡垒发动了突袭。正是这个堡垒保卫着这个城市，阻止着敌人入侵。

西班牙人顽强地对抗着敌人强大的攻势，竭尽全力保卫着自己的城市。但是，经过三个小时的战斗，最终，所有人都放弃了抵抗，卫戍部队弃城而逃，恐惧和混乱迅速在这个城市蔓延开来。许多居民纷纷坐船逃向马拉开波城南方的直布罗陀。这个城市就在马拉开波湖岸边，离这大约有四十里远。

接着，这些海盗长驱直入，杀到了城里，后面的事情估计大家都可以想象得到。那是一场充满欲望、贪婪、野蛮的大屠杀，在西班牙统治的西印度群岛上是前所未有的。居民的房屋和教堂都被洗劫一空，男人和女人们都被严刑拷打，逼着他们说出更多的藏宝地点。

洗劫了马拉开波城之后，海盗们驶入了马拉开波湖，到达了直布罗陀。逃亡到这里的惶恐不安的人们聚集在一起，沉浸在了无声的恐惧当中。

美利达执政官是一位勇敢的军人，曾经为佛兰德斯国王服务。他召集了800个人加强城镇防护，等待着海盗的到来。很快，海盗就出现了，尽管勇士们进行了英勇的抵抗，直布罗陀最终还是沦陷了。然后，在直布罗陀上演了与马拉开波城一样的惨剧，只不过这场惨剧在马拉开波城只持续了15天，而在直布罗陀却持续了整整4个星期。海盗们疯狂地从可怜的、受尽折磨的穷人身上抢夺财物，在他们眼里，只有钱，钱，钱！

等到榨干所有人的财物之后，他们便准备离开，不过在离开之前，他们还勒索了更多的钱，要求用1万八里尔银币作为这个城市的赎金，否则就把这座城市用火烧掉。西班牙人有些犹豫，他们想讨价还价，但是，罗罗诺易兹却非常果断地点燃了这座城市。西班牙人一看，立刻支付了海盗们索要的钱，并苦苦哀求这些强盗帮助扑灭正在蔓延的大火。海盗们倒是很乐意干这个差事，尽管大家竭尽全力想保住城市，但是这个城市仍有一半的镇子村庄在大火中付之一炬。

之后，他们再次返回了马拉开波城，向这里索要3万八里尔银币的赎金。看到直布罗陀的悲惨命运，西班牙人没有再讨价还价，只不过要在这么贫穷的地区筹集这么一大笔钱是根本不可能的事情。最后，他们支付了2万八里尔银币和500头牛赎回了这座城镇，饱受压迫和折磨的马拉开波城终于摆脱了这群强盗的控制。

在伊勒德拉瓦切，海盗们搜刮了26万八里尔银币，以及大量的金银珠宝、成捆的丝绸、亚麻和其他各种各样的战利品。

这些就是罗罗诺易兹的辉煌事迹，从此之后，他的光芒逐渐暗淡下去——因为似乎大自然也在反对这样一个恶魔——后来，在达连湾的某个岛屿上，他死在了印第安土著的手中，他的死法非常悲惨，让人难以形容。

现在，我们该讲一讲最伟大的海盗的故事了。他是最优秀的海盗，即使到了今天，他的名字仍然有着无穷的魅力，一看到他的名字，人们就会想起他勇敢的行为、不屈不挠的勇气，想起他的残忍好战，以及他对金子无止境的贪婪，他就是亨利·摩根船长，胆大妄为的威尔士人，就是他，把海盗事业带到了最辉煌的顶峰。

为了到海上去，他学着当时最流行的方式把自己当做奴隶卖掉，在巴巴多斯岛上做苦工。在重获自由之后，他立刻开始从事海盗行业，并且迅速地提升了自己在这个行业里的地位。他和芒斯威勒联手，参与了芒斯威勒对圣凯琳岛的战役。这个岛是向其他邻近海岸发起进攻的军事中心，在摩根心中占有非常重要的地位。

亨利·摩根船长对西班牙控制下的西印度群岛发起了第一次进攻，他只带了很少的人袭击了古巴岛上的普林西比镇。这是一次大胆的行动，即使是著名的巴拿马袭击战也无法与此相提并论，摩根船长所表现出来的勇气是任何一个海盗都无法超越的。他们从容地登上了古巴岛，洗劫了这个镇子，然后又大摇大摆地返回船上。他们不但完好无损地逃脱了，而且还掠走了价值30万八里尔银币的战利品，还有500头牛和许多用来勒索赎金的俘虏。

但是，当要瓜分这笔钱财的时候，大家才发现只剩5万八里尔银币了。只有亨利·摩根船长自己知道其余的钱都到哪儿去了。诚实正直的公理在小偷们之间从来都不曾起过作用。

摩根船长粗鲁无礼、残忍好战并且极不诚实，但是他看上去却似乎拥有一种强大的力量，能够让野蛮的海盗们心甘情愿地把一切决策权都交给他，完全听从他的指挥。尽管很明显，大部分钱财都进了他的腰包，但是，仍然会有新的海盗源源不断地向他涌来，要求加入他的队伍，因此，他的海盗队伍规模越来越大，装备也越来越好。

现在，海盗们都认为波尔图·贝略比较富有，而且各方面条件都比较合适，于是，决定去那里抢掠。他们的决定即将给这个城市带来厄运。当时这个城市有两座堡垒进行防卫，看上去固若金汤，而且长官也是一位英勇的军人，身边永远佩带着托莱多剑。但是，在海盗眼中，坚固的堡垒和勇敢的士兵根本不值一提，因为对金子的贪欲已经使他们热血沸腾，忘乎所以了。

海盗们在那索港登陆，这个小镇在贝略港西面约十里远的地方。他们首先到达了这个镇子，然后就厚颜无耻地要求镇民们投降。在遭到镇民们的拒绝之后，摩根船长威胁到，如果他们不投降，就血洗这个城市。贝略城再次拒绝了投降的要求，于是海盗们对小镇发起了猛烈地进攻，尽管镇民们浴血奋战，但是这座小城仍然沦陷了。摩根履行了他的诺言，他们把所有人都关进了警卫室，然后点燃火药库，将士兵、城堡和所有的一切都炸成了碎片，海盗们穿过硝烟和尘埃冲进了城镇。执政官仍然在另一个城堡坚守着，本来他可以守住阵地，但是却被手下的士兵出卖了。海盗们号叫着涌进了城堡，他的妻子和女儿们抱着他的腿恳求他投降，但是他毫不动摇继续顽强奋战。后来，这位执政官的头部受了伤，鲜血直往下流，染红了他白色的衣领，最后，一颗“仁慈”的子弹终结了他徒劳的挣扎。

于是悲剧在这里重演，海盗们将这个城市洗劫一空，带走了所有能带走的东西，然后又以要点燃这座城市作威胁，向市民索要赎金。

这次分赃似乎非常诚实公平，或者至少从表面上看起来是公平的。他们一共洗劫了大约25万八里尔银币，还有大量的货物和珠宝。

接下来遭到厄运的就是可怜的马拉开波城和直布罗陀这两个城镇了。这两个城镇刚刚从罗罗诺易兹洗劫的阴影中走了出来，稍微恢复了一点儿生机，却又再一次被洗劫一空。海盗们把这两个城镇榨干之后，再一次向两个小镇索要了更多的赎金。

故事到这里，似乎出现了转机。当摩根船长离开直布罗陀的时候，发现两只巨大的军舰正在湖的入口等着他。看到自己被包围在狭窄的水域里，摩根船长只好被迫与海军谈判，他表示，只要能够让他平安离开，他愿意放弃所有的战利品。但是，这根本行不通，西班牙海军司令认为自己已经完全控制了局面，海盗们肯定逃不出他的手心，因此根本不想谈任何条件，也不想做任何妥协，他下定决心要把这群海盗消灭干净，使海面从此恢复平静。

对于西班牙人来说，这是一个不幸的决定。因为出乎海军司令的意料，这个决定不但没有把海盗们吓倒，反而使海盗们因为绝望而变得更加疯狂。

他们将一艘从马拉开波带过来的巨大船只改造成了一艘“火船”，在上面竖起了无数根戴着布帽、穿着水手服的木桩，并且在船上装满了硫黄、沥青和浸透了油的棕榈叶。然后，海盗们把这艘火船驶出了港口，直接冲向了西班牙人的战舰。此时，海盗集团中最不怕死、最勇敢的志愿者当起了火船的舵手，戴着布帽的木桩则立在舱门处。尽管西班牙战舰上枪炮四射，但是这些海盗还是冲了上去。直到此时，西班牙人才发现形势不妙，原来自己所面对的对手竟然是一群如此凶悍可怕的人物，但是等他们明白过来的时候，一切都已经太晚了。

这个司令想尽力摆脱火船，但是滚滚的浓烟和熊熊的烈火立即把两只船包围起来，很快司令就不见踪影了。第二只战舰不愿意坐等海盗的到来，因此便驶进了堡垒，在枪炮声中，这些懦夫弃船逃跑了。第三艘战舰根本没有机会逃走，连反抗的能力都没有，就轻易地被海盗们拿下了。就这样，海盗们扫清了湖口水路的所有障碍，离开了直布罗陀。第二次遭到洗劫的马拉开波和直布罗陀就这样被他们抛弃在了身后。

接着，摩根船长决定进行另外一次冒险，这次冒险经历在海盗的编年史上无与伦比。他的计划就是拿下巴拿马，巴拿马位于喀他赫纳近邻，是西印度群岛中防卫力量最强的城市。

在策划这次行动的时候，他取得了牙买加地方长官签署的捕虏敌国商船的许可证。借助这个许可证的弹性权限，他立即着手为这次行动准备所有必需的物资。

很多人都得知了伟大的摩根船长正在筹划一次前无古人的巨大冒险，因此纷至沓来，聚集到他的旗下听从他的指挥。不久，他的身边就聚集了大约二千多个暴徒和海盗，这些人全部都是自愿加入到这次冒险中的，但是，所有人都不知道这次行动的具体计划。伊斯帕奥拉岛的科伦港背靠着伊勒德拉瓦切，是这次行动的集合地，这群乌合之众从四面八方聚集到了这里。他们掠夺了所有可以掠夺的地方，筹集到了这次行动所需的各种物资。1670年10月24日，一切准备都已经就绪，行动马上就要开始了。

大家可能都还记得，圣凯瑟林岛曾经被摩根的“学生”芒斯威勒占领过，后来西班牙人把它夺了回来，并且加强了防御力量。摩根第一次的海盗行动就是试图拿下圣凯瑟林岛，但是当时以失败告终。现在，他打算把这个岛作为这次行动的基地，因此下定决心排除万难也要拿下它。这一次，他确实办到了。

在统治圣凯瑟林岛期间，西班牙加强了岛上的防卫力量，如果现任长官能够像那个死在贝略岛的长官一样英勇，那么结果就完全不同了。而事实上，这个长官以最懦弱的方式投降了，他仅仅要求海盗们假装采取行动发动进攻，以便保全自己的好名声。因此，海盗们轻而易举地得到了圣凯瑟林。

接着，海盗们的下一个行动就是夺下查格雷斯城堡。这个城堡由查格雷斯河口守护着，所以要想进攻巴拿马城，海盗们就必须通过这条河运送人员和物资。摩根船长精心挑选了400名海盗，亲自坐镇指挥这次冒险行动。

查格雷斯城堡被西班牙人称为圣洛伦佐，屹立于查格雷斯河口处一座陡峭山崖的顶端。它是西印度群岛中最为强大的堡垒。如果摩根船长想要拿下巴拿马，就必须首先攻占这座要塞。

海盗们对城堡展开了十分凶猛、血腥的进攻，他们不顾一切，一心只想攻下城堡。然而，巴拿马的防卫却也毫不逊色。海盗们发起了一次次的进攻，可是每次都被挡了回来，因此，直到清晨，海盗们似乎仍然没有攻下这座城堡的迹象。就在这个关键时刻，城堡内一些用棕榈叶造的房屋突然失火，引发了一场大火灾，并将一个弹药库引燃，发生了巨大的爆炸。趁着城堡内人心惶惶、混乱不堪之时，海盗们杀出了一条血路，冲进要塞占领了这座堡垒。大多数西班牙人从城墙上跳了下去，有的掉到河里，有的掉在下面的山石上。他们宁愿死，也不愿被抓住后遭受折磨。留在城里的大多数人也被海盗们杀害了，只有极少数人幸存下来，成为海盗的奴隶。

查格雷斯城堡沦陷了，此时，除了那些无人涉足的森林以外，再也没有什么能够挡住海盗们通向巴拿马的脚步了。

现在，那个遭受厄运的城市的名字已经不再是秘密了。

亨利·摩根船长带着1200人挤在独木舟里，沿着查格雷斯河逆流而上。他们一路前进，中途偶尔停下来休息一下，放松放松僵硬的腿脚。后来，他们到了一个叫克鲁兹·德·圣胡安·加利西亚的地方。由于这里的水太浅，他们只能弃船步行。

他们留下了160只保护船，一旦他们在巴拿马战败，那么这些船将变成他们的救命船。之后，海盗们转身进入了茫茫森林之中。

然而，拿着火柴、炸药和引线的西班牙人，除了要面对海盗，还要面对一个更为可怕的“敌人”，那就是饥饿。在前进的道路上，海盗们基本没有碰到任何抵抗力量，但是无论走到哪里，他们都会把发现的每一块肉、每一粒玉米、每一盎司面包或者任何食品一扫而空或者完全毁掉。即使海盗们成功地击退了西班牙人的伏击或是进攻，西班牙人在逃跑前还是会从死去的同伴口袋里把每一粒粮食全部带走，只留下空空如也的袋子。

曾经参与过这些事件的一个冒险者讲述道：“后来，他们为了想让胃里有点儿东西，不得不吃那些皮口袋。”

就在这种物资极度匮乏的状态下，他们顽强地前进了10天，他们饿得头昏眼花，虚弱憔悴，有的还发起了高烧。终于，从高山顶上，透过森林中高大的树木，他们看到了巴拿马城中的塔尖。除了还要和西班牙人进行以一对四的战斗外，他们离自己的目标已经很近了。而对于这种实力悬殊的战斗，海盗们早就习以为常了，这对他们来说并不是一件难事。

海盗们冲下山去扑向了巴拿马。出来迎战的的西班牙人——2500个步兵、400匹马和2000头牛。他们把这些牛驱赶到海盗群中，企图打乱海盗们的编队和秩序或者击溃他们。虽然现在只剩下800个强壮的海盗了（其他人要么死在了森林的战斗中，要么在穿过森林的艰苦旅程中掉队了），但是经过两个小时的血战之后，西班牙人抛下了至少六百名死去或者快要死去的同伴，疯狂地四下逃命去了。

而那些野牛，大部分被那些快要饿死的海盗们射杀，当做美味来补充体力了。对海盗们来说，杀牛做肉可是他们最拿手的活儿了。

然后，他们继续向城里进发。经过3个小时的战斗，他们来到了街道上，他们号叫着，兴奋地四处抢掠，他们放纵着燃烧在心里的肮脏的欲望之火。接下来依次上演了对于海盗而言最为平常的事情：抢劫、残杀、勒索。这次唯一的不同是，海盗们没有向这个城市索要赎金，因为摩根已经下令将这座城市彻底毁掉。他们点燃了这座新大陆里最大的城市，巴拿马从此在地球上消失了。摩根船长为什么要这样做？也许除了他自己以外没有任何人知道真正的原因。可能是因为所有秘密的藏宝地点都已经被发现，但是不论是什么原因，都只有这位伟大的船长自己才知道。剩下的3周里，摩根和他的同伴就住在这个可怕的地方，他们用175头牲畜驮着成袋的金银珠宝，以及大量货物和600名用来勒索赎金的俘虏，离开了这座废墟。

这笔巨大的财富到底是怎么处置的？到底具有多少价值？除了船长以外没有人知道。但是当海盗们开始分赃的时候，他们才发现每个人只能分到200八里尔银币。

这个答案一经公布，立刻引起了一片诅咒声，这次亨利·摩根船长也感到害怕了。晚上，他和4个同伴趁着夜晚起锚，逃到了海上。据说，他们4个人瓜分了大部分的战利品，他们在巴拿马抢到的这批战利品的总价值绝对不少于150万美元。我们大体做一个合理的估算，亨利·摩根在巴拿马西印度群岛抢到的各种各样的财宝如下：巴拿马，150万美元；贝略港，80万美元；普林西比港，70万美元；马拉开波和直布罗陀，40万美元；其他地方掠夺来的钱财，25万美元。这些战利品的总额已经达到了365万美元。

带着这笔用酷刑拷打和勒索从西班牙人手中抢来的惊人财富，以及用最卑鄙无耻的手段从同伴身上搜刮偷窃来的财富，亨利·摩根退出了海盗行业。但是他的赫赫战功举世闻名，亨利·摩根成为了海盗的荣誉，并被慈悲的国王查理二世授予了爵位，后来他被任命为富饶的牙买加岛的地方长官。

然而，其他的海盗继续追随着他的脚步。坎佩切湾被海盗们占领并被洗劫一空，甚至喀他赫纳也沦陷了。但是亨利·摩根已经达到了海盗事业的巅峰，从那以后，海盗们的力量便逐渐衰弱，获得的财富也越来越少。他们也没有先前那么邪恶了，直到最后，他们被全部剿灭。

海盗们的胆子越来越大，事实上，他们太过猖獗、太过无法无天，因此就连当地政府也无法容忍他们那些令人发指的暴行了。于是，当地政府开始严厉镇压海盗行为，这样的行动不但大大削弱了海盗们的力量，并且使他们逐渐地走向了分裂。人们认为海盗组织已经被连根拔起，大家可以安枕无忧了。但事实上并非如此，他们并没有被根除，只是被驱散到四面八方，这些独立的海盗成为了各个罪恶集团的核心人物，把最邪恶的一部分人聚集到了他们的周围。

于是，17世纪，当摩根船长等西印度群岛的海盗们相继退出历史舞台的时候，在大西洋沿海又出现了20多个新生的海盗集团。他们的船只都是武装起来的战舰，上面悬挂着黑色的骷髅旗。海盗集团的成员非常复杂，都是文明社会或者半文明社会的渣滓（包括白人、黑人、棕色以及黄色人种），这些被称为“流亡者”的海盗，全都为了同一个目的，聚集在了海盗旗下的甲板上。

这些从西班牙海盗集团中分支出来的海盗，他们的活动区域并不仅仅局限于美洲海域，他们还活跃在东印度和非洲海岸，甚至连比斯开湾也有他们的踪迹。

这些从著名海盗中滋生出来的分支，改良了他们祖辈的行事方式，他们已经不再满足于只袭击西班牙人，而是把抢劫的目标放在了所有国家的贸易上。

在接下来的50年间，这些海盗在大西洋海岸到处巡游，十分猖狂。新英格兰、中部各省份和维吉尼亚的近海贸易商船如果想要把咸鱼、粮食和烟草等货物运送到西印度，就必须冒着极大的风险，因此对于商人和船长来说，这是一段十分悲惨的经历。此时，贸易和掳获商船变得一样危险，商人们必须选择那些航海技术高超、战斗经验丰富的人来做船长。

当时，美洲海域大部分贸易都由美国近海贸易商船来做，因此，他们所遭受的打击最大，所受的伤害也最深切。港口上经常传来一条条悲惨的消息，比如这艘船被击沉了，那艘船被烧毁了；这艘船被抢走做了海盗船，那艘船被劫走了所有的货物。等到这些船进港的时候，仿佛成了一只被抽干蛋液的空蛋壳。纽约、波士顿、费城和查尔斯顿都遭受了同样的命运，有钱的船主们不得不掰着手指清点自己的损失，并把这些惨痛的记忆一一刻在石板上。

“流放是指把犯了重大过错的水手放逐到荒岛上。”这是诺亚·韦伯斯为“流放”一词作的最直白的解释。

从那之后，“流亡者”的名字就应运而生了，因为将人放逐到荒岛上可以说是海盗们最有效也是最严厉的惩罚或者复仇的方式。如果一个海盗破坏了他所属海盗集团的一些规则，就会被放逐到荒岛上；如果一个船长坚决抵御海盗的进攻，引起海盗的不满，也会被放逐到荒岛上；甚至海盗船长本身，如果因为统治手段太过严厉，引起了手下人的诸多不满，那么他曾经施加到别人身上的惩罚最终也会落在自己的身上。

流放的过程既简单又残酷。选择好地点以后（通常是一些远离贸易航道的荒岛），海盗们就把受罚的人放在小船上划向岸边。船员们把罪犯捆绑着丢到沙滩上，然后留给他一支枪、半打子弹、一点儿弹药和一瓶水，之后，便返回船上，把这个可怜的人孤零零地丢弃在荒岛上。被流放的人要么大喊大叫直到发疯；要么就彻底绝望，直到慈悲的死神来到身边，把他从痛苦中解救出来。当然，很少有人知道被放逐的这些人在荒岛上的遭遇。有时，在经过一些荒岛的时候，船员们会在刺目的阳光下看到白沙滩上的一些白骨，但是人们知道的也就只有这些了，这就是流放者的命运。

那时，大部分的海盗船长都是英国人，因为从优秀女王贝丝时代开始，英国海军的船长们就带有一丝海盗的意味。从早期伟大的德雷克海军上将到加勒比海盗时期凶猛的摩根，英国人的行为都是最大胆、最邪恶的，他们犯下了滔天的罪行，给世界造成了重大损失，也给人类带来了巨大的灾难。

在著名海盗的名单上最先要被提到的就是胆大妄为的艾弗瑞船长，他是开启流放制度先河的祖先之一。受到传奇故事和民间传说的迷惑，我们只能看到他隐藏在故事中的、模糊不清的身影。后来，虽然许多海盗的成就都超过了他，然而因为他是有历史记载的第一个流放罪犯的海盗，因此闻名于世。

当时，英国人、荷兰人和西班牙人都联合起来，在西印度地区打击海盗行为，一些旧英格兰的布里斯托尔港的知名人士出资，装备了两艘军舰，以实际行动来支持这项值得称赞的打击海盗行动。因为布里斯托尔的商业在旧时代的摩根和罗罗诺易兹手下遭受过最为重大的损失。其中一艘军舰被命名为“公爵号”，首领是吉布森船长，助手是艾弗瑞。

他们驶向了西印度群岛，在这里，海盗行为所带来的巨大利润给艾弗瑞留下了深刻印象，海盗们只需要付出很少的努力就可以获得大量的财富，这都让他艳羡不已。

一天晚上，船长（最愿意喝酒的人）一反常态，没有到岸上去痛饮朗姆酒，而是在自己的船舱里私下饮酒。当他醉醺醺地在船舱里打鼾的时候，艾弗瑞和几个同谋者从容不迫地在夜色中穿过了停泊在港口的联军舰队，将船驶出了科卢那港。

不久，天亮了，船长在摇晃颠簸的船中被惊醒，听到甲板上到处都是走来走去的脚步声。他头脑一片混乱，躺在床上翻来覆去地想这究竟是怎么回事？很快，他拉响了铃，一会儿艾弗瑞和另一个同伴走了进来。

“到底发生了什么事？”船长躺在床上大声问道。

“没什么事。”艾弗瑞镇定地回答。

“这只船肯定出现问题了，它还在行驶吗？天气怎么样？”

“噢，没有停，我们现在正在海上呢。”艾弗瑞说。

“在海上？”

“过来，过来！”艾弗瑞说，“我告诉你怎么了。你必须明白现在我是这艘船的船长了，你赶快收拾包袱从这个房间离开。我们必须去马达加斯加岛挣大钱，如果你想参加这次旅行的话，如果你能够冷静而沉着地照顾好自己的话，那么，我们很高兴。如果你不愿意的话，边上有只小船，我们会把你送上岸。”

这个可怜的半醉半醒的船长根本不想听从这个卑鄙的助手的命令去

做海盗，因此他和其他四五个同样不愿意做海盗的船员匆忙划船离开了。

其他的人向着东印度继续航行，打算在这些水域里试试自己的运气。艾弗瑞船长斗志昂扬，根本不打算在西印度地区浪费时间，因为这里已经被摩根船长和其他后继者榨干了财富。不，他决定作一次大胆的尝试，不论是赢是输，他只想看到结果。

在途中，他又遇到了两个与他臭味相投的家伙，两艘来自马达加斯加岛的单桅帆船。靠着这些，他驶到了东印度海域寻找机会。有一段时间，他似乎销声匿迹了，但是在突然之间，他的名字又大放光彩，被世人所知。据说，当时有一艘大莫卧儿帝国的船只，满载了金银珠宝，还有大莫卧儿君主的女儿（他们是伊斯兰教徒），在去麦加朝圣的途中遭遇了海盗，短暂的对抗之后，船只被迫向海盗投降，于是这个年轻的女人和她的仆人们，以及船上所有的宝石、珍珠、丝绸、金银统统成为了海盗的囊中之物。据说，大莫卧儿君主对自己的亲生骨肉所遭受的耻辱大为愤怒，威胁说要铲平散布在海岸边的少数英国殖民地。东印度公司为此感到十分紧张，之后，又传出谣言：不管公主愿意还是不愿意，艾弗瑞都要迎娶公主成为王后，再也不干臭名昭著的海盗行当了。而那些宝藏，经过众人传说，已经变成了无价之宝。

去除传奇和夸大之词的外壳之后，我们可以看到故事的真相——艾弗瑞确实遇到了一艘载满大量财富（也许还有大莫卧儿公主）的印度船，并且俘获了它，获得了丰厚的战利品。

后来，艾弗瑞觉得通过抢劫他已经得到了足够的钱，因此决定退出江湖，希望后半生过上体面的生活。为了达到这个目的，他采取的一个措施就是把马达加斯加伙伴们分到手的钱再骗回来。他劝说他们把所有的钱财放在自己的船上，因为三艘船中他的这只船最大，相对来说比较安全。把钱骗到手之后，在一个晴朗的晚上，他改变了自己船只的航行方向。天亮以后，马达加斯加单桅帆船上的人们发现自己的船只正孤零零地漂荡在广阔的海面上，他们辛苦赚来的钱一点儿也没有剩下。

艾弗瑞本想定居在马萨诸塞州的波士顿，如果不是因为那个城镇太过荒凉，令人恐惧的话，也许那里就成为了这个名人的安身之处了。他不喜欢波士顿看似荒凉的感觉，于是继续向东航行，到达了爱尔兰，在比迪福德定居，希望从此过上舒适的生活。在这里，他是一个大财主，拥有许多金银珠宝，比如成堆的珍珠、钻石、宝石，但是他的口袋里却只有叮当作响的十几枚法新（相当于1/4旧便士）。于是，他找了一个布里斯托尔商人来商量如何处置这些宝石。不幸的是，这个人的品质与艾弗瑞不相上下。在充当了艾弗瑞的经纪人后，他带着珠宝就出发了。从此以后，这位海盗再也没有见到过自己的印度珠宝。

在美国人心中，最有名气的海盗应该是罗伯特·基德船长，以及被称为“黑胡子”的爱德华·蒂奇船长了。

今天，有关基德的评论以及他到底是不是海盗，已经没有争论的意义了。多年以来，在海盗中，他是英雄中的英雄。据说，沿着我们海岸边的每条小河或者溪流，在每一块陆地上，以及海水冲出的洞穴里都埋藏着属于他的、数量惊人的宝藏。但那些终归只是传说。现在我们可以肯定，他从来就不是一个海盗，也从来没有埋藏过任何宝藏。虽然传说有一次他把一个箱子藏在了加地纳岛上，但是这件事情也许是虚构的。

所以，我们应该把可怜的基德列为高尚可敬的人，虽然这种人有时听起来没有什么趣味。

但是“黑胡子”就完全不同了，他具备了海盗应有的粗野和疯狂，他确实埋藏过宝藏，并且曾经杀害过不止一位船长。他谋杀过很多人，估计具体人数就连他自己也数不清楚。他在这个位置上坐了好几年，当然，也许是和其他人一起坐在这个位置上的。

蒂奇船长出生于布里斯托尔，1702年的法国战争时期，他学会了在私掠船上做生意。他表现出众，无人能及。1716年的下半年，私掠船船长本杰明·霍尼戈尔十分赏识他，并且提拔他让他指挥一艘刚刚俘获的单桅帆船，就这样，“黑胡子”的海盗生涯就开始了。这只是很小的一个起步，但是不久，蒂奇就把“私掠”转向了“海盗”。他不但自己成为了海盗，还劝说老船长加入了海盗的行列。

接着，他开始了一系列胆大妄为、无法无天的掠夺行动，并且很快成名，一跃进入了最伟大的“流亡者”海盗的行列中。

一位旧历史学家曾经大加歌颂这位伟大人物的武器装备和他的勇敢无畏，他说：“主人公，之所以获得‘黑胡子’的绰号，是因为他的脸上长满了浓密的黑胡子，他就像恶魔一样，让人感到害怕。他喜欢按照拉米伊假发的样式，用带子把自己的胡子扎成许多小辫子，然后把它拨到耳朵边上。行动的时候，他会背着弹弓，像挂弹药带一样把三支手枪挂在手枪皮套下。他甚至把点燃的火柴夹在帽子下，照亮脸颊，他的目光看上去十分凶恶而又疯狂。总之，他的装扮让人完全无法想象出还有哪个来自地狱的复仇之神会比他更可怕。”

在被杀害的前一天晚上，“黑胡子”还和一些臭味相投的伙计在一起喝酒，直到天亮。其中一个人问他，他那可怜的年轻妻子是否知道他的藏宝地点，他回答道：“当然不知道，除了魔鬼和我自己，没有人知道宝藏在哪里，谁活得最长，谁就将得到它。”

至于他那可怜的妻子，遭到了“黑胡子”和同船水手们的残酷迫害。他妻子的命运十分悲惨，让人不忍心说下去。

有一段时间，“黑胡子”在美洲大陆上的西班牙殖民地进行抢劫。几年之后，他从捕获的船只上得到了一些财富，但是，他并不满足于这些，决定去卡罗来纳海岸边试试运气。因此，他带着一支由自己的两只战舰和两只捕获来的单桅小船组成的舰队，沿着海岸线向北出发了。从那时起，他就在不知不觉中以自己微小的力量，积极地参与到了美国历史的创建当中。

他先是出现在查尔斯顿港口附近，在这个富裕的城镇里待了五六天。他封锁了这个港口，任意妄为地扣留来往的船只，导致这个省的贸易完全陷入瘫痪之中。他把扣押下来的船只作为自己的战利品，还把所有的船员和乘客（在这些人中有很多当时有名望的人）当做战俘扣押下来。

对于善良的查尔斯顿居民来说，天天看着海盗船上那个画有黑色骷髅的黑色旗子，飘荡在绿色盐沼平原的对面，真是一件非常恐怖的事情。而且人们也都知道有几个很著名的人物和其他罪犯一起被关押在船舱里，这让人感觉非常不快。

一天早上，黑胡子船长发现医药储备太少，但是他说道：“嘘！我们用不着为这个发愁。”他让舰队中“复仇号”单桅帆船的理查兹船长，带着马克先生（一个囚犯）去到查尔斯顿取药。没有人比我们的理查兹船长更适合执行这项任务了。驾船到城镇以后，他咀嚼着烟草，厚颜无耻地对地方长官说：“你看，我们需要这些东西，如果我们拿不到的话……哼哼，跟你明说吧！我们就烧了你们那些该死的船，割断船上所有笨蛋的喉管。”

面对着这么可怕的敌人，这位可敬的地方长官和善良的查尔斯顿人们并没有反抗，他们深知黑胡子和他的那些同伴的残忍，说到就能做到。因此，黑胡子得到了药品，虽然这些药品一共花去居民们2000美元，但是这笔开销却物有所值，因为它使镇子摆脱了这些强盗的控制。

据说，理查兹船长同镇长谈判的时候，他的船员在街上肆意妄为、耀武扬威，善良的居民们只能愤怒地望着他们，不敢有丝毫怨言，更不敢有所行动。

从扣押的船只里搜刮了七八千美元之后，海盗们起航离开了查尔斯顿港，向北卡罗来纳州进发了。

然后，黑胡子和自己的许多同类一样，开始绞尽脑汁地盘算着如何把同伴们分得的钱骗到手。

他把自己的船搁浅在上桅帆岛的入港口，假装发生了事故。另一只船的船长汉斯假装过来帮忙，也把他的船搁浅在了沙滩上。现在，这只小舰队只剩下另外一只船能够行驶了，他们只能乘着这只小船走了。黑胡子带着他的40个心腹驾着小船离开，其他的海盗们只能在岸边傻等着同伴回来，但是他们再也没有看到这些同伴的身影。

至于黑胡子和那些一起离开的伙伴，因为分钱的人少了，自然每个人分到的钱就多了。但是，尽管如此，在黑胡子看来，别人分得的钱仍然太多。于是，他又把大约20个人流放到了一个光秃秃的沙坝上。后来，这些人被偶尔路过此处的另外一个海盗救了上来，这个海盗就是少校史代德·博奈特，下面我们会详细讲述他的故事。当时，皇家贴出告示宣称，如果武装海盗们在规定的日期之前能够投案自首的话，就可以得到赦免。于是，黑胡子找到了北卡罗来纳州的镇长，准备归顺政府，保住自己的性命。但是，他仍然牢牢地抓住已经弄到手的财富。

后来，胆大妄为的黑胡子船长在北卡罗来纳州定居，并和当地的长官建立了密切的联系，两人互惠互利，相安无事。这位放弃了冒险生活的胆大妄为的海上流浪者终于过上了安定的生活，他的心情愉快极了。当然，偶尔他还会在手头紧张的时候，到附近的海域，打劫一两个商人。他过着平凡的旧式殖民地的生活，身边陪伴他的是一个16岁的年轻妻子，这是他在世界不同港口娶的第14任妻子了。

后来，由于厌倦了这种懒散的生活，黑胡子又重操旧业，开始了海盗生涯。一段时间内，他在北卡罗来纳州的各个水湾和海湾进行巡游，他支配着当地的一切，没有一个人敢反抗他。直到人们再也无法忍受时，当地居民派了一个代表团上诉到维吉尼亚地方长官那里，问他是否愿意帮助他们摆脱当前的困境。

当时正好有两艘战舰停泊在詹姆斯河的刻克夸坦，维吉尼亚地方长官便求助于他们，于是，他们派出了勇敢的海军上尉梅纳德。梅纳德驾着“珍珠号”前往奥克拉科克港口，与在当地飞扬跋扈的海盗们交战。当船驶入港口的时候，他发现黑胡子正在等着他，并且和他一样做好了战斗准备。后来双方打了起来，这场战斗非常精彩，与人们所期待的一模一样。黑胡子干了一杯烈酒，祝企图登上他的船只的海军上尉好运。他首先向船的一侧开炮，打死了大约20个士兵，同时彻底毁坏了对手的小型单桅帆船。之后，在浓烟的掩护下，海盗和他的手下登上一只单桅帆船。在这里，黑胡子和上尉进行了一场传统的近身白刃战，两个人的表现都相当精彩。刚开始的时候，他们还用手枪射击进攻，后来，他们改用弯刀近身交战，他们的弯刀忽左忽右，上下飞舞，令人眼花缭乱。最后，海军上尉的弯刀刀柄断裂。本来黑胡子可以轻而易举地结束海军上尉的性命，但此时上尉的一个下属冲了过来，一刀砍在了他的脖子上。海军上尉逃过了这一劫，只是关节处受了一记刀伤。

其实，最初在两人用手枪火拼的时候，黑胡子已经中了一枪，但是他并没有放弃，因为放弃不是他的性格。就像前面所说的那样，他是一个真正强悍、疯狂的海盗，直到身上被砍了20多刀，中了5枪之后，他才停止了反抗。直到最后，他还想发射一支已经没有了子弹的手枪时，倒在地上死去了。后来，海军上尉砍下了他的头，把这个血淋淋的战利品挂在了被毁坏的单桅帆船的船头，一路凯歌返回了港口。

那些在战役中没有战死的“黑胡子”的手下们被押送到了维吉尼亚。所有的海盗都受到了审判，并被处以绞刑，但是仍有一两个幸存下来，无疑，他们的名字都留在了州历史的档案中。

但是正像民间传说的那样，“黑胡子”把自己的钱财埋在了他所到过的沙岸上了吗？

在“索尔兹伯里号”船上服役的英国海军少尉候补军官克莱门特·唐宁曾经到马达加斯加岛巡逻。当时，“索尔兹伯里号”被派到这片饱受海盗摧残的水域，来终结恣意妄为的海盗行为。任务结束返航以后，他写了一本书，书中说：

“在古扎拉特，我遇到了一个名叫安东尼·德·席伯斯特的葡萄牙人，他像许多当时的欧洲人一样，和其他两个葡萄牙人、两个荷兰人一起受雇于摩尔人。安东尼告诉我，他加入过海盗集团，黑胡子在维吉尼亚被杀的时候，他就在附近的一艘单桅帆船上。他告诉我，我应该去桑树岛附近的约克河或者马里兰看看，在岸边走的时候经常会发现海盗们埋藏的用铁甲包裹起来的盛满金银珠宝的大箱子。然而，我从来没有到过那里，也没有我熟悉的人去过那里，但是我确实听说那里有个叫桑树的岛屿。如果经过那里的人寻找一个方便登陆的小水湾去看看，在水湾尽头挖一条小路，那么他可能很快就能弄清这个消息到底是真是假了。那个葡萄牙人说，登陆点的对面有五棵树，钱就埋在树中间。我不敢保证他说的话是真的，但是如果我有机会到那里的话，我一定会想办法去看看，满足一下自己的好奇心，反正这也不费什么事儿。如果有人想得到这批宝藏，如果有人有机会去英格兰，希望他能够记得这条消息。”

另外一个知名海盗就是爱德华·劳船长。他在旧波士顿学会了制帆工艺，后来在洪都拉斯做了海盗。相信在这个行业里，没有人能够超越他的成就，也没有人比他更加残忍、更加肆无忌惮。奇怪的是，很少有诗歌、著作来讲述这个伟大的人的故事，其实，他和黑胡子一样值得人们去传颂和记住。

在一个美国船长的领导下，他开始了第一次航行，目的地是洪都拉斯。他们的目标是弄到洋苏木树，在那个时候，弄到这个东西相当于从西班牙人那里偷到钱。

一天，在岸边巡游了一段时间之后，劳和其他船员们便在洪都拉斯海湾的沙滩上砍洋苏木树。砍了一个上午后，他们划着船离开了海滩。

“你们在找什么？”当看到他们两手空空返回时，船长便问。

“我们在找午饭。”劳说（他是工人们的代言人）。

“你们没有午饭，”船长说，“除非你们再砍一批树。”

“不管有没有饭，我们都会埋单的”，劳说着便举起一支步枪，瞄准之后，扣下了扳机。

幸运的是，子弹没有发射出去，美国船长的命保了下来，他们可以再多偷一段时间的洋苏木树了。

然而，劳不能再待在这里了，因此他和伙伴们划着捕鲸船匆忙离开，在海上抢劫了一艘双桅船后，便加入了海盗的行列。

不久，他就遇到了臭名昭著的劳塞尔船长。这是一个与他臭味相投的家伙，劳塞尔船长教给了劳当时还不了解的邪恶手段，为自己的“海盗教育”画上了圆满的句号。

于是不久之后，爱德华·劳变成了海盗首领，成为了业内的名人。但是由于那顿没有到手的午饭，从此以后他就痛恨每一个美国人，以至于从来不会放过任何一个不幸落到他手中的美国人。有一次，出海到南卡罗来纳州附近的时候，他遇到了一艘名叫“阿姆斯特丹商号”的船，船长是威廉森。这是一艘美国船，当然还有一个美国船长。爱德华·劳把船长的鼻子削了下来，把耳朵割了下来，然后高高兴兴地走了，他认为把一个美国人弄残废是一件十分快乐的事情。

这位残暴的船长不止一次地到过纽约和新英格兰，每次他的到来，都会给这两个地方带来灾难，因此这两座城市的人们清清楚楚地记着他的每一次到来。

1722年的一天，马波海德镇前停泊着13艘船。后来，一艘陌生的船只驶进了港口。“那是谁的船呀？”城镇的居民问。因为在当时，有新船到访不是一件小事情。

很快大家就清楚是谁来了。这艘船上挂着一面黑色的旗子，旗子上画着骷髅头。

“这是杀人成性的劳。”所有人都异口同声地说道。立刻，人群骚乱起来，镇子陷入了混乱的状态，就好像一只鹰飞进了池塘，所有的鸭子都乱成了一团一样。

这对于我们的船长来说却是一件好事，因为这里居然同时停泊着13艘美国船。于是他带走了自己想要的东西，然后大摇大摆地离开。这次“造访”令马波海德镇的居民久久不能忘怀。

在这之后，他和他的同伴遭遇了一艘英国战舰“灰狗号”，在战斗中，海盗船很快沦陷了，但是劳却十分幸运地溜走了，他把那些同伴们丢在了法律和秩序的面前。这些海盗十分走运，他们没有被蒙上眼睛反捆着手，而是受到审判并被处以极刑。

后来，这位海盗便消失在时光的浓雾中，没有任何人知道他的下落。有人说他在新奥尔良死于一场黄热病。说实在的，他没有被处以绞刑，真是让人有点遗憾。

如果说谁能成为严格意义上的美国海盗，那么少校史代德·博奈德应该算是其中一个。但实际上，他只是一个可怜的海盗，即使他已经完全进入了海盗队伍，仍然会偶尔感到良心不安，每到这个时候，他都会发下重誓，决定要脱离这个罪恶的行当。

然而，他却一直舒舒服服地过着他的海盗生活，直到他遇到了勇敢的瑞特上校。在查尔斯顿港口遇到上校之后，史奈德的运气和勇气就全部被击中船侧的炮火和机关枪毁掉了。“黑色杰克”的骷髅海盗旗从船头掉了下来，瑞特上校光荣地捉到了一整船的恶棍和凶手，这对于查尔斯顿镇而言是前所未有的盛事。

在接下来的巡回审判之后，海盗们被绳子捆成了一长串，等待着死刑的到来，这些恶棍总算是罪有应得了。

“尼德”英格兰，是一个特立独行的家伙，他挥舞着鞭子，到达了东印度的大后方和印度斯坦的热带海域。

豪尔·戴维斯船长在海盗里面也是赫赫有名的人，他是海盗中的尤利塞斯，不仅得到了墨丘利神的宠爱，而且还得到了密涅瓦的眷顾。

他运用欺骗的手段，没有动一枪一炮，也没有动任何一刀，就轻易地骗得一艘法国船只乖乖地向自己投降，而这艘船无论是规模还是兵力都比自己的船只大两倍。他宣称自己是贩卖奴隶的商人，面对着城堡的枪炮，他从容不迫地驶进了几内亚岸边的冈比亚港口。

这种骗局一直持续到可以采摘胜利果实的时候，城堡里的将领和卫兵们对他们仍然毫无戒心。此时，戴维斯的海盗团已经各就各位，选择了最有利的位置。于是，枪出套，刀出鞘，只要手指一动，就会有人去死神那里报到。他们把士兵们背对背地捆了起来，把将领捆在了椅子上，然后随意地四下开枪扫射。后来，海盗们离开了这里，尽管没有得到他们想象中的巨额财富，但是每个人都分到了数目可观的赃款。

这次行动的成功，大大地鼓舞了海盗们的士气，他们决定再去海岸线上最为繁华的葡萄牙殖民地普林西比岛试试运气。本来这个计划非常巧妙，绝对可以取得成功，但不幸的是，海盗中有一个葡萄牙黑人当了叛徒，把这个消息传给了岸上堡垒中的将领。因此，第二天，当戴维斯船长来到岸上的时候，他看到那里站着一个善良、强壮的士兵，好像专门欢迎他的到来一样。但是，当他和同伴们离开船只以后，突然水边枪声大作，硝烟弥漫，偶尔还夹杂着几声痛苦的呻吟。这场恶战结束以后，只有一个人在刺鼻的硝烟掩护下成功地划着小船逃跑了。烟雾散去，人们看到戴维斯船长和同伙们的尸体堆集在一起，就像一堆破烂不堪的衣服。

巴塞洛缪·罗伯茨船长是戴维斯唯一的学生。当戴维斯在普林西比岛遇难毙命后，巴塞洛缪毫无异议地被推选为舰队船长。他是值得称赞的优秀学生，也是一个值得称赞的首领。许多可怜的商船只要遇到他，就会像小鸭子遇上老鹰一样，被他的魔爪拔光身上的毛。

"他是一个勇敢的人，"一位上了年纪的讲述者说道，"他穿着深红色的马甲和马裤，帽子上插着红色的羽毛，脖子上挂着一条金链子，链子上缀着一颗钻石。他手中拿着宝剑，按照海盗的传统样式，在肩膀上挂了一只银质弹弓，弓尾上还悬挂着两对手枪。"后来，他就穿着这身行头出现在最后一次战役中。这场战役发生在他与皇家战舰"燕子号"之间。经过一番恶战，海盗们发现自己落入了陷阱，被夹在了军舰和海岸中间。海盗们下定决心要打败皇家军舰，于是就向船侧猛烈射击。他们相信自己的运气，希望能够给敌人以重创，赢得时间逃离战场。

"燕子号"的反攻火力十分猛烈，罗伯茨船长第一个倒了下来，一个葡萄弹击中了他的脖子，他当时就倒在了身边的大炮上。一个叫史蒂文森的舵手以为他只是受了伤，便去扶他的胳膊，结果发现船长已经死了。于是，历史这么记载：他（史蒂文森）号啕大哭，希望下一颗子弹射中自己。船长死后，海盗们无心恋战，"黑色杰克"就这样被镇压了，所有的人都向正义和绞刑架投了降。

这是对最著名的海盗所作的一个简单介绍，但他们只是有名的海盗长名单中的一小部分，例如马特尔船长、查尔斯·文恩船长（他曾经被南卡罗来纳州勇敢的瑞特上校在河流里到处追赶，然而事实证明这种追捕毫无收获）、约翰·雷克汉姆船长、安斯提斯船长、沃里船长、埃文斯、菲利浦等，这些人的名字都曾经让处于海盗黄金时代的船长们闻风丧胆。

这是过去历史中黑暗的一章，也是罪恶的一章，充满着耸人听闻的残忍和苦难，弥漫着鲜血和硝烟。但是它仍然被记录了下来，因此我们必须去阅读它。阅读它的人可以从故事中读出这样的伟大真理：邪恶本身就是一个造就善良的工具。因此，充满罪恶的历史和充满善良的历史一样，都必须被阅读、被思考、被消化。

我们很难说明白爷爷做了错事，为什么孙子却要承受别人的怀疑？但是这个世界，从来都不会在意如何分辨该责备谁，它总是喜欢把无辜的人推到罪犯的位置上。

巴纳比·楚是一个善良、诚实、听话的好孩子，但是人们却从来不允许他忘记自己的祖父是臭名昭著的大海盗威廉·布兰德船长。布兰德曾经经历过许多不可思议的冒险（如果有人相信那些关于他的一文不值的故事和歌谣的话），最后，他在牙买加被自己的同伙，“冒险号”大帆船的船长约翰·马利欧谋杀了。

人们都说，在被委派执行剿灭南海海盗任务之前，布兰德船长一直被认为是一个诚实、值得尊重的好船长。

那时，布兰德船长开着一艘由纽约几个著名商人出资装备的“君主号”大船，开始了他的冒险行动。当时地方长官批准了这次冒险，还亲自为布兰德船长签发了委任状。因此，在这种情况下，如果这个不幸的人还是走上了邪路，那一定是遇到了极大的诱惑。在遥远的海域中，当人们拥有机会可以轻而易举地弄到很多钱财的时候，相信其他人也不会比他好多少，也没有几个人会比他聪明多少。

确实，那些故事和歌谣让我们的船长变成了一个最邪恶、最污秽的可怜人，如果他确实是那样的话，那么上帝会知道他为此承受了多大的痛苦，付出了多大的代价。他死在了牙买加，自从乘坐“君主号”踏上漫长而不幸的旅程之后，他就再也没有回过家，再也没有见过自己的妻子女儿，他把她们丢在了纽约留给陌生人照顾。

当他到达罗亚尔港的时候，他便下定决心当一名海盗，这也就注定了他的命运。当时，他手头有两艘船：一艘是在纽约的时候，几个著名商人为他装备的“君主号”；一艘是他在南海某地弄到的“冒险号”单层甲板大帆船。从非洲海岸返回以后，他在牙买加海域待了一个月，等待着从家乡传来的消息。后来，消息终于传到了，不过却是最让他失望的消息：殖民地当局对他十分愤怒，说要把这个海盗绳之以法，处以绞刑，以洗去他给当局带来的耻辱。这时，对于船长来说，最好的办法就是把他夺来的财宝藏得远远的，等到风声过后再回到纽约寻找活路，因为这样做总比带着他的财宝直接去美洲要好。如果去美洲，他不但会丢了财宝，还会丢了性命。

无论事情怎么发展，在我们的故事里，布兰德船长和他的炮手，还有“冒险号”船长马利欧和他的领航员，一起扛着一箱钱财上了岸，把它埋在了罗亚尔港的一处沙滩上。（因为在这件事上，所有人都不再相信他们了）后来，因为瓜分赃物以及划分地盘的问题，他们争吵起来，结果马利欧船长一怒之下，开枪打中了布兰德船长的脑袋，领航员也一枪打死了“君主号”的炮手，然后两个杀人犯离开了现场，阳光照射下的沙滩上只剩下倒在血泊中的两个可怜的人。除了两个杀死同伙的人，没有谁知道这笔钱到底去了什么地方。

如果有这样一位以这种方式死去的祖父，那真是一件让人十分遗憾的事情，但是，这不是巴纳比·楚的错，对于此事，他根本无能为力。因为当他的祖父变成海盗的时候，他还没有出生，即使在他的祖父悲惨地结束生命的时候，他也只不过刚一岁而已。但是当他走进校门，同学们总会乐此不疲地叫他“海盗”，有时，他们还会唱那首廉价的歌谣：

啊，我是布兰德船长，航行啊！航行！啊，我是布兰德船长，自由地航行。啊，我是布兰德船长，我在海洋和陆地上无恶不作，因为我不遵从上帝的命令，我要自由地航行。

对着这样一个如此不幸的人的孙子唱这首歌，真是一件卑鄙的事情。有的时候，小巴纳尔·楚会举起拳头和那些欺负他的人打架，每当他鼻青脸肿甚至流着血回到家中的时候，他那可怜的妈妈都会为他感到伤心，难过地哭泣。

当然，他也不是整天都被取笑和折磨的，虽然小伙伴们有时确实会这么对待他，但是有时他们也是好朋友，会经常一起到乔治要塞上方的东河沙滩边游泳，气氛和谐友好。也许他刚和伙伴们狠狠地打了一架，可能第二天他就又在保瑞路上和他们一起散步了；也许他还会帮助他们去偷一个老荷兰农夫的樱桃。这时他会完全忘记自己的祖父带给他的不幸。

巴纳比·楚十六七岁的时候，就到罗杰·哈特莱特的账房工作，他是一个有名的印度商人，也是巴纳尔的继父。

这个好人不但给巴纳比在账房找了个工作，很快还提升了他的职位。我们的主人公到21岁的时候，就已经作为哈特莱特的“美女海伦号”船的押货员，去过四次西印度群岛了。刚刚满21岁的他就第五次被派去那边进行商务活动。虽然巴纳比看上去是一个位置并不重要的押货员，但是实际上并非如此，他还是哈特莱特先生的秘密代理人。哈特莱特先生没有孩子，因此他把希望全部寄托在了我们的主人公身上，并把他视为己出，很快把他提升到了账房负责人的位置上。虽然巴纳比还很年轻，但是操心的事却比船长还要多。

哈特莱特先生的各地代理商们都十分了解善良的老板的想法，因此对巴纳比十分尊重、亲切有礼。尤其是牙买加金斯顿镇的安布罗斯·格林费尔德先生；每次巴纳比来到金斯顿，他总是尽其所能地热情款待他。

有关主人公的历史就讲这么多了，如果不了解这些背景知识，那么我们就很难理解，他成年以后遇到的那些惊心动魄的冒险故事的主旨，也不会明白导致事情结果的逻辑所在。

现在，我就来讲一下巴纳比在第五次出航到西印度群岛时，遇到的一次特别的冒险经历吧！

当时，他已经在金斯顿镇上住了快四个星期了。他住在一个名叫圣安妮·玻乐丝的寡妇家中。这个寡妇作风正派、端庄大方、令人尊敬，并且独自一人带着三个讨人喜欢的女儿。她的公寓设备齐全、干净整齐，令人感觉舒适惬意。

一天早上，巴纳比正在品尝咖啡，他身上只穿了件宽松的棉质衬裤，脚上穿着一双拖鞋。这是这个国家的习惯装束，喝咖啡的时候，人们总是尽量让自己感到清凉一些。这时，寡妇最小的女儿伊莱扎小姐走了过来，递给他一张便条。她说这是一个陌生人放在门口的，他“连您的回复也不等就走了”。可以想象，当巴纳比打开便条看到里面的内容时是多么的惊讶！便条上写着：

巴纳比·楚先生：

先生，虽然你不认识我，但我却知道你。我要告诉你，希望你下周五晚上八点能够到港湾大街上的普拉蒂小酒馆去一趟。到时，如果有人跟你说“‘君主号’进港了”，你就跟着他走，你会发现这将带给你无限的好处。先生，请保存好这张便条，到时把它交给对你说这句话的人，以便确定你的身份。

这就是便条上的内容，没有留任何地址，也没有署名。

巴纳比先生的第一反应是极度吃惊，然后他想这可能是镇上某个好人在和他开一个疯狂、诙谐的玩笑，只是搞恶作剧而已。他问伊莱扎小姐送信的人长什么样，伊莱扎所能告诉他的也只有这些：送信的人是一个又高又壮的男人，脖子上围着红围巾，鞋子上装饰着黄铜带扣，背后还有一条长辫子，看起来像个水手。但是上帝啊，在一个繁华的海港，这样的描述根本没有任何意义，因为这里到处都是身着这种装束的人。巴纳比把这个便条放进了皮夹，决定晚上把它交给自己的好朋友格林费尔德先生看看，让他给出个主意或者提点建议。格林费尔德先生看完便条后，想法和他一样，他认为肯定是某个爱开玩笑的人想愚弄巴纳比，这只不过是一个恶作剧而已，没有什么大不了的。

然而，尽管巴纳比先生肯定了自己的想法，认为这是一个骗局，但是他还是对此充满了好奇，于是，他下定决心要去看看到底是怎么回事。他按照便条上的要求准时到达了普拉蒂小酒馆。

普拉蒂小酒馆看上去非常漂亮，在当地也十分有名，这里有上好的烟草和最好喝、最优质的朗姆酒。酒馆后面有一个花园，花园一直延伸到港口前面。花园里种了很多棕榈树和蕨类植物，还种了许多花。花园里摆了许多小桌子，有的小桌子设在小洞穴里，样式很像纽约的沃克斯豪尔汽车。还有一些五颜六色的纸灯笼被挂在植物上，十分漂亮。到了晚上，先生小姐们就会坐在灯笼下面喝着加糖加水的酸橙汁（有时也会喝点儿烈性饮料），也会在凉爽的夜晚看一看海面上来往的船只。

巴纳比到达酒馆的时间，比便条上指定的时间稍微提前了一点儿。他穿过酒馆到了后面的花园，在地势较低，并且靠近水的地方找了一个位置坐了下来。这个位置比较隐蔽，即使有人进来的话也不会轻易发现他。然后，他点了一些掺水的朗姆酒和一袋烟。他坐在那里，冷静地观察着四周，想看看是不是真有哪个喜欢恶作剧的家伙兴高采烈地收获自己的成果，欣赏他混乱狼狈的样子。

这个地方真是舒服极了，从陆地吹向海上的风很大，头顶的棕榈树叶沙沙作响，一轮圆月当空高挂着，令人心旷神怡。海水轻轻地拍打着花园山坡底下的石头，在夜晚听起来十分清脆，月光洒在港口与海水的交界处，波光粼粼。港口停泊着很多船只，其中有一只黑色的巨大军舰显得格外突兀，令人忍不住多看了几眼。

主人公在那里一边抽着烟，一边品着酒等了将近一个小时，他的眼睛死死地盯着花园，但是却没有发现任何与那张便条相关的人物出现。

便条上规定的时间已经过去了半个小时，突然，夜色中出现了一艘小船，在花园边停了下来，接着，三四个男人上了岸。他们一句话也没说，选择附近的一张桌子坐了下来，并点了朗姆酒静静地喝了起来。大约坐了五六分钟，巴纳比注意到这些人正在好奇地观察着他，突然，其中一个看似他们头儿的人向他大声说道：“嗨，朋友，何不过来和我们一起喝一杯？”

“噢，不了，”巴纳比谦恭地回答道，“我已经喝了很多了，再喝我就要醉了。”

“但是，”这个陌生人说道，“我想你还是过来和我们喝一杯吧！如果我没有认错的话，你就是巴纳比·楚先生，我来这里就是要告诉你‘君主号’入港了。”

巴纳比没有想到他们会以这种方式说出这些话，因此感到十分吃惊。他曾经想过可能会在一个非常隐秘的环境中听到接头暗号，但是却没有想到这句话竟是出于一个神秘登陆的陌生人之口，并且是以如此严肃的方式说出来。他几乎不能相信自己的耳朵，他的心怦怦地跳个不停。如果他再成熟一点儿，再理智一点儿，我相信他肯定会拒绝这次冒险，而不是像现在这样，盲目地进入这场既看不到开头，又看不到结尾的冒险中。但是他不过21岁，天性又喜欢冒险，所以他想尝试所有不确定的或者危险的事情，于是他故作轻松地回答道（可能只有上帝才知道在那种情况下他是如何装出来的）：

“好的，如果‘君主号’确实进港了，你们这么盛情邀请，我就和你们一起喝一点儿。”于是，他带着香烟来到他们的桌子旁坐了下来，他一边抽着烟，一边装作若无其事的样子。

“好，巴纳比·楚先生，”巴纳比一坐下来，最开始和他说话的那个人好像害怕别人听到一样，压低声音对他说，“嗯，巴纳比·楚先生，我直呼你的名字，是因为尽管你不认识我，但我却认识你。很高兴你是一个真正的男子汉，虽然你不知道这是怎么回事，但是你仍然来了，这说明你是一个有勇气的人。今天晚上，你应该得到这份降临到你头上的财富。不过，在我们开始下一步行动之前，请让我看一下那张便条。”

“非常好，”巴纳比说，“我正好好地保存着它呢，你看。”他不慌不忙地从皮夹里拿出来两天前收到的神秘便条，打开它，然后递给了那个人。另外一个人拿起便条，靠近了桌上酒店为方便客人抽烟而准备的蜡烛，开始看这个便条。

在这一两分钟里，巴纳比打量了他一下。那个人又高又壮，脖子上系着红围巾，鞋子上装饰着黄铜带扣。巴纳比·楚猜测或许他就是那天把便条递给伊莱扎小姐的人。

“很好，就是它，”这个人看过便条后说道，“既然我们已经看过了，那么为了安全起见，我把它烧了吧。”他一边说着一边把便条卷起来放到蜡烛的火焰上。

“现在，”他继续说，“我来告诉你我为什么来到这里。我这次被派来是为了问你，你是不是一个能够自己掌握命运的真正男子汉，你愿不愿意跟我们上船？如果愿意的话，我们就不要浪费时间，现在就出发，因为那个恶魔已经在牙买加海岸了。虽然你不知道这个恶魔是指谁，但是如果他赶在我们前面，那么我们可能就找不到我们要找的东西了。如果你不愿意，我马上就走，我发誓再也不会来麻烦你。所以，年轻人，你就坦白地告诉我你的想法，你是否愿意去冒这个险？”

如果说主人公犹豫了，但是犹豫的时间并不长；也不能说他一点儿都不害怕，但是就算他害怕过，那也只持续了很短的时间。他终于开口说话了，说话时他尽量保证自己的语气镇定自若。

“我肯定自己是勇敢的男子汉，我会跟你走的，”他说，“如果你们有心害我，我也能够照顾自己。如果我不能照顾自己的话，也会有东西可以照顾我。”说着，他掀起了上衣口袋盖儿，露出了一支手枪柄。这是他今晚出发之前放在身上的。

听完这番话，那个人哈哈大笑起来，“来吧，”他说，“你确实勇气可嘉，我喜欢你这种精神。在这个世界上，估计没有人比我对你更怀有善意了。如果你要用那个家伙的话，那也不是用在我们这些朋友的身上，而是应该用在那些比魔鬼还要邪恶的人身上。走吧！我们现在就出发。”

于是，他付清了所有人的酒水钱，和那些一直沉默不语的人站了起来，一起走向了停在花园旁边的船。

这时，巴纳比才发现这是一艘相当大的快艇，有10个黑人划桨，船尾上挂着两盏灯笼和三四把铁铲。

刚才和巴纳比交谈的那个人的确是船长。直到他上了船，巴纳比才和其他人跟了上去。大家刚一坐下，船就起航了，黑人们迅速地划着船离开了港口，很快就看不见普拉蒂小酒馆了。

离开岸边以后，没有一个人说话，所有人都像幽灵一样保持着沉默。巴纳比·楚的脑子里闪现了很多的想法，这些想法都十分可怕：当时，有很多人都被诈骗去当了水手，然后就再也没有了他们的消息。至于其他人，好像也并不想说话，似乎是因为他已经答应参加他们的行动，就没有必要再和他交谈一样。

大约在一个小时的时间里，所有人都没有说话，在探险队首领的指挥下，船穿过了海湾，好像朝着哥布拉河口方向行驶着。是的，这就是他们的目的地。没过多久，巴纳比就看到了陆地，岸边长着一大排椰子树（他非常熟悉椰子树的外形）。在淡淡的月色中，离椰子树越来越近了。快接近河口的时候，他们发现潮水很汹涌，船离岸边还有一段距离，于是黑人们更加用力地划着桨，海潮击打着船只，发出哗哗的声音。他们就这样沿着陆地或者长满了红树的小岛逆流而上。仍然没有一个人说话，也没有人说他们的目的地在哪儿，更没有人说他们正在进行着什么样的行动。

他们终于接近岸边了。黑夜中，奔腾的潮水发出哗哗的声音；空气中弥漫着泥土和沼泽地的浓郁气息；天空中，月光皎洁，星辰闪烁，这一切都十分奇特、沉寂和神秘，巴纳比感觉像是在做梦。

划手们用力划着桨，小船缓缓地驶过了红树灌木丛，再次进入了开阔的水域。

忽然，冒险队的头儿大叫起来，声音十分刺耳，黑人们立即停止了划桨。

几乎同时，巴纳比·楚看到另外一只船正沿着河流，顺着强劲的潮水向他们驶过来。他明白因为这只正在靠近他们的船只，船长才让手下人停止了划桨。

他看到另外一只船上装满了人，其中有一些人还装备着武器，即使深夜里，仍能不时地看到他们的步枪和手枪上反射的亮光。虽然巴纳比乘坐的船已经停止了划桨，但是穿过夜晚的静寂，对方划桨的声音仍然能清楚地听见。很明显，那只船离他们越来越近了。但是巴纳比不知道到底是怎么回事，也不知道那些人是敌是友，或者将要发生什么事儿。

对方的船很快便靠近了巴纳比的这只船。坐在船尾的一个人命令划手们把船停下来，然后他站了起来。船经过巴纳比·楚身边的时候，在皎洁的月亮下，他清楚地看到了他的样子——高大健壮的身材，满脸的红光，穿着一件缀着漂亮花边的红色衣服。在船的中央，有一个同中型旅行箱大小的箱子，箱子上面布满了尘土。当两只船交会的时候，那个人站着用手中的一根精致的金头手杖指着那个箱子。“你在找这个吗，亚伯拉罕·道宁？”他说这话的时候，面部表情十分狰狞，巴纳比·楚一辈子也没有见到过这么邪恶的笑容。

船长并没有立即回答，仍然像石头一样沉默着。直到那艘船驶过之后，他才好像突然恢复了理智一样，大声骂了起来："很好，杰克·马利欧！很好！杰克·马利欧！你又抢在我们前面了，但是下次，该轮到我们了！威廉·布兰德一定会从地狱里爬出来和你算账的。"

他对着那艘船大骂着，但是那只船却越驶越远，船上的那个绅士也并不回应，只是哈哈大笑着离开了。

对方的船尾上，站着一个长得像恶棍似的尖嘴猴腮的秃顶男子，手里拿着枪。当船顺着潮水驶向黑暗处的时候，这个人咧着嘴笑了，在月亮下他的牙齿闪烁着光芒。他挥舞着一支很大的手枪咆哮着，巴纳比能够听到他说的每一个字："你就说大话吧！小子，我会再送一颗子弹给船厨的儿子。"

但是，那个绅士一样的男子不知道说了些什么，阻止了他的大吵大嚷。那艘船在黑暗中渐渐消失了，现在巴纳比听到自己坐的船又开始划桨了。这些人躺在船上，好长时间没有人说一句话。

后来终于有人说话了："现在你要去哪儿呀？"

那个探险队的头儿好像突然回过神来，再次找回了自己的声音。"去哪里？"他咆哮着，"去地狱！去哪儿？去你们想去的地方！去哪儿？再回去，那就是我们要去的地方！"他大声地诅咒着，直到口吐白沫，好像完全疯掉了一样。这时黑人们开始穿过海港往回划，航速十分快，好像他们能够把桨插到深水中一样。

接着，他们把巴纳比·楚放在了岸上自己走了。巴纳比对发生的一切、看到的场景和听到的名字感到困惑不已甚至大为震惊。他呆呆地站在那里，一动不动，好像已经不记得自己熟悉的一切了。然后，他就像个迷路的人一样儿，摇摇晃晃地沿街回到了自己的住处。"杰克·马利欧"是"冒险号"船长的名字，就是他杀害了自己的祖父；而"亚伯拉罕·道宁"则是"君主号"炮手的名字，他与海盗船长一起被杀害了，当时，那些杀人犯就把这两个人的尸体丢在了炎炎烈日下暴晒。

整个事件没有超过两个小时，但是仿佛这段时间不属于巴纳比生活的组成部分，而是属于其他人的生活。因为这里充满的黑暗、奇异、神秘，是根本不可能属于他的。

对于那个布满了尘土的盒子，他只能猜测里面会有什么，只能发现这个箱子意味着什么。

但是主人公没有向任何人说起这件事，也没有告诉任何人那天晚上看到的事情，只是把它深深地埋藏在了自己的记忆中。然而，这件事情太重大了，以至于他几乎整天都在思考这件事情，很多天都无法去思考别的事儿。

巴纳比·楚在此地的一个名叫格林费尔德先生的代理商那里住了下来。这座漂亮的砖石房子，位于镇外的莫娜路上。他家中有妻子和两个女儿。那两个女孩拥有黑头发、黑眼睛，一笑便露出洁白的牙齿，她们总是唧唧喳喳地说个不停，非常活泼可爱。他们经常邀请巴纳比·楚参加他们的家宴，在这里他感觉十分舒服惬意。他经常和格林费尔德先生一起坐在阳台上，抽着雪茄眺望远处的山，听着一旁的年轻姑娘们说说笑笑或者听她们弹着吉他哼唱歌曲。有好几次，他都想把压在他心头的这件事告诉格林费尔德，但是经过认真考虑之后，他决定不这样做，所以只好不停地抽着雪茄，陷入沉思状态。

“美女海伦号”从金斯顿起航的前一两天，巴纳比·楚正在办公，格林费尔德先生来了，邀请他晚上去家里吃饭（由于这里是热带地区，所以他们通常11点吃早饭，晚上趁天气凉爽时吃正餐，这样可以避开高温；不像温带地区那样正午吃午饭）。格林费尔德先生说：“我将向你介绍乘你的船去纽约的第一位客人，还有他的孙女，他们预订了特等客舱和两个贵宾房，这是他们的预约信。他们是杰克·马利欧先生和马乔里·马利欧小姐。你听说过杰克·马利欧船长的传闻吗，巴纳比先生？”

现在我敢确定，格林费尔德先生根本不知道布兰德船长是巴纳比·楚的亲祖父，杰克·马利欧就是杀害他祖父的凶手。但是，当他这样说起这个名字的时候，巴纳比好像被打了一拳，名字、刚刚经历过的冒险、一直压得他喘不过气来的焦虑，都如当头一棒，让他痛苦万分。但是，还好他能够镇定自若地回答这个问题，他面无表情地说他听说过马利欧船长，也知道他是谁。

“那好，”格林费尔德先生说，“如果20年前，杰克·马利欧是一个不顾一切、不计后果的野蛮家伙的话，那么现在他已经是约翰·马利欧先生了，在德文郡拥有大量的地产。巴纳比先生，当一个人变成男爵，又拥有大量地产的话（尽管我听说他的那些地产有不少债务），那么人们对他20年前的所作所为都会睁一只眼闭一只眼的。当然我听说，他的家族对他一直很冷淡。”

听完这番话，巴纳比一句话也没有说，只是坐在那里不停地抽着雪茄。

于是，当天晚上，巴纳比·楚第一次与杀害自己祖父的凶手面对面坐在了一起，这是他一生中遇到过的最凶残的人面兽心的家伙。

上一次在港口，他只是在夜晚远远地看了一眼约翰·马利欧，现在他们却近距离地坐在了一起。坦白地说，这是巴纳比一生中从来没有见到过的如此邪恶的一张脸。这倒不是说他长得丑，他有漂亮的鼻子，也有优雅的双下巴，但是他的眼睛红红的，眼神是那么的黯淡无光。他不停地眨着眼睛，好像很疼；他的嘴唇很厚，是紫红色的并向前突出着；他的脸颊又红又肿，布满了紫红色血管凝结出来的小块；他的声音好像堵在了喉咙里，听他说话的人都恨不得给他清理一下喉咙；他的双手又白又胖。巴纳比从来没有见到过这么令人讨厌的脸庞。

虽然约翰·马利欧先生让我们的主人公大倒胃口，但是看到他孙女的第一眼时，巴纳比就觉得这是他见过的最漂亮、最可爱的女孩。她的皮肤细腻白皙，嘴唇像樱桃般红润，头发金黄，尽管为了这次宴会她扑上了漂亮的白粉，但是巴纳比仍然被她蓝色、充满忧郁感的眼睛深深吸引住了。这是多么甜美、羞怯的一个小东西呀！看起来如果没有约翰先生的允许，她不敢说一句话。每当约翰突然向她说话或者突然向她瞟一眼的时候，她总会身体蜷缩，暗暗发抖。即使说话，她的声音也很小，让人不得不努力去听；即使微笑，她也会时刻控制自己，看看自己是否得到允许而表现得更开心一些。

至于约翰先生，他像一只猪一样，只是坐在那里吧嗒吧嗒地狼吞虎咽，大吃大喝。他几乎没有向孙女，或者格林费尔德夫人，或者巴纳比说过一句话。但是他的表情阴沉郁闷，仿佛在告诉大家："尽管这些饭菜难以下咽，但是我必须吃掉它，否则就没有了。"真是一个傲慢的畜生！

吃完正餐后，这个女孩和主人家的两位小姐一起坐在角落里聊天，听起来气氛轻松了不少。当然，她的舌头也灵活了许多，她不停地说着话，但是都是压低着声音。直到他的祖父用沙哑的嗓门儿突然喊了一声该走了，她才马上停下来，从椅子里跳了起来，她看上去十分害怕，好像做了错事被抓到了一样。

巴纳比·楚和格林费尔德起身把两人送到了车上，约翰先生的一个仆人正在那里打着灯笼等他们。那个人是谁？当然是那个光头瘦脸的恶棍，那天晚上在港口叫嚣着要杀死探险队首领的那个人。灯笼的光线照到了他的脸上，巴纳比·楚立刻认出了他，这时他的目光也在巴纳比身上停留了一下。虽然没有认出巴纳比，但他还是对着巴纳比咧嘴笑了一下，那个笑容是那么无礼和放肆。更糟糕的是，他甚至不碰一下自己的帽子向巴纳比或者格林费尔德先生致意。主人和小姐刚刚坐进马车，他就把门重重地关上，然后爬上车夫旁边的位置，一句话也没说就离开了。但是这次，他又对巴纳比和格林费尔德先生放肆无礼地咧了咧嘴。

就是这样的两个人，主人和仆人竟是一路货色。这两个人是巴纳比见过的最可恨的人，这个印象在将来得到了进一步的印证。但是，如果大家知道了这两个人的悲惨下场，那么肯定就会停止抱怨。

第二天，约翰·马利欧先生的行李被送到了“美女海伦号”上。下午，那个邪恶的光头瘦脸的仆人像一只野兽一样灵巧地跳过了登船的跳板，跟在他身后的是两个黑人，他们扛着一只水手用的巨大贮物箱。“什么！”他突然大叫道，“你是押货员？你？哎呀，我还以为你至少是个会计呢！昨晚你还和先生像同一级别的人一样坐在一起谈话呢！哦，没有关系，有个有活力的上流社会的年轻人做押货员真是不错呀！来吧，年轻人，帮个忙，帮我把先生的船舱安排在右边吧！”

他的这番话非常无礼，让人难以忍受。不过，巴纳比先生非常有涵养，他表现得非常绅士！想想看，要忍受这样一个恶棍，这样一个可恶的家伙是一件多么不容易的事情！你能够想象得到听到这番放肆无礼的评论，巴纳比的心情会变成什么样子。“你可以找一下船员，”他说，“他会把你引到船舱里。”说完，他转身就走开了，把那个家伙扔在了那里。

巴纳比进入自己的船舱时，用眼睛瞟了一下后面，发现那个家伙还站在原地一动不动，露出极度邪恶恐怖的表情。让自己的一个敌人在旅程中受到冷落，这件事情让巴纳比感到非常兴奋。相信这个坏蛋不会原谅他，也不会忘记他对自己的故意冷落。

第二天，约翰·马利欧本人在孙女的陪伴下来到了船上，他们身后跟着那个坏蛋仆人，还有四个黑人扛着两个箱子，箱子虽然不大，但是看上去却十分沉重。约翰和随从对这两只箱子十分上心，一路盯着人把它们妥善安置到约翰要住的特等客舱。这些人与巴纳比·楚擦肩而过的时候，他正站在一个大船舱里。约翰·马利欧虽然紧盯着他看了几眼，但是没有和他说一句话，从表情上看他似乎根本就不认识巴纳比。这个仆人注意到了这一点，看到巴纳比受到冷落，他在旁边咧开大嘴痴痴地笑了起来。

女孩也看到了这一切，脸突然变得通红。经过巴纳比身边的时候，她坦诚地看着巴纳比的眼睛，然后向他鞠了一个躬，露出了在巴纳比看来最甜美、最亲切的笑容。接着她又恢复了原来的样子，好像对自己的表现十分害怕。

当天，“美女海伦号”就出发了。像大家希望的那样，天空晴朗美丽。

船上还有另外两个乘客，一个是西班牙殖民城市里某所知名大学的校长和他的妻子。这一对夫妻非常善良，值得与他们交往。他们坐在大客舱里一连读了好几个小时的书。约翰·马利欧则整天待在船舱里，守着他的两个大箱子，因此，巴纳比·楚就义不容辞地担当起照顾这位年轻小姐的大部分任务。当然，他非常高兴有这么一个机会，我们完全可以猜测出他的兴奋和激动。想想吧！一个21岁的年轻男子和一个17岁的漂亮小姐在一起相处两个星期，是一件多么美好的事情呀！就像刚才提到的那样，天气一直都非常晴朗，在微风的吹拂下，船只在海面上平稳地疾驰着，偶尔轻轻摇晃两下。除了坐在一起看着蔚蓝的大海和蔚蓝的天空以外，他们其实并没有什么事情可做。但是我们可以想象得到，对于巴纳比·楚而言，能够照顾这样一位小姐是一件多么幸福的事情啊！

但是，不管一个年轻人聪明与否，只要他坠入爱情的旋涡，他的生活就会变成另外一种样子！我们的主人公常常在夜晚时

分躺在自己的船舱里辗转反侧，无法入眠。如果能睡着的话，他也想睡着，但是他宁愿这样一直在深夜里瞪着双眼想她，也不愿意闭上眼睛睡觉。

可怜的家伙！他也许知道这只不过是黄粱一梦，用不了多久，一切都会终结。他照顾的人是约翰·马利欧的孙女，是男爵的孙女，而他只不过是一个商船的押货员。

不管如何，事情进展得十分顺利，令人很是欣慰。但是，不幸的事情终于来临了，就在一个晚上，这一切都结束了。当时，他正和那位小姐倚着栏杆眺望远处，看着滚滚的海水穿过薄雾向西流去。天空十分平静，阳光似乎也舍不得离去。整个晚上她都无精打采的，忽然，没有任何开场白，她开始给巴纳比讲起了自己的故事。她说，她和她的祖父要去纽约，然后再从那里去波士顿，与他的堂哥马利欧上尉会面。她的堂哥在当地负责防卫。接着她又说，马利欧上尉是德文郡的继承人，秋天她就要和他结婚了。

可怜的巴纳比，他多么傻呀！其实女孩刚开始提到马利欧上尉的时候，他就知道接下来会是什么了，但是现在她亲自告诉了他，他什么都说不出来，只是站在那里呆呆地盯着大海。他的喉咙又热又干，好像化成了灰烬。后来，她压低声音继续说道，从第一次见到他的时候，她就喜欢上了他，这些天来她非常高兴，她会一直把他当做自己的好朋友。她说她的一生里很少像现在这么快乐，她会把他永远记在心头。

然后，这两个年轻人陷入了沉默。直到最后，巴纳比说话了，他的声音低沉嘶哑。他说马利欧一定是非常幸运的人，如果他处于马利欧上尉的位置，他一定也是世界上最幸福的人。说完这些之后，他的头脑就一片混乱，他发现他已经无法控制自己的语言了，继续说到，自己也爱着她，她说的话让他心如刀绞，现在他成了世界上最可悲、最不幸的人。

对于巴纳比说的话，她没有生气，也没有转过头去看他，只是用很低的声音说他不应该这么说，因为这样只能使两个人都痛苦。不管自己愿不愿意，她必须按照祖父的意愿行事，因为他是一个非常可怕的人。

可怜的巴纳比现在只能对她说他全心全意地爱着她，除了她的爱，他不想要任何东西，然而，他现在却是世界上最可怜的人了。

就在这时，可怕的事情发生了，一个藏在他们附近的人突然起身离开，巴纳比·楚看到那个黑影正是约翰·马利欧的那个恶棍仆人，他知道这个恶棍一定会把他听见的所有事情都告诉约翰。

这个恶棍直奔大客舱，可怜的巴纳比立刻傻眼了，他站着那里呆呆地目送着那个人离去，他感觉最后的不幸已经降临在自己的身上了。

女孩并没有看到那个家伙，她仍然靠在栏杆上，巴纳比·楚站在她身边，虽然纹丝不动，但是心里已经乱作一团。他惊惶失措，连呼吸都感到困难了。

他们就这样站着，不知道过了多长时间。突然，约翰·马利欧先生从客舱里跑了出来，连帽子都没有戴，手里举着金头手杖，朝巴纳比和女孩站的地方冲了过来，那个卑鄙的偷窥者紧跟在他的身后，像一个小魔鬼一样咧着嘴冲他们笑。

“你这个小荡妇！”约翰先生刚刚走到他们身边，就开始破口大骂，他的声音非常大，几乎甲板上所有的人都能听见。他一边骂一边挥舞着自己的手杖，好像要打那个女孩。女孩几乎缩在了甲板上，她蹲在地上逃避着约翰先生的手杖。“你这个荡妇！”他恶毒地骂着，“你和这个美国佬在干什么？他连给贵妇人擦鞋都不配，回到你的船舱去，你这个荡妇（他骂的词比刚才更恶毒了），最好在我揍你之前赶快滚回你的房间。”

巴纳比的脑袋迅速转动着，愤怒涌上了心头，似乎要把他完全融化一样。他的绝望、他的爱情、他对这些话的愤怒使他失去了理智，接下来，他的所作所为就像疯子一样，甚至比疯子更为疯狂。他伸手推了马利欧的胸膛，狠狠地把他推了回去。他大声指责马利欧居然用这么嘶哑、可怕的声音威胁一个年轻的小姐，他说他要把他的棍子夺下来，扔到海里去。

约翰先生被他推得踉踉跄跄，连连退了好几步才站稳。他大声咆哮着，向我们的主人公挥舞着手杖，我敢确定，如果不是他的仆人及时把他拉回来，那么他已经打到了巴纳比（上帝会知道出现这样的情况，结果将会怎样）。

“回来！”我们的主人公嗓音沙哑，歇斯底里地喊叫着，“回来，如果你敢用那根破棍儿打我，我就把你丢到大海里。”

这时，一些船员和客人被这喧哗声和错乱的脚步声所吸引，他们匆忙地跑了过来。曼里船长和大副佛里斯登先生也跑出了船舱。但是，巴纳比还在继续叫骂着，他已经无法控制自己了。

“你是什么东西？”他大声骂道，“居然敢威胁着打我，羞辱我，你以为你是什么东西？你根本不敢打我。你也就只会躲在身后杀人，就像你在哥布拉河杀了可怜的布兰德船长一样，你根本不敢面对面和我决斗！我知道你是谁，知道你是什么东西！”

听到这些话，约翰·马利欧突然像石头一样定住了，他膨胀的眼睛大大地瞪着，眼珠子好像都要暴出来一样。

“这是怎么回事？”曼里船长大叫着和佛里斯登连忙跑到他们面前，“到底发生什么事了？”

但是就像我已经说过的那样，我们的主人公此刻根本无法控制自己的情绪，他的心中积压了太多话，现在只想一吐为快。

“这个该死的恶棍侮辱了这位年轻的女士，”他气喘吁吁地大喊道，“他还威胁我要用手杖打我，但是我知道他是谁，了解他是个什么东西。我知道他船舱里的两只箱子里放着什么东西，我知道他在哪里找到的这个箱子，还知道这个箱子属于谁。他在哥布拉河岸上找到了这两个箱子，我要把我知道的一切告诉大家。”

听到这些话，曼里船长用手拍着主人公的肩膀，用力地摇晃着他，让他安静下来。这时的巴纳比都快站不稳了。“你这是在干什么？”曼里船长大喊道，“一个船员居然和我的乘客吵架！赶快回到你的船舱去，没有我的命令不准出来！”

此时，巴纳比多少恢复了一点儿理智，“但是，他威胁着用手杖打我，船长，”他大喊，“我不会容忍任何人这么侮辱我。”

“不论他做了什么，”曼里船长严厉地说道，“服从我的命令，回到你的船舱去，待在那里，没有我的命令不准出来。回到纽约以后，我一定会告诉你的父亲，让他看看你的表现。我决不允许我的船上发生这样的骚乱。”

巴纳比·楚向四周看了一下，发现那个孩子已经不见了。他发狂的时候，根本没有注意到这个女孩是什么时候走的，也不知道她去哪里，至于约翰·马利欧先生，他仍然站在那里，透过灯笼射出的光线，可以看到他死灰一样的脸色。我相信，如果眼光可以杀人的话，我肯定他那恶毒的眼光不知道已经把巴纳比杀死多少回了。

曼里先生抓住巴纳比的肩膀使劲地摇晃着他，终于让那个可怜的孩子恢复了理智。这个不幸的人只好服从船长的命令回到了自己的船舱。关上门后，他衣服也没有脱就躺在了床上，陷入了深深的耻辱和绝望中。

他躺在床上一动不动，双眼呆呆地盯着舱顶，痛苦和绝望不停地折磨着他。不知道过了多长时间，渐渐地，他迷迷糊糊地打起了瞌睡，其实不是睡觉，而是不停地被各种令人讨厌的恶梦围绕着。那些恶梦就好像发生在身边一样，每当他意识有些清晰的时候又陷入了梦境中。

正当游离在这些光怪陆离的怪梦中无法自拔的时候，一声枪响把他从梦中惊醒了。接着传来接二连三的枪声，突然一声巨大的撞击声，船体开始剧烈的震动起来，甲板上到处都是脚步声，听着声音像是都跑到了大客舱。后来，大客舱里开始混乱起来，有人扭打在一起，彼此剧烈地挣扎着。这时，突然传来一声女人的尖叫声，约翰·马利欧先生使出全身力量大声地叫骂道："你们这些恶棍，你们这些该死的恶棍！"接着，大客舱里又传来一声枪响。

巴纳比立刻跳了起来，抓起挂在床头的手枪冲向了大客舱。此时，客舱内一片黑暗，灯笼也已经被吹灭或者被撞到地上了。黑暗中到处都充满喧嚣、混乱，不时还有女人的尖叫声划过夜空。这些声音偶尔来自普通舱，偶尔来自贵宾舱。巴纳比被两三个在甲板上扭打的人绊了一跤，枪掉在了地上。当然，他立刻拾起了掉在地上的枪。

他不知道这场骚动意味着什么，但是突然不知从哪里传来了曼里船长的叫骂声："你们这些该死的海盗，你想掐死我吗？"立刻，他就明白发生了什么事情，他们遭到海盗的袭击了。

他看了看甲板处的楼梯，在那里，有一个比黑夜更加深沉的男人静静地站着。周围一片混乱嘈杂，但是那个身影像雕像一般，仍然纹丝不动。出于本能，巴纳比立刻意识到这肯定是这群魔鬼的头儿。于是，他仍然跪在甲板上，用枪瞄准了黑影的胸部，扣动了板机。

枪声响起，红光闪了一下，借着光线，巴纳比看到了那个印在黑暗中的模样：宽广扁平的脸，死鱼一样的眼睛，瘦骨嶙峋的前额上似乎有一块巨大的血斑。他戴着一个镶了金边的三角帽，胸前垂着一条红色披巾，黄铜纽扣在闪闪发光。很快，这一切又被厚重的黑暗吞噬掉了。

突然，约翰·马利欧先生大叫道："上帝！是威廉·布兰德！"随即便传来有人重重摔倒在地的声音。

接着，巴纳比的视线又回到了黑暗中那个人影里，他看到那个黑暗、呆滞的身影仍然一动不动地站着，他想也许自己没有射中这个人，或者这个人有超自然的能力，子弹无法对他造成任何伤害。但是，如果巴纳比确实看到了一个幽灵，那么可以说他眼前的这个幽灵如同现实生活中的活人那样清晰。

这是主人公最后的记忆。就在这时，突然有个人重重地敲了一下他的脑袋。立刻，他眼冒金星，脑袋嗡嗡作响，接着便晕了过去。

当巴纳比醒来的时候，他发现自己受到了精心而专业的照顾，头上已经用冷水清洗过了，好像还有一个外科医生在小心地给他包扎绷带。

他不知道发生了什么，过了好久，他才睁开眼睛，看见自己正躺在一个奇怪的船舱里。这里的装修十分精致，墙壁被涂成了白色和金色，屋内挂着一盏灯笼，发出昏黄的光线；正在这时，清晨的第一缕阳光穿破了黑夜，照射到船舱里。两个人正在俯身照顾他，其中一个是黑人，穿着条纹衬衫，头上围着黄色头巾，耳朵上戴着银质耳环；另一个是白人，穿着十分古怪，一看就是外国人的打扮，长长的胡须，耳朵上戴着金质耳环。

那个白人正在细心温柔地照顾着巴纳比。

这就是巴纳比清醒以后看到的第一眼场景。后来，他记起了发生在自己身上的事情，他的头痛得就像要裂开一样，他闭上眼睛，尽量不让自己大声喊出来。他非常奇怪这到底是什么样的海盗，先把一个人重重地打晕，然后再想方设法救回他的性命，并且还小心谨慎地把他照顾得舒舒服服。

他合上眼睛躺在那里，想努力恢复自己的思维去思考整件事情。那个白人把绷带全部缠到了他的头上，又把绷带缝了起来。他再次睁开眼睛，问自己这是在哪里？

但是正在照顾自己的两个人都没有搭腔，或许他们不想回答，也许他们不会讲英语，他们只是做了一些手势。那个白人看到他再次苏醒过来，并且能够说话了，于是便点点头，笑着露出了洁白的牙齿。他指了指外面，好像是指远处的会客室。同时，那个黑人拿起了巴纳比的外套，招手请他穿上外套。巴纳比明白，他是想让自己与外面的人见面，便吃力地挣扎着站了起来。黑人帮他穿上外套。这时，他仍然感到头晕目眩、两腿发抖。而此时，船也剧烈地抖动起来，好像遇到了大风浪。

尽管感到头晕目眩，但是他仍然坚持着走到了外面一间漂亮的会客厅里。这里和刚才的房间一样，装饰得十分精美，室内有一张被打磨得十分光亮的桃花心木的桌子，从房间这头一直延伸到那头。桌子上摆着许多水晶瓶子，一个从上方悬垂下来的架子上还摆着许多水晶杯子。

桌子边上坐着一个男人，他的背对着主人公。这个男人穿着一件粗制的水手装厚呢短大衣，脖子上系着一条红围巾。此时，他正抽着烟，两腿伸展，显得十分悠闲舒适。

巴纳比走进来的时候，他便转过身来。在灯笼的光线下，在天窗射进来的明媚的晨光下，我们的主人公看清楚了这个人的样子。他大吃一惊，原来眼前的这个人就是那天晚上带着他穿越金斯顿港口到哥布拉河的那个人。

他平静地看了巴纳比·楚大约一两分钟，然后哈哈大笑。也许当时的巴纳比缠着绷带，再加上看到这个人的时候又非常吃惊，表情显得特别古怪，像个小丑一样。

“呵呵，”那个人说，“你终于醒过来了，看来伤得不是很重，这下我就放心了。你的头现在感觉怎样，我的小主人？”

巴纳比不知道怎么回答，他太吃惊了，再加上头晕眼花，于是在对面坐了下来。那个男人把一杯朗姆酒推到他跟前，然后又从摇摇晃晃的架子上取下一只杯子。

他看着巴纳比把酒杯倒满后，立即开口说道：“我猜你一定觉得昨天晚上发生的事情太恶毒了。嗯，你确实受到了攻击，但是我根本不知道到底是谁打了你的头。你的遭遇让我感到很难过，但是我们还有其他事情要对你说，你一定要相信我，我对你没有恶意，在你离开我们之前一定要相信这一点。”

然后，他又给自己倒了一杯掺水的烈酒喝了下去，继续着他的话题。他说："你还记得我们在金斯顿的探险吗？你还记得那天晚上我们是如何受阻的？"

"当然记得，"巴纳比说，"我永远也不会忘记那个晚上。"

"你还记得那天晚上杰克·马利欧的船经过我们身边时，我对那个恶棍说的话吗？"

"至于这个，"巴纳比说，"我不知道自己该说记得还是不记得，但是如果你告诉我的话，我也许可以回答这个问题。"

"哦，我是指这个，"那个人说，"我当时说，那个恶棍又占了上风，但是下一次该轮到我们运气好了；即使是威廉·布兰德也会从地狱里爬出来帮助我们的。"

"我记得这类话，"巴纳比说，"现在你一提我就想起来了，不过我仍然不太清楚你说这话的意思。"

那个人眯着眼睛把头偏向一边，狡猾地看了他一会儿，然后好像很满意一样，突然大笑起来。"看看这儿，"他说，"我让你看点儿东西。"说着，他把头转向旁边有两个镶着铜扣的旅行箱那里。这两个箱子看上去非常像约翰·马利欧先生在牙买加带上船的那两只箱子。实际上只要看到这两只箱子，基本上就能够猜出里面是什么东西了。

我们的主人公一直非常好奇这两个箱子里到底装的是什么，当他看到约翰·马利欧被他威胁之后，变得呆若木鸡，表情那么恶毒，活像一个杀人犯的时候，他就确定了这里面装的是什么东西。但是，上帝！即便如此，当那个男人打开两只箱子的时候，以前的猜测或者确信，比起亲眼见到的东西根本算不了什么。箱子的锁早就已经被撬开了，打开箱盖之后，呈现在巴纳比眼前的是一大堆金银珠宝！大多数财宝都包在皮袋子里，也有许多大大小小、白色、黄色的钱币凌乱地堆在一起，好像豆子一样，堆在箱子顶上，似乎马上就要溢出来一样。

看到这些东西，巴纳比目瞪口呆，我不知道他是不是连呼吸都停止了；但是我知道，他神情恍惚地坐在那里，盯着这些不可思议的财宝。当他看了几分钟之后，那个男人“嘭”地把箱盖儿扣上了，接着大笑起来，巴纳比被他吓了一跳，这才回过神来。

“嗨，你对这个有什么想法？”那个人说，“有这些钱的话，值不值得当海盗？但是，”他继续说，“我在这儿等你这么长时间可不是为了给你看这个，我是为了告诉你，你不是船上唯一的乘客，我接到命令，必须把另外一个乘客托付给你照顾。如果你已经准备好了，巴纳比先生，我就将她直接带过来。”他等了一会儿，好像是要等巴纳比回话；但是我们的主人公没有回应，于是他站了起来，把朗姆酒瓶和酒杯都收了起来，穿过会客室走到了门那边（就是刚才巴纳比进来的时候走的那道门）。他打开门，跟里面的人说了几句话，然后带过来一位年轻的女士。她慢慢地向巴纳比坐的桌子走了过来。

这位小姐就是马乔里·马利欧，她脸色苍白，看上去被之前发生的事情给吓坏了，有点儿不知所措的样子。

巴纳比·楚永远也不能说明白接下来的奇异航行到底是长还是短；它到底是持续了3天，还是持续了10天。我们可以想象，如果两个有血有肉的人像做梦一般经历了一段痛苦的折磨，然后终于幸福地走在一起，此时，周围的一切对他们来说都是无足轻重的。谁能在这种情况下分清时间是长还是短，梦境是长还是短呢？

他们乘坐的是一艘双桅帆船，船的规模很大，上面有许多船员。这些船员外表都非常奇怪，充满了异国风情，他们有的是白种人、有的是黄种人、有的是黑种人；他们都穿着色彩鲜亮的衣服，耳朵上戴着金耳环；有的蓄着长胡子、有的头上围着头巾。巴纳比从来没有看到过这么多奇怪的人。这些人的语言巴纳比一点儿也听不懂，但是根据偶尔听到的一两个词，他能够判断出来这是葡萄牙语，但是也许只有上帝才能知道这些神秘的船员到底是什么人。他们似乎都无心关注巴纳比或者那位女士；只是偶尔他们会用黄眼睛瞥他俩一眼，但是仅仅如此。其他的时候，这些人看起来就像一场梦境中的一些生物。只有那个古怪的船长到会客室里调酒或者抽烟，才会和巴纳比聊上几句，或谈谈天气或别的其他什么，然后他便回到甲板上去忙他自己的事了。大多数时候没有人管巴纳比和那位年轻的小姐在做什么，也没有任何一个人干涉他们。

至于那位年轻的小姐，也没有表现出害怕的迹象，只是在最初的时候她有点儿异乎寻常的麻木和安静，好像被发生在自己身上的事情弄得非常茫然一样。事实上，在我看来，她的灵魂已经被她野兽一样的祖父用强权和暴力给摧毁了。所以对她来说，不管发生多么可怕的事情，在她看来都只是普通的小事而已。

然而她的茫然仅限于刚开始，后来她就变得开朗起来，好像笼罩在头上的乌云也已经散去，现在阳光普照，她的脸庞发出熠熠的光彩。她安静地坐在那里，巴纳比就这么凝视着她的眼睛，我不知道巴纳比盯了她多长时间。她美丽的面庞带着笑容，两个人好像都失去了呼吸，仿佛置身于另外一个遥远的时空。在温暖明亮的阳光下，他们听到那些古怪的船员在说着奇怪的行话，或者听到船员们拖动帆脚索的时候滑轮发出的咯咯吱吱的声音。

看到这里，你就能够理解巴纳比·楚为什么永远都记不起来这次航行到底是长还是短了？

看起来，这次奇异的旅行好像会永远继续下去。一天早上，当巴纳比·楚来到甲板上，看到双桅帆船在史坦顿岛抛锚的时候，他非常吃惊。他看到一只平底船从大船旁边驶过；山坡上有一个小村庄，可以清楚地看到海对面的纽约知名建筑的屋顶和烟囱。

他多么希望这是他最后见到的陆地呀！

但是事情真是太奇怪了，待在史坦顿岛附近一整天，纽约城近在咫尺，却又遥不可及。不管他想不想逃，巴纳比·楚都已经发现自己和年轻女士被严密地监视着，他们俩仿佛是被捆住手脚、被人控制的囚犯，只要有任何逃走的想法，都会招致不幸。

一天，船上好像在进行着秘密的交易，下午时分，船长坐着一艘帆船驶向了纽约，船尾放着一大件物品，上面盖着防水油布。巴纳比猜不出他到底把什么带到了城里，但是直到太阳落山时，那只帆船才回来。

太阳落山时，船长回来了，他发现巴纳比正在甲板上，就请他到会客室去。到会客室后，他发现那位小姐已经坐在那里了。夕阳透过天窗照射进来，整个会客厅亮堂堂的。

船长让巴纳比坐下来，说有重要的事情跟他说。巴纳比一坐下来，船长就说起来，表情非常严肃。开头是这样的："年轻的先生，可能你认为我是这艘船的船长，但实际上我不是，我只是个下属，我是执行上级的命令才做所有这些事情的。"他继续说，现在他还有件最为重要的事情要做，巴纳比和这位小姐并不是因为意外才离开"美女海伦号"的，这一切都是一个远比自己聪明的人设下的计策。他说，希望巴纳比和这位小姐都能够心甘情愿地执行被要求去做的事情，不论他们是否愿意，都必须去做，因为这是一个从来没有被忤逆过的人的命令。

你能够想象得到，主人公听到这些话时都忘记呼吸了。但是不论他曾经有过多么疯狂的梦想，都无法与所接到的命令的奇异程度相比。"我的命令是这样的，"他继续说，"我要把你和这位女士带到岸上去，看着你们俩结婚才能离开。我们已经为婚礼请了一位善良、高贵、正直的牧师，他就住在岸上的一个村子里。我已经把所有的事情都告诉他了。现在，他肯定正在等着你们。这就是我的命令，也是要做的最后一件事情。现在给你们俩5分钟的时间商量这件事，请快点儿作决定，因为不管你们愿不愿意，你们都一定要结婚。"

然后他就走了，就像他说的那样，留下了两个年轻人单独在一起。

巴纳比好像变成了石头，年轻的女士也转过头去，在晚霞中，她的脸像火一样红。

我不知道巴纳比对她说了什么，也不知道他用了什么样的话，但是，他的头脑乱作一团，他对小姐说，上帝知道他爱着她，全心全意地爱着她，自己的世界里只有她。但是，如果她不愿意遵从命令结婚，如果她不愿意嫁给自己，他宁愿死掉，也不愿意逼迫她做不愿意做的事情。另外，他还说，她一定要说这句话，告诉自己愿不愿意，上帝知道，如果她说“愿意”，他愿意放弃整个世界。

他乱七八糟地说了许多话，前言不搭后语。她坐在那里，胸部急速起伏着，好像无法呼吸一样。我不知道她具体怎么说的，只知道她说愿意嫁给他。听到这句话，巴纳比把女孩拥到怀里，深深地吻了她，他的心幸福得都快融化掉了。

这时船长又回到了会客厅，看到巴纳比拉着女孩的手坐在那里，女孩的脸羞涩地转向了一边，巴纳比的心也像鼓点一样咚咚跳着。船长看到事情如自己所愿定了下来，就握住了巴纳比的手，祝福两个人幸福快乐。

走上甲板时，双桅帆船上放下了一只小艇，他们立即坐了上去。不一会儿，他们就登陆了，很快就到了乡村的街道上。女孩靠在巴纳比的胳臂上，好像没有这个依靠就会倒下去一样。船长和船上另外两个人跟随在他们身后。他们到了牧师的住处后，夜色中，牧师正抽着烟，在门前来回踱步，等着他们的到来。他们一到，牧师立即把他们请到屋里，他的妻子拿来一只蜡烛，屋子里还有其他两位村民。牧师问了他们几个问题，诸如名字、年龄、家乡等，然后举行了结婚仪式，所有在场的人都在结婚证书上签了字。当然那些从双桅帆船上来的人没有签字，他们拒绝碰任何纸张。

下午送船长到镇上的那艘船正在他们上岸的地方等着他们。船长祝福他们平安幸福，和巴纳比使劲地握了一下手，然后调转船头，顺风离开了，把海岸和那些奇怪的人远远地抛在了黑夜里。

在黑夜中行驶时，他们能够听到双桅帆船上帆被提起来时发出的吱吱嘎嘎的声音。根据这个声音，他们知道船再一次出海了。巴纳比再也没有见过这些人，我也没有听说其他人见过这些人。

午夜时分，船终于到达了哈特莱特先生在华尔街的码头上，当他们往巴纳比家走的时候，街道上一片漆黑，一点儿声音也没有。

你可以想象得到，当听到有人这么晚敲门，巴纳比亲爱的继父穿着睡袍，举着蜡烛开门时，看到他的儿子和一位年轻漂亮的小姐站在门口的时候是多么的意外和吃惊。

这个好人的第一个念头是“美女海伦号”到港了。巴纳比一直没有解释，就进了房间。直到他们坐定，确定十分安全时，才把自己奇妙的经历一五一十地告诉了继父。

“巴纳比，这是今天下午有两个外国水手给你留下的。”这个善良的老人领着儿子穿过大厅，举起蜡烛说。在餐厅门边靠墙的地方放着一些东西。

当他看到这是约翰·马利欧从牙买加抢到手的两箱财宝中的一箱时，他禁不住惊讶地大声叫起来。当然这些箱子后来又被海盗们从“美女海伦号”抢了过来。至于哈特莱特先生，他根本猜不到这里面装的到底是什么东西。

第二天，一个人带来了“美女海伦号”的消息，它现在已经进港，当然还有一个可怕的消息，那天晚上船在海上遭到了袭击，而且约翰·马利欧先生死了。死亡的原因是那天晚上他突然看到了被他亲手杀害的老船长，他认为老船长已经死了，并且还被埋了，但是老船长的突然出现把他吓得休克，而且因为过度紧张而精神崩溃。当海盗们带着那位年轻女士、巴纳比和两只旅行箱走时，船上有人发现约翰·马利欧先生倒在甲板上全身痉挛、口吐白沫、脸色发紫，好像被什么堵住了喉咙。人们把他抬到了他的床铺上，第二天上午10点时，他死了，死前一直没有挣开眼睛，也没有说过一句话。

至于那个恶棍仆人，从那以后就没有人再看到过他。他到底是跳进了海里，还是被袭击船只的海盗们带走了呢？谁也说不清楚。

当哈特莱特先生听到巴纳比的故事后，本来无法确定那些人送给巴纳比的那箱财宝到底是不是属于自己的儿子，但约翰·马利欧死亡的消息却使整个事件看起来清楚了。就算那箱财宝不属于巴纳比，但毫无疑问它属于他的妻子，因为她是约翰·马利欧先生的合法继承人。于是，这批数量巨大的财宝（估计总价值达到了六万三千英镑以上）就落到了著名海盗威廉·布兰德的孙子巴纳比·楚手中。约翰·马利欧因为没有男性子嗣，所以他在英国德文郡的地产就由马利欧上尉继承了，就是本来马利欧小姐要结婚的那个人。

至于另外一箱财宝，再也没有听说过，巴纳比也猜不出它是作为战利品被海盗们平分了呢？还是被海盗们带到某个外国岛屿上瓜分了呢？

故事就这样结束了，只能这么说，不管当时在枪出膛时的亮光中看到的是布兰德船长的幽灵还是活生生的人，我们唯一想说的是，没有人再听到过他的消息，而且自从他在1733年在哥布拉河岸上被约翰·马利欧船长从背后射杀的那天起，就再也没有人听到过关于他的任何消息了。

反派英雄——摩根船长

下面将要讲述的是1665年至1666年间，发生在亨利·摩斯丁身上的事情，当时他正在亨利·摩根船长手下做事。

一

这个故事主要讲述了波尔图港的西班牙中将的故事，以及著名的海盗摩根先生成功拯救西蒙先生及其妻子的冒险行动，但在讲之前，我们还是先讲一下亨利·摩斯丁先生的早期经历。

1664年，亨利的父亲带领全家坐船从英国的朴次茅斯前往美洲的巴巴多斯岛，他在岛上拥有一个相当大的糖料种植园。亨利在八个孩子中排行第五，他身体健壮、精力充沛，父母原本打算让他去教会，但他却对教会一点儿兴趣也没有。故事发生的时候，亨利还不到16岁，但他发育很早，从外表看已经像20岁的成年人了。他个性鲁莽、胆大妄为、不惧怕任何危险或者可怕的冒险行动。

当时在美洲这个地方，关于摩根船长的传闻很多，大都是讲述他如何成功地从西班牙人手中掠夺到惊人的财富。

摩根船长曾经是巴巴多斯的一个糖料代理商劳斯先生手下的契约佣工。工期结束后，不愿意受法律约束的他就带着强烈的冒险欲望，纠集了几个与他兴趣相投的人，购买了一艘配有三门大炮的轻快帆船，开始了他的海盗生涯，并最终成为了全世界最成功的海盗。

当摩根船长还在劳斯先生手下干活时，亨利就认识他了，当时他在运糖的码头上当办事员。他长得很高、肩膀宽阔，身材健壮，脸颊发红，嘴唇厚实，说话很粗鲁。当时，没有一个人会想到他后来会名声大噪。

他的冒险经历赫赫有名，在当地流传了将近一年之久，1665年下半年，摩根船长成功地完成了坎佩切湾的远征，这是一次针对西班牙人的远征。这次，他从运送金银餐具的船只上抢到几批数额惊人的战利品，之后，摩根又来到了巴巴多斯，在这里招兵买马，筹划下一次的冒险。

他和其他冒险者购买了一艘大约五百吨位的船只，打算把它改装成海盗船。于是他们砍掉舷窗，安上加农炮，在主甲板上安装了两三门大口径的短炮。这艘船的名字叫“慈善的撒马利亚人号”，这个名字听起来好像与海盗这个行当格格不入，因为名字本意是用来表示为他人疗伤，而现在这艘船却被坏人用来残害他人。

这次冒险很符合亨利的口味，于是他包了几件衣服，口袋里一分钱也没有装，就跑到镇子上去找摩根船长了。他在一家普通的小酒馆里找到了这位伟大的海盗。当时他身边围着很多地痞流氓，所有人都喝着劣质的朗姆酒，高声畅谈着，他们喝酒的样子看上去好像在喝糖水一般。

此时的海盗船长看起来多么帅气威风啊！当初在运糖码头干活的时候，他看上去那么贫穷、卑微，而现在则完全不同了！他的衣服上镶了好多的金丝边，腰间挂着一把镶银的西班牙剑，身上背着一条非常漂亮的天鹅绒背带，上面还挂着三只镶银的手枪！在见到海盗之前，亨利的想法还不那么坚定，但当他看到海盗船长的光辉形象后，便下定决心去冒险了。

亨利恳请这个英雄和他到边上交谈一下，走到一个角落后，亨利向他表明了自己想应征加入这次冒险的意愿，并说自己一直以来都梦想成为一名绅士的冒险家。

听到这些话，摩根船长大笑起来，在亨利的背上重重地打了一拳，坚定地发誓他会让他成为一个真正的男子汉，这么好的一块材料做牧师真是太屈才了。

摩根船长并未食言，当“慈善的撒马利亚人号”乘风起帆驶向牙买加岛时，亨利发现自己已经成为船上的冒险者了。

二

1665年的罗亚尔港，在当时可以欣赏到很多值得一看的景观。当时那里并没有什么像样的房子，也没有今天我们能够看到的用砖砌成的会计室，街上只有一些木板和藤条搭建而成的棚屋。这些房屋上面插着五颜六色的旗子，看上去比真正的名利场还要艳丽繁华。许多海盗一股脑儿地拥到这里，并不断地对这里进行骚扰，他们总是大吵大闹，聚众赌博，花钱如流水，后来很多人都因为总是这样花天酒地而患上热病，终止了他们的寻欢作乐。热带地区的天窗永远都是阴云蔽日的，就像裹在毛毯里一样又闷又热，太阳从云层里钻出来的时候，光线就直射在冒烟的沙地上，此时，房屋似乎变成了烤箱，街道也变成了熔炉。所以，有些人像被闷在洞里的老鼠一样死掉并不会让人感到十分吃惊。但是海盗们看上去似乎并不在乎这件事儿，随处都可以看见戴着红围巾、穿着华丽服饰的海盗和打扮得奇形怪状的女人、犹太人、商人之间打架、赌博或者交换着通过不正当手段从西班牙人手中抢得的财宝。

摩根船长一到这里就受到了当地人民的热烈欢迎，还有人告诉他，希望他能尽快去会见总督阁下，总督阁下正在等待着他。于是摩根马上就带上了亨利（现在他已经深得摩根船长的器重）去拜访这个魔鬼巢穴里的皇家总督托马斯·莫蒂弗德先生。

他们到那里之后，发现总督阁下正坐在阳台阴凉处的一张舒适的大椅子上等着他们。为了纳凉，总督只穿了衬衫、马裤和长袜，脚上穿着一双拖鞋。他正抽着一枝粗大的雪茄，手边桌子上还放了一杯掺了水和朗姆酒的酸橙汁。这个阳台是用板条搭建的，地板上还铺了地砖，因此外面虽然非常炎热，但这里却十分凉爽舒适。强劲的海风吹打着板条不时地嘎吱作响，把托巴斯先生为了纳凉而梳到脑后的长发都吹乱了。

这次会见的主要议题就是如何营救西蒙先生，西蒙先生和他的妻子、女儿一起被西班牙人给俘虏了。

几年以前，冒险家西蒙先生曾被海盗们拥立为圣加达利纳岛的总督。西班牙虽然在圣加达利纳岛有大量的驻军，但是后来都被海盗们占领了，海盗们在岛上定居下来，不断骚扰周围海域的商船，几乎没有一支西班牙军队能够幸免于难。由于海盗们对商船的袭击日益频繁，西班牙人忍无可忍，派出大批兵力镇压海盗，发誓要把他们赶出岛上的要塞。西班牙人做到了，他们不但夺回了圣加达利纳岛，还俘虏了总督、

他的妻子和女儿，以及海盗们的全部驻军。

西班牙人把俘虏来的海盗驻军分成几批，有的派去做苦工；有的派到军舰上；有的派到矿山里；有的也不知道弄到哪儿去了。而总督西蒙先生将被押解到西班牙，在那里针对他的海盗罪行接受西班牙法律的审判。

这个消息是刚刚从牙买加收到的，一个名叫罗德里古兹·西尔维亚的西班牙船长携带所有相关事件的公函急件，去给西班牙政府送信，而这消息就是他带来的。

总之，这就是这次会议的主题。谈话结束以后，亨利和摩根船长一起走出了总督的府邸，回到了他们住的酒店里。摩根告诉同伙，他打算今天下午就从西班牙船长手中拿到这些急件，就算使用武力也在所不惜。

你应该明白，他们采取这样的拯救行动，完全是出于总督和摩根船长对西蒙先生的深厚友谊。的确，这些恶人在彼此交易的时候，是非常讲究道义、非常诚实守信的。你也必须明白，在当时干着相同行当的莫蒂佛德总督、西蒙先生和海盗们都是臭味相投的，他们互相帮助、互相支持，好像他们才是世界上最忠诚的人。所以，他们下定决心要把西蒙先生从西班牙人手中营救出来。

三

与总督结束谈话回到酒店以后，摩根船长发现很多同伙都聚在酒店里，比如那些经常聚在这里和他一起聊天的人，有的是“慈善的撒马利亚人号”的船员，有的是想从他这里捞些便宜的人，有些则是冲着他的名气老围着他转的流浪儿。当然也因为他们喜欢被摩根指使，很荣幸自己能拥有“摩根的跟班”的头衔。这位成功的海盗身边总是围着这么一群人。

看到有这么多人聚在这里，摩根船长就把自己的计划告诉了他们。他说自己打算去找那个西班牙船长，逼他交出那些急件，希望他们能够加入到自己的行动中来，和他一起去。

于是，这些人就跟着摩根浩浩荡荡地出发了，他的副手康沃尔郡人巴塞洛缪·戴维斯和亨利分别走在他的左右。他们在街上找了接近一个小时才找到了那个西班牙船长。不知道西班牙船长是因为听到风声知道他们在找他，还是因为他发现自己身处险境，周围到处都是敌人，他已经找了个地方躲了起来，使得海盗们找遍了整个镇子才在一个葡萄牙犹太人开的小旅馆里找到了他。找到他以后，摩根船长表情冷漠地进了旅馆，他的那些手下则吵吵嚷嚷地跟在他身后。

旅馆里面很黑，只有大门、两扇大窗户和前门处才有点儿亮光。

在这个漆黑闷热的小房间里，十几个男人挤坐在桌边一起喝着酒，他们的样子看上去像凶神恶煞。犹太人和他的妻子在旁边招待他们。亨利轻易地就认出了西尔维亚船长，一方面是因为摩根船长一直盯着他，充满了挑衅的意味；另一方面是因为这个西班牙人的穿着比起这里的其他人显得更有个性、更为精致。

摩根船长走到西尔维亚身边，命令他交出公文。西尔维亚船长则说了一串又快又急的夹杂着西班牙语和英语的话，没有人听得懂他在说什么。摩根船长坚定地说不管付出什么代价，他也一定要得到这些公文。说完就从背带处抽出一只手枪，抵到了他的脑袋上。

这个举动吓得旅馆老板娘尖叫起来，犹太老板像疯了一样恳求他们千万不要拆了自己的房子。

亨利几乎无法描述后来的情景，只知道突然发生了一场混战。刀子在头上闪过，子弹在眼前呼啸而过，他吓得呆若木鸡，后来还听到有人在大声抱怨，但是没有人知道那人是被朋友还是被敌人射中了。然后又是另一阵枪声，亨利的耳朵像是被震聋了一样，一个小时以后还在嗡嗡作响。当时，整个旅馆都弥漫着火药烟尘，到处都是打架声、咒骂声和刀子撞击的声音。

亨利几乎无法忍受这样的一场战斗，并且对这场战斗也毫无兴趣，于是就向门口走去。这时，有一个矮小干瘪的葡萄牙人灵活得像猴子一样躲在了桌子底下，见亨利过来，拿起一把刀子就向他的腹部刺去，一心指望着能刺死他。如果这一刀刺中他的话，那么亨利的冒险生涯也就这么结束了。亨利一看自己处境险恶，抓起一把沉重的椅子，朝着敌人扔了过去，看见椅子飞过来，那人立即向门外跑去。

这时，门外已经聚集了很多人，还有另外一些人听到骚乱，正往旅馆这边赶来，要加入到打斗中来。亨利站在人群中，身体抖得像一片秋风中的叶子，背上一阵又一阵的寒意像冰水一样流过，真是死里逃生呀！

你可不要认为他是一个懦夫，因为你一定要记住当时他还不到十六岁，这是他第一次遇到这样的事情。在此之后他表现得非常勇敢，在紧要关头总能显示出十足的勇气。

亨利站在那里，努力让自己恢复平静，旅馆里仍然一片混乱，忽然有两个人同时冲出了大门，后面跟着跑出一大群人。跑在最前面的就是西尔维亚船长，摩根船长在后面紧追着他。

门口的人一见里面冲出一群人，都让开了一条路。西班牙船长一看有逃跑的机会，就以不可思议的速度敏捷地冲过了街道，跑向对面的小巷子。摩根船长一看到手的猎物要跑了，就从背带上拿下一只手枪，手臂迅速翻转瞄准，向逃跑的西班牙人开了一枪。虽然街上有很多人，但是他的这一枪却瞄得非常精准，西班牙人轰然倒下，翻滚了几下掉进了路边的阴沟里，只见他抽搐了几下，就躺在那里一动不动了。

听到枪响，看见那个男人倒下，人群中发出一阵尖叫声，大家四处逃散，街道上立刻空旷起来。摩根船长拿着还冒着烟儿的手枪，跑到西班牙船长那边，亨利马上也跟了过去。

摩根船长把那人的尸体翻过来，发现那个人已经断了气。可怜的亨利以前还从来没有看到一个活蹦乱跳的人一下子就被杀死了，他根本没有遇到过这种情况。确实，对于还不过是孩子的他来说，这件事情确实太可怕了。他站在那里，脚上像生了根一样，一动不动地一直呆呆得望着那个死人的脸，就这样不知道过了多长时间。而摩根船长则镇定自若，冷静地继续着自己的工作，他的手指连抖都不抖一下地解开那个人的马甲和衬衫。那个死了的西班牙船长的脖子上挂着一个金十字架和好多的银质奖章。摩根船长咬断了挂这些东西的绳子，把这些叮当作响的小玩意儿交给了亨利，亨利接过来的时候，他的手指没有一点儿力气，差一点儿握不住这些小东西了。

摩根船长从西班牙船长穿的马甲胸前暗袋里的一个钱包中找到了那些公文。他看看了这些公文，满意地把信包了起来，接着把钱包和里面的东西全部装进了自己的口袋。

然后，摩根船长回头看了看亨利，这是他第一次回过头来。这个孩子呆若木鸡地站在那里，看起来惊慌失措。摩根船长大笑起来，把手枪又塞回了背带，在可怜的亨利的背上重重拍了一掌，告诉他要做个真正的男子汉，因为以后他有很多机会见到这种场面。

但是，对于可怜的亨利来说，这可不是什么好笑的事，好多天以后，他的脑海里还是经常浮现那个死去的西班牙人的脸。他和同伙离开了这里，把街上的人抛在身后，把那具尸体留给了他的朋友们。从街上往回走时，他满头大汗，耳朵里还回荡着在小房间里震耳欲聋的枪声，他不知道刚才经历的一切是真的，还是一场不久就可以醒来的梦。

四

摩根船长杀了那个人，如愿地抢来了公文，因此对这次行动非常满意，他在当天晚上第二次拜访了莫蒂佛德总督，第二天早上就朝着达连湾起航了。他在这些水域整整巡航了两周，没有碰到一只船，最后终于逮到了一只从贝略港开往喀他赫纳的小吨位轻快帆船。后来海盗们发现这只船上最好的东西就只是一些生皮而已，因此就在离喀他赫纳海大约二十里的地方把它凿沉了。他们还审问了船长，知道了运宝船队正停在贝略港，还没有起航，风向一发生变化，船就会出发前往西班牙。除此之外，还有一条消息对于他们的营救计划来说可谓锦上添花，西班牙人告诉海盗：西蒙先生、他的妻子和女儿都被囚禁在那只运宝船队中，也就是中将圣玛丽亚·法亚洛里所在的船上。

摩根船长一听到他所渴望的消息，马上领着船队直接驶向圣布拉索湾。他可以在圣布拉索湾海角安全登陆，不用担心别人发现他，因为这个地区完全没有人居住，那里离贝略港口只有20～25里远。

到达目的地安全抛锚之后，摩根船长马上向同伴们宣布了他的计划。计划如下：

要想使他们的船只进入贝略港，袭击被重重武装舰队保护在中间的西班牙中将，对他们来说几乎是不可能完成的任务，因此要想成功地完成这个任务，就一定要进行精巧地设计，而不能莽撞地直接出击。摩根说完这些开场白后，宣布他打算乘着一只小船去贝略港，希望能够找到机会完成营救任务，或者哪怕是得到更多的信息，以便实施新的营救计划。他说希望那些敢于冒险的志愿者参与这次探险，他坦率地告诉大家，他不会强迫任何一个不愿意冒险的人参与这项行动，因为这次冒险确实非常困难。当然如果能够凯旋的话，也将获得巨大的声望，也许还会得到数量巨大的战利品。

这个胆大包天的男人对于同伴有着令人难以置信的影响力，他们对他的计划和智慧信心十足，所以只有十几个人不敢参加这次行动，其余的人都希望能够被选中。

在这些志愿者中，摩根船长挑选出20个人，其中就有亨利。他告诉自己的副手，如果3天后还没有收到关于这次探险成功的消息，那么就把船开到牙买加等候消息。接着，摩根带领着他的队员，开始了他的探险行动。尽管至今也没有任何关于这次冒险行动的书面记述，但这也许是摩根船长所有历险中最大胆最危险的一次行动了。这次行动为他带来无上的荣誉，从此之后他威名远扬。有什么冒险能够与摩根的这次冒险相提并论呢？当时，他驾着一艘小小的敞舱船，只带了20个人，冲进了西班牙殖民地中防卫力量名列第三的海港要塞，从武装力量强大的船队的保护中除掉了西班牙中将，你认为世界上究竟会有多少人敢于冒这样的险呢？

这里有一点要说明一下，这位伟大的海盗采取如此危险的冒险行动之前，他作了非常周密的策划，确保了行动不会出现任何差错。而且，正是这种看似不可能完成的任务才是这次行动成功的关键所在，因为没有人会想到他敢采取这样的行动，因此敌人对他发动的袭击根本没有任何防备。如果他穿上皇家的军装，按照正规的战争准则作战的话，也许他会像布莱克上将一样伟大，而且获得崇高的声望。

但是这些都无关紧要。我现在要告诉你的是，驾着敞舱船、带了20个人的摩根船长在日落时分到达了圣麦地那海角。到达港口之后，他们发现那艘运宝船就停泊在那里，周围有两艘战舰和一艘武装舰正在港口警戒，离其他船只有不到半里路远。勘测到船队的位置后，海盗们降下了帆，伪装成一艘从迪奥斯港来的西班牙船，沿着海岸划了过去。成功到达岸上之后，他们大胆地进入了港口，港口对面不远的地方就是防御要塞。

现在，距离最终的目标越来越近了，摩根船长要求每个人都发誓与

他并肩战斗到底。亨利和船上其他人一起充满激情地立下了誓言。但是我必须得坦白，面对着将要发生的事情，亨利紧张得心咚咚直跳。当所有的人都立下誓言之后，摩根船长对船医下达了命令，只要船长一发令，船医就要马上在船底凿上6个窟窿，让船沉入海底，这样所有的人都没有任何后退的机会，只能勇往直前了。摩根船长就是用这种方式支配着自己的同伙，这也正是令手下人敬畏的地方。尽管凿沉船这种做法会让大家面临着要么成功，要么死亡的命运，但没有一个人抱怨。甚至船医自己也对船长的命令毫不置疑，他从来就没有想过要违抗他的命令。

现在天已经很黑了，摩根船长看到不远处有一艘小船，船上有两个渔夫，于是就用西班牙语问他们那些停泊在港口的船中哪一艘是中将的，说自己有急件要送给他。渔夫一点儿都没有怀疑，告诉了他们离这里不到半里远的那艘大型帆船就是他要找的船。

于是海盗们根据指示，调整航向，驶到了一个非常接近大帆船的地方。摩根船长告诉船医，执行命令的时候到了。按照他的指示，船医凿穿了船，大股的急流很快就涌入了船中，所有的人都拼命划着船向大帆船驶去，仿佛下一秒他们就会死掉一样。

此时亨利正在想些什么呢？像船上的其他人一样，他对摩根船长非常敬畏，宁愿死也不会置疑他的命令，尤其是在凿穿船底时，大家对他的敬畏达到了极点。因此，当冰冷的海水漫过他的脚时（因为他已经脱掉了鞋子和袜子），他开始害怕自己会被淹死，如果能让他感觉到脚底下是稳固的木板的话，西班牙的大型帆船对他来说已经没有什么可以害怕的了。

确实，所有的船员都有类似的惊慌，因为他们正用惊人的力量划着浆，到达西班牙大帆船的船尾时，船里已经装了半船水了。

此时，天已经完全黑了，月亮还没有升上来。这时甲板上的哨兵发现了他们，向他们打招呼，摩根船长用西班牙语大声向他喊，说自己是阿勒华雷斯·蒙达佐船长，有急件要交给中将。

这时，船已经浸满了水，几乎快要折断了。所有的人没等船长下达命令，全都像猴子一样敏捷地爬到了船边。他们一只手拿着手枪，一只手拿着弯刀，还没有等哨兵回过神来，呼叫一下，或是发个警告信号，他们已经跳到了甲板上。“上帝啊！你们是谁？”当哨兵刚说完这句话时，就有人用枪托把他打倒在地了。当时天很黑，形势很混乱，即使是亨利也没能看清到底是谁动的手。

还没有等甲板上其他人缓过神来，弄清是什么人从下面爬到了甲板上，一部分海盗就已经在木匠和医生的带领下，冲到了军械室，抢到了武器，而摩根船长则带着亨利和一名叫穆里罗·布拉兹里安诺的葡萄牙人像风一样冲进了大客舱。

在这里，他们看到了中将正和西蒙先生、一个朋友、西蒙的夫人和女儿玩牌。

摩根船长立即把枪抵在了西班牙船长的胸前，他表情凶恶残暴，威胁着说，如果他敢说一句话或者敢大声叫喊，那么他就会立刻变成死人。至于亨利，他并不是没有插手这场游戏，他也把枪抵到了西班牙人的朋友胸前，威胁说如果他敢动动嘴或者动动手指，就一枪打死他。

而两个女人还没有明白过来发生了什么，呆若木鸡地坐在那里，但等她们的神志一恢复过来，西蒙先生的女儿突然尖叫起来。西蒙先生立即命令她闭嘴，因为他知道来人是帮助他们的朋友，而不是来加害他们的敌人。

你要明白，所有这些事情的发生其实都在一瞬间。不到一分钟，又有三四个海盗和那个葡萄牙人冲了进来，把两个西班牙人捆了起来，塞住了他们的嘴。摩根非常满意，恐怖的表情马上消失了，继而哈哈大笑，从角落里大步走出来，和西蒙先生拍了拍手，又紧紧握在了一起。做完这些之后，由于首次行动取得了成功，他的心情非常好，显得十分幽默。他转向两位女士，拉着亨利的手来到她们面前，“女士们，这位先生是跟着我学习海盗行当的年轻绅士，请允许我把他介绍给你们。”

想象一下吧！这让小亨利多么尴尬呀！说实话，他和陌生女士相处时从来都是坐立不安，从来就没有感到自在过。你可以想象得到，当摩根把他介绍给西蒙夫人和女儿时，他是什么样的心情！当时他光着脚，只穿着衬衫和马裤，没有戴帽子，一手拿着枪，另一只手拿着弯刀。然而他的困窘还没有持续多长时间，他还没有来得及放松下来的时候，摩根船长突然严肃起来，让西蒙先生把妻女带到安全的地方，因为整个冒险中最危险的时刻到了，他马上带着亨利（我们现在可以称他为海盗了）和其他海盗离开了船舱。

回到甲板上，我们的主人公发现西班牙船员们像许多绵羊一样挤成一团（其他人被关在舱门下）。这些海盗简直太可怕了，这些可怜的人们非常害怕亨利·摩根的名字，没有一个人敢大声发出警报，甚至没有一个人敢跳船逃生。

根据摩根船长的命令，这些人被海盗们押着爬到了高处，升起船帆起航了。这时天已经完全黑了，在这么长的时间里，停泊在附近的船只竟然都没有察觉到船上发生的事情。

确实，如果仅仅一两下枪声根本不会引起大家的注意，海盗们本来可以成功逃脱。但是，满月此时已经升起，在皎洁的月光下，一切都显得那么清晰，终于，离战舰最近的船只察觉到了船上的异样情况。

这只船上的人向中将的船打了打招呼，好一会儿也没有得到回应，于是他们又朝这只船打招呼。直到现在，西班牙人都没有马上怀疑这艘船出了什么问题，他们还以为中将可能因为一些只有他自己知道的原因要改变停泊地点。但是，有一个西班牙人（摩根自始至终都不知道这个人到底是谁）爬到高处，发现中将被海盗抓起来了，于是大叫起来：“中将被海盗抓起来了。”

警报发出去了，但是失误已经无法弥补。离中将最近的船立即紧张起来，有人在大声地下达命令，有人在敲鼓，船员们在甲板上四处奔跑。

但是，此时，中将的船已经鼓起了风帆，在摩根船长的命令下，木匠已经砍断了两只拉锚的绳索，从陆上吹向海上的风很强劲，这艘大帆船很快改变航道驶向港外，顺着风向前冲去。这时，只有那艘离它最近的船能够阻止这艘大帆船的前进。而这只船已经备好了一门大炮，向中将的船开了一炮，正好打在了船的前方，在月光下，亨利能够看到飞起的炮弹碎片像雨点一样落了下来。

听到炮击声，刚才那些没有听到警报的海盗们也都被唤醒了，他们知道要想成功脱逃，必须冲破所有船只的包围，离开港口，到达公海。

在亨利的眼中，接下来的战斗肯定是世界上最可怕的一场炮击战。刚开始这场战斗还没有那么激烈，因为西班牙人需要一段时间准备开炮，因为他们之前根本没有想过会出现这种情况。但是渐渐地，炮火从那些船上呼啸而来、接踵而至，此时，亨利感觉天空中所有的惊雷都没有大炮那样威猛，因为自然界不可能产生这么巨大的骚动。从当时的情况来看，好像船上所有的人都无法逃脱死亡的厄运了。

现在月亮已经升起来了，又圆又亮，在月光下，空气中弥漫的硝烟看起来就像雪一样白。到处都是炮弹嗞嗞在空气中穿梭的声音，每当它落在大帆船上，听到它发出的巨大撞击声，看着月光中那些碎片激起的烟雾，亨利的想象力就会被扩大十倍。后来，他忽然看到有一个可怜的

人被炮弹击中，正在沿着甲板爬行，当他从桅杆后举起胳膊时，他看到这个人的手已经没有了，衬衫的袖子上染满了鲜血。看到这悲惨的一幕，可怜的亨利感觉身上所有的力量仿佛都被抽走了，他可以肯定：自己也会遭遇相同的甚至更加悲惨的命运。

但是，现在毕竟是晚上，不可能像白天一样看清楚战况，再加上西班牙人对这次突发事件基本上没有什么准备，开炮时也是匆匆忙忙的（很多人甚至不明白所有的这些骚乱到底是怎么回事儿），几乎所有的炮弹都没有瞄准目标，20发炮弹顶多只有一发能够击中目标。

此时，摩根船长正好站在亨利躲避炮火的舷墙上方，西蒙先生也跟在他后面上了甲板。船长点燃了一斗烟，站在扶手附近，明亮的月光下，他背着手注视着前方。此时他表现出令人难以置信的冷静，他并没有关注当前喧嚣的战事，而是看着20里外的海水。他不时地把烟袋从嘴里取出来，向掌舵的人下达命令。除此之外，他一直站在那里，一动也不动，任凭肩上长长的红发在海风中摇曳。

如果没有那艘武装狭长帆船的阻挠，海盗们可能早就安全地驾着大帆船离开了。尽管炮火连天，但他们的船基本上没有受到损坏。由于最近的战舰离他们还有一点儿距离，所以海盗们只要紧靠着陆地航行，就可以安全地和它擦肩而过。而且在晚上，那艘战舰对他们并没造成任何威胁。但是，正当公海近在咫尺的时候，那艘武装狭长帆船突然从岸边冲了过来，看那架势像是要拦住海盗的去路，或者逼他们靠近战舰，让战舰上的大炮发挥更大的威力。

在这里我必须说一下，这种狭长战舰在这些水域里是非常常见的。这种船船体很长，吃水很浅，船桨可以在水中更加自如地划动。它的船头很尖，向前突出，上面还安了一架旋转机枪，船尾有许多瞭望台，一个压一个形成一座碉堡，可以隐藏很多士兵以及指挥战争的军官。

我们的主人公从右舷墙上看到了正在逼近的狭长帆船，看上去海盗们无法摆脱来自它以及战舰的两面夹击。但是，摩根船长依旧保持着冷静的态度，不时地向舵手下一个命令，转换舵的方向，让狭长帆船的船头转到了自己的左舷。看上去它打算要躲开对方的船头，进入公海。航线一改变，海盗们就离武装战舰越来越近了，武装战舰见状加大了火力，枪炮声更加密集了，而且打过来的炮弹的命中率也更高了。每一发炮弹袭击过来，海盗们都能够听到木头裂开时发出的噼里啪啦的声音，并且不时地听到受伤的人发出的呻吟声和喊叫声。的确，如果是在白天的话，这会儿海盗们估计早就被消灭了，但是就像我们已经说过的，在夜色的掩护下，趁着对方一片混乱的有利时机，海盗们避开了全军覆没的危机。但是，与其说他们成功逃脱靠的是计策的话，不如说靠的是奇迹。

此时，狭长帆船驶了过来，好像要强行登上海盗们的船。它离得非常近，开始用步枪向海盗船射击，到处是咔嗒咔嗒的声音以及子弹嗖嗖飞过的声音，还有炮声和轰鸣声此起彼伏。

再过两分钟，敌人好像就要登上他们的船了。这时，摩根船长突然大声命令舵手右满舵。舵手迅速做出反应，转动舵轮，大帆船立即转向。很明显，如果再转下去的话，他们一定会和敌船撞在一起。

西班牙人可能意识到海盗们想穿过他们的船尾逃跑，便立即划桨后退，阻止海盗通过。海水因为船桨的搅动立即泛起白色的泡沫，同时，西班牙人向海盗们不停地疯狂扫射，在火力的重压下，海盗们要想逃脱，就只能靠奇迹了。

至于亨利，此时已经完全忘记了其他的一切，脑子中只想着船长的策略能不能成功，出于某种本能，他瞬间就意识到了摩根船长想要做什么。

就在此时，意外发生了，一颗子弹击中了舵手。听到一声尖叫，亨利转过头去，发现舵手向前扑倒在甲板上，鲜血从他背上的黑洞里汩汩地流了出来。由于失去了控制，航舵的轮辐飞快旋转着倒了回去。

摩根大声命令要把住舵，亨利马上跳到了舵前，控制了局势。如果不是亨利果断及时的话，估计这艘船早就沉没了。他抓住了飞驰的轮辐，快速地转了回来，大帆船的船头又回到了原来的方向。

在这电光火石的一瞬间，他只想到了要执行船长的命令，而没有想到别的任何事情。他没有想到炮弹，也没有想到子弹。但当任务完成之后，他忽然清醒过来，发现由于敌人步枪的扫射，瞭望台上已经着了火，而且更可怕的是，所有的炮火都向他射了过来。他感到非常绝望，

四下张望，却发现没有一个人能来接替他的工作。他非常想放手不干，但他清楚地知道如果这样做就意味着他的死期马上就会来临。他的耳朵嗡嗡作响，思维像羽毛一样飘荡着。我不知道此时他是否还在呼吸，他紧紧地闭上了双眼，好像这样就能够避开枪林弹雨。

此时，西班牙人一定是发现了海盗们的阴谋，突然停止了射击，开始下达一连串的命令，同时船桨飞快拨开水面，泛起阵阵飞沫。但是他们逃得太晚了，仅仅几秒钟，大帆船已经狠狠地撞上了敌船的左舷，这次撞击几乎把亨利撞到了甲板上。突然响起了一声巨大的木头爆裂的声音，紧接着响起了人们的叫喊声，狭长帆船打起转来，大帆船驶入了公海，只给紧靠它的敌人留下了一艘正在沉没的船骸。月光下、水面上到处都是上下沉浮的脑袋和挥舞着的人手。

现在，所有的危险都已经真正地过去了，有许多人都跑过来帮助正在掌舵的亨利。摩根船长走到了主甲板上，拍了拍年轻舵手的背，说："嗨，亨利，我不是告诉过你，我会让你成为一个真正的男子汉的吗？"可怜的亨利笑了起来，当然这笑声中还夹杂着难过，他的手此时像得了疟疾一样抖个不停。上帝知道，他的表情其实更像在哭而不是在笑，但是摩根船长却没有意识到这一点。

不管怎样，我仍然认为在关键时刻，亨利确实表现得非常勇敢，我很想知道，在今天，还有多少个年轻绅士遇到类似情况时能够像亨利一样表现得那么出众。

五

对于亨利来说，其他任何一次经历都没有像这次一样惊心动魄。第二天早上，西班牙船长（一个非常有礼貌、有教养的绅士）让亨利穿上了自己的一套衣服，然后把他带到了女士们面前。对于摩根船长来说，如果说他以前就对这个年轻人有点惺惺相惜，那么现在他更加看重亨利了。在大客舱吃饭时，他得到了所有人的宠爱。身材丰满、脸色红润的西蒙夫人一直不停地称赞亨利，而那位非常漂亮的年轻小姐也不停地向他抛媚眼儿。

我不得不说一下，西蒙小姐假装着教亨利学法语，经常花上几个小时的时间和他待在一起，而亨利的心中也对她充满了爱意，这种爱意都快让他窒息了。西蒙小姐感觉到了他的这种情感，非常自然地回应了他。如果我们的主人公年纪再大一点儿，或者这个旅行的时间再长一些，那么他肯定会完全地陷入这个美丽女人为他编织的情网中。此时，海盗们一直向牙买加航行，3天后安全地抵达了目的地。

在检查战利品的时候，海盗们惊讶地发现船上竟然装有价值18万英镑的金银餐具，他们简直都快高兴得疯掉了。不过，他们没有因为这些丰厚的收获而喝得烂醉，这确实是一个奇迹。当然，这要归功于摩根船长，因为摩根船长知道他们还在西班牙船队的航线上，他威胁其他海盗们说，如果谁敢碰朗姆酒，他就把他拖到甲板上一枪毙了。如果不是摩根船长这样做的话，估计这些人早就喝得烂醉如泥了。这个威胁十分奏效，当大约上午九点船到达罗亚尔港口时，所有的人始终都保持着清醒。

现在，亨利的罗曼史就此终结了。他们一到达港口，就看到从一只战舰里驶出一只小船，来客登上了海盗们的船，这是陆军中尉格兰特里（亨利父亲的好友）和亨利的长兄托马斯。托马斯看起来表情严肃，说亨利是一个不可救药的冷酷的恶棍，迟早会走上断头台，他必须立即跟他回家。他告诉我们这个还是小嫩芽的小海盗，家里人因为他罪恶的行径已经快发狂了。亨利知道自己无法撼动兄长钢铁般的顽强决心，就说：“你就不能等一等吗？等我们分完战利品，我拿走属于我的那份儿就跟你走，行吗？”

“战利品！真的吗？”他的兄长说，“你真的认为父亲会让你参与这种血腥的、危险的行当吗？”

经过一番争吵，亨利被强行带走了，他甚至没有机会和他的小情人道别。他走的时候，远远地看见她站在船尾甲板上哭得像泪人儿一样目送自己远去，从那以后他再也没有看见过她。他突然觉得人生没有什么快乐可言了。他在船尾站了起来，用从西班牙船长那里借来的帽子向心上人优雅地深深鞠了一躬，接着哥哥很快就命令他坐下来。

故事就这样结束了，还有一点需要说一下，后来，亨利不但没有走上绞刑架，而且迅速地成为了一位令人尊敬的、富裕的糖商，他娶了一位英国妻子，生了一群可爱的孩子。当他心情好的时候，他有时会像我那样，给家人讲一讲这些冒险的故事，当然其中可能会有一些我们上面没有提到过的非常精彩的故事。

汤姆·克斯特和百宝箱

这是基德船长时代的一个古老的故事。

一

要讲汤姆·克斯特的故事，了解他如何得到了这个名字，以及他是如何来到特拉华湾口的汉洛潘这个小殖民地的，那就得回溯到1686年。当时一场巨大的风暴在整个大西洋海岸肆虐。在台风最大的地方，一只三桅帆船在沙滩抛锚，这个沙滩位于特拉华湾入口处，就在汉洛潘角南面。汤姆·克斯特是这个惨遭厄运的船上唯一幸存的人。

我们的故事必须从这里开始，因为正是这次奇迹般的逃生，才使得汤姆·克斯特拥有了这个名字。

在美洲殖民地的时代里，分布在汉洛潘的少数分散的殖民点中的大部分都是由美国人建立的，此外还有一些荷兰人和瑞典人在其中建立的殖民点。在广袤无垠、遍布着沼泽和森林的美洲原野上，这些殖民地只不过是沧海一粟，没有人知道往西走多远才能到达边际。荒原上不但遍布着野兽，而且还聚居着许多印第安人。每年秋天，印第安部落就会来到汉洛潘南边的淡水湖岸边，在这里越冬。在接下来的四五个月里，他们就以鱼、蛤、野鸭和野鹅为食。他们还在海角下的沙丘和松树下面削制箭头、制作陶器。

每当周末的时候，牧师希拉里·琼斯会偶尔在树林后面的小木教堂里布道，这时，那些半裸着身体的红皮肤野人会走出聚居地，蹲在教堂的后面，神情木然地听着那些对他们来说毫无意义的布道词。

1686年，那艘失事的船只来了。对于生活在荒原地区极其贫穷的定居者来说，这些在沙滩上失事的船只看起来简直就是天赐的礼物。这艘船是在夜里失事的，第二天早上，残骸漂到了岸边，沙滩上到处都是船上的携带的货物，有盒子、桶、箱子、船柱、船骨、木板等，这些对于当地的居民来说，可以说是一笔巨大的收获，他们想拿什么就可以拿什么，没有人会阻止他们。

在一些水桶和水手用的贮物箱上，人们发现了船的名字“布里斯托尔商人”，毫无疑问，这只船来自英国。

就像上面我们曾经说到过的，失事船只上唯一幸存下来的人就是汤姆·克斯特。

汤姆和船只上其他的残骸被一起冲到了沙滩上，恰巧被一个名叫马特·亚伯拉罕逊的渔夫和他的女儿莫利发现了。当时他正躺在一个大木箱里，木箱用绳子扎得紧紧的，捆在两根船柱中间，很明显这样做是为了使木箱能够更好地承受海浪的冲击。当马特·亚伯拉罕逊看见这个木箱时，本来以为自己发现了更有价值的东西。但当他砍断绳索，用斧头劈开木箱后，他吃惊地发现箱子里竟然有一个只有九个月大小的婴儿。当时小婴儿都快被盖在箱底的毯子憋死了。

马特·亚伯拉罕逊的女儿莫利的孩子在一个月前刚刚死了，所以当她看到躺在箱子里的孩子时，立即大叫起来，她说这一定是上帝送给她的另一个孩子。

狂风肆虐，大雨倾盆，莫利无心再去捡其他的残骸，用身上穿着的男人的大衣裹起婴儿，匆匆跑回了家。

后来，马特·亚伯拉罕逊在船只残骸里发现了一个婴儿的事情传到了牧师琼斯的耳朵里，很快，他就到渔夫的小屋里来看婴儿。牧师仔细地检查了婴儿所穿的衣服，这些衣服都是用上等亚麻布制成的，手工非常精致，因此牧师断定这个孩子的父母一定出身高贵。婴儿的脖子上还系了一块手帕，手帕绕过婴儿的胳膊，在后面打了个结，在手帕的一个角上，有着用极好的绣工绣着的两个首字母：T.C.。

“莫利，你想给孩子起个什么名字呀？”琼斯牧师问。他边说话边站在火边烤手，他的外套口袋里装着一个大的方瓶杯，是下午从失事的船只残骸里捡到的。“莫利，你想叫他什么名字呀？”

“我想叫他汤姆，就用我自己孩子的名字。”

“这和手帕上的首字母正好合适，”琼斯牧师说，“但是另一个你想起什么名字？起个与‘C’相对应的名字吧。”

“我也不知道该叫什么。”莫利说。

“你觉着叫克斯特如何？因为他是从海上的一个箱子里发现的，汤姆·克斯特这个名字听起来就好像昙花一现的感觉。”这就是汤姆·克斯特故事的开头。当然，直到1699年春夏之交时，才发生了基德船长宝箱的故事。

那一年，这位著名的海盗船长驾着单桅帆船，从西印度群岛出发，到达了特拉华湾。他在那里待了一个多月，等待着朋友从纽约传回来的消息。

他放出话来，如果他带着从印度海和非洲海岸掠夺来的丰厚战利品回家，会不会遇到危险？此时，他就在那里等待朋友的回话。离开之前，他带上岸的某种东西把汤姆·克斯特平静的生活完全给搅乱了。

当时，汤姆·克斯特已经十四五岁了，是一个身体强壮、关节粗大的大男孩。他跟着老马特·亚伯拉罕逊过着穷困潦倒的生活。老渔夫大部分时间都泡在酒杯里，只要一喝酒，就对小汤姆歇斯底里地咒骂甚至还会拳打脚踢。大家可能会认为小汤姆的意志一定会被这些打骂给击垮了。但恰恰相反，汤姆·克斯特反而在这种打骂中逐渐成长起来，在虐待中，他反而变得越来越坚强。他的意志像钢铁般坚强，不管老马特怎么虐待他，虐待的时间有多长，他都一声不吭，也从不抱怨。每当此时他总会咬紧牙关，默默地承受所有的痛苦。有时这位半醉的老人快被他的沉默给逼疯了，这时他会停下殴打，磨着牙大叫：“你不说话？是吧，不说话？好，我要看看你到底能不能开口说话。”这时，莫利通常会插手保护自己的养子，和汤姆一起反抗老人，把棍子或鞭子抢过来。

而老马特就会围着房子追打他们，一转就转上半个小时，直到他怒火平熄，重新恢复理智，这场风暴才会结束。

除了养母之外，汤姆·克斯特还有一个好朋友，那就是琼斯牧师。牧师经常会趁着拿几条鱼做早餐的机会到亚伯拉罕逊的小屋去看一看。他总是和蔼可亲地和小汤姆说上几句话。在冬天的早上，汤姆会去牧师家里学习读写的基础知识，比如读、写和算术，所以现在，他已经能够拼写《圣经》和《年鉴》里的词句，也知道如何兑换钱币了。

这就是汤姆·克斯特，这就是他所过的生活。

1699年春夏之交，基德船长驾驶着单桅帆船进入了特拉华湾，汤姆一生的命运从此发生了翻天覆地的变化。

接下来我们就要讲基德船长宝箱的故事了。

二

老马特·亚伯拉罕逊有一艘平底船，他经常驾着小船到离岸边不远的地方去打鱼，也就在上文提到的船只失事地点的附近。渔夫们经常在这里打鱼，老马特的船也经常停在这里。

这天下午下了场雷雨，雨后汤姆来到岸边，把船里的水舀出来，为第二天早上打鱼做准备。

当他要回家的时候，已经是满月当空了，夜空中飘浮着朵朵白云。西边天空中还不时地亮起闪电，传来低沉的雷声，预示着又一场暴风雨就要来临了。

一整天，海盗的单桅帆船都停靠在海角后面的岸边，为了让被雨淋湿的船帆更快地晾干，海盗们把船帆都张了开来。此时，在月光下，汤姆·克斯特可以清楚地看到这些帆发出的苍白微弱的光芒。正当汤姆沿着岸边往家走时，忽然发现前面不远处的狭长沙滩上停着一艘小船，好像是附属于一艘大船的，一群人正围着它看。他十分好奇，匆匆地走上前去，想看看是谁在这里登陆。但是走近之后，他马上就认出这些人是干什么的了，很明显这伙人是从海盗船上下来的，刚刚在这里登陆，有两个人从小船里抬出了一只箱子。其中一个是黑人，赤裸着上身，另一个是白人，穿着衬衫和马褂，头上戴着蒙特里帽，脖子上围着一条红色大披巾，耳朵上戴着金耳环。他留着一条长长的辫子，一直垂到了背上，一把大大的带鞘的短刀在他的腰上摇晃着。除此之外还有一个人，看得出他是这伙人的头目，站在稍微远一点儿的地方，一只手拿着手杖，一只手举着灯笼，正看着其他人从船里往外抬东西。尽管月光把沙滩照得像白天一样明亮，但是他还是点着灯笼。他穿着长筒靴，披一件漂亮的带花边的外套，下巴留着一把长长的、弯弯曲曲的胡子，头上戴了一顶精致的、插着羽毛的帽子，长长的黑头发披散在肩膀上。

在明亮的月光中，汤姆·克斯特看到那人衣服上的镀金扣子正在闪闪发光。

刚开始的时候，他们都忙着搬箱子，并没有注意到汤姆·克斯特走过来，正站在一边看他们。后来，那个梳长辫子、戴金耳环的白人突然发现了他，用嘶哑的声音问他："小子，你在这里想干什么？你从哪里来？"他放下箱子，还没有等汤姆回答他，就指着那头的海滩说："如果你知道好歹，最好去那边海滩忙你自己的事情去，不要再回来，否则的话你很快就会知道有什么事在等着你了。"

看到海盗们都在看着他，汤姆一句话没说就掉头走开了。那个刚才跟他说话的男人还跟着他走了好长一段路，好像是要看他是不是真的走开了。过了一会儿，那人终于停了下来，汤姆匆忙地继续前行着，直到把那只船和那些人全部都远远地抛在了身后的月光中，再也看不到了，才停下来，回头望了望他刚才到过的地方。

刚才看到的那些人有些地方看上去非常奇怪，而且他们的行动也很诡秘，他很想知道这一切到底是怎么回事儿，他们到底想干什么。他在原地站了一会儿，想看看那里到底发生了什么事儿，听一听有什么声音会从那里传出来。但他什么也没有看到，只能隐隐约约地听到远处的谈话声。夜深人静的时候，那些人在荒无人烟的海滩上到底想干什么？在面对着沙滩的地方，到处都是环绕着内陆的沙丘，并且离海滩很近，他忽然涌起一股冲动，立刻转过身去，穿过沙丘，想去侦察一下这些人到底想干什么。

绕了一段路之后，汤姆听到说话的声音越来越近，知道已经很接近他们了，就停了下来听他们说话，但是那边的声音突然也停止了。在皎洁的月光下，在沉寂的沙丘后，他静静地蹲下来，侧耳倾听，听到有人在慢慢地数数："91、92、93、94、95、96、97、98、99、100、101……"他们数得很缓慢，数数的声音也越来越近，"102、103、104……"单调的数数声还在继续着。

突然他看到沙丘后面冒出了三个人头，就在他站着的沙丘旁边，离他非常近。他吓了一跳，马上蹲低了下来。他想很可能那些人已经在月光下看到他了，而事实上他们并没有看到，依旧继续数着数，他的心又提到了嗓子眼。"120，"那人数道，"121、122、123、124，"然后，数数的人从小沙丘后站了起来，走到了明亮空旷的沙滩上。

那个人就是汤姆刚才所看到的那伙人的头目。他胳膊下夹着手杖，手里的灯笼正照着什么东西，他一边十分仔细地看着那样东西，一边缓缓地沿着一条笔直的路线在沙地上走着，每走一步，他就数一次数。"125、126、127、128、129、130。"

在他身后跟着两个人，一个是那个上半身赤裸的黑人，另一个是那个拖着长辫子、戴着耳环的白人。他们正搬着那只沉重的箱子，吃力地沿沙滩向前走。当那个头目数到"130"的时候，两个抬箱子的人咣当一声把箱子扔到了沙滩上。白人喘着粗气，用袖子擦了擦前额的汗。

数数的人立即拿出一片纸，在上面写下了一些东西。他们在那里站了很久，汤姆一直躲在沙丘后面看着他们，周围一片沉寂。就在这沉寂中，汤姆听到波浪轻轻地拍打着遥远的海滩，偶尔还隐隐约约地听到那些站在小船边的人发出一阵阵笑声。

一分钟、两分钟、三分钟过去了，后来，那些人抬起箱子开始向前走，那个男人又开始数数了。“131、132、133、134，”他一直盯着他手里的东西，向空旷的地方继续前行，“135、136、137……”他就这样一直数着，直到三个人消失在空地对面的两个沙丘中间的山洞里，汤姆仍然能听到远方传来的数数的声音。

当那三个人最终完全消失在沙丘后面时，天空忽然划过一道闪电。汤姆仍然站在那里听着数数声，过了很长时间，他听到远处传来一声闷雷。他又等了一会儿，才站了起来，走到他曾经躺过的沙丘顶上，他四下张望着，但是没有看到一个人。于是他走下沙丘，朝着海盗船长和抬箱子的两个人走的方向走去。他小心翼翼地走着，还时不时地停下来，确定他仍然能够听到数数声，当数数声停下来后，他就立刻趴在沙地上，等待着数数声再次响起来。

不久，他看到前方很远的地方再次出现了三个海盗的身影，于是他绕过一片长满了粗糙莎草的沙丘，爬到了能够眺望开阔空地的地方，在月光的照耀下，这片沙滩上反射出微弱的白光。

这三个人已经穿过了沙地，现在离他不到25步远。他们再次放下箱子，那个白人坐下来休息，那个黑人站在他的身边。这时明亮的月光照在沙地上，这里看上去仿佛是白天一样，汤姆能够清清楚楚地看到那个白人的面孔。他脸上的每一条线条都好像是用白光和黑影切割出来的，仿佛是用象牙和黑玉雕成的一样。白人一动不动地坐在那里，好像直视着汤姆·克斯特一样，吓得汤姆把头缩了回去，但是没有发生任何意外，他再次听到了数数声。当他伸出头张望时，发现那三个人正笔直地

穿过这片小小的空地往前走。在他们正前方是一座线条柔和的小沙丘。他们并没有绕过去，而是直接走了上去，那个头目倚着手杖爬上了沙丘，嘴里仍不停地数着数，眼睛也仍然牢牢盯着手里的东西。不久，他们又消失在了那边的白色山顶下。

汤姆一直等到他们走进去大约有半英里远，才小心谨慎地跟了过去。前面有一个沙丘，看上去像一只扣在沙地上的大碗，他爬了过去，清楚地看到了那三个人。在月光的照射下，脚下那片平整的沙地闪着耀眼的白光。

那个抬箱子的白人正跪在地上忙活着，但刚开始的时候，汤姆并没有看清他在干什么。后来，他看到那个人正在把一根棍子削成一根长长的木钉，他很快就完成了任务，站了起来，走到了船长站的地方。那个看起来是船长的人已经把他的手杖直插进地下，好像是要用它来作为某种特定的标志。白人把手杖从沙里拔了出来，把木钉插进了刚才插着手杖的那个地方。然后黑人握着长木钉，白人用木槌把它敲进地里。在寂静的夜空中，敲击声清脆刺耳，显得特别响亮，那个男人快速地敲击着木钉，把它一点点钉进沙里，直到木钉在外面只露两三英寸长时，他才停了下来。这时，天边又亮起一道闪电，不久又响起一声闷雷。汤姆向西面天空张望着，看到镶着银边、轮廓分明的圆形雷雨云慢慢地升到了空中，推着另一片破碎的流云向前走。

两个白人朝木钉弯下了腰，黑人则站在一边看着他们。拿手杖的海盗船长手里牵着一根测量线的一头，从木钉处开始向前走，那个留辫子的白人把线的另一头固定在木钉顶端。海盗船长拿着测量线一直走到头，在沙地上画了一个十字，然后接着丈量另一段距离。

他们整整测量了五次，汤姆看到留辫子的人在一座沙丘的斜坡上钉了另一个木钉。那片高耸的白沙丘在黑夜的映衬下显得轮廓分明。留辫子的人把第二根木钉钉进沙地里之后，又开始测量，沿着另一个方向一直走到沙丘后面，从汤姆的视线中消失了。

而那个黑人仍然站在箱子旁等着，月光是那么明亮，汤姆甚至能够看到那黑人的眼白在月光下闪动着。

他们一直走到了山后面，第三次响起了木槌撞击木钉时发出的刺耳的声音。过了一会儿，两个海盗从白沙丘后面走了出来，出现在月光照射着的地方。

他们走回放箱子的地方，白人和黑人又抬起箱子，向开阔的沙地走去，慢慢地消失在山后面，再一次离开了汤姆的视线。

三

汤姆·克斯特再也看不到海盗们正在干什么了，他不敢穿过空旷的沙地。他就躺在那里猜测着他们打算干什么，这时，乌云在头顶上越升越高，沉闷的雷声也越来越响，一道道闪电划破了浓云密布的漆黑的夜空。汤姆会偶尔听到铁制工具的响声，这声音打破了周围的沉寂。他猜想海盗们正在掩埋那只箱子，不过他既看不到也判断不出来他们到底把箱子埋在了哪里。

他仍然躺在那里听着、看着，不久一股暖风吹了过来，天边的乌云里传出一声震耳欲聋的雷鸣。那片云飞快地飘了过来，越来越近，但是汤姆仍然默默地躺在那里观察着周围。

突然，出乎汤姆意料，那三个身影竟然从小沙丘后面走了出来，海盗船长在前面，黑人和白人紧跟在他身后。他们在白色沙地上走过一半路之后，白人突然停了下来，弯下腰去，好像在系鞋带。

于是黑人超过了他，走到了前面，距离白人有几步远。

下面的事情发生得非常突然，完全出乎人的意料，汤姆·克斯特根本没有弄清到底是怎么回事儿。当黑人走到前面之后，白人突然站了起来，悄无声息地亮出一把匕首，汤姆·克斯特几乎能够看到那把匕首反射出的寒光。那个白人像猫儿一样跟在毫不知情的黑人身后，突然刀光一闪，沙地中立即回荡着黑人急促的尖叫声。即使汤姆趴在遥远的沙丘处，也能清楚地听到那个黑人重重地倒在了沙地上的声音。后来，那个黑人爬了起来，向前跌跌撞撞走了几步，又停了下来，好像又向前走了几步，然后就站在那里像被钉住一样，一动不动了。

汤姆清楚地看到他的背上插了一把刀子，他甚至能够看到透过黑人胸口的刀尖上的寒光。

这时，海盗船长也停了下来，手扶手杖，面无表情地看着眼前这一幕。

突然，黑人开始跑了起来，白人站在那里愣了一会儿，也跑起来，去追赶那个黑人。在离汤姆不远的地方，黑人脚步蹒跚，倒了下去。他想要爬起来，却好像没有了力气，又跌倒在地，最后再也没有起来。此时，乌云盖住了月亮，天空突然一片漆黑，但是在黑暗中，汤姆又听见一次沉重的击打声，接着传出一声呻吟，然后就听见有一个声音告诉船长说完事了。

穿过平坦的沙地，汤姆看到了船长模糊的身影，当月亮再次从云层中挣脱出来时，他看到一个黑黑的人形一动不动地躺在沙地上，那个白人就在边上站着。

看到这儿，汤姆·克斯特突然爬了起来，使劲地往前跑，冲到了下面阴暗处的沙谷里，又跑上另一个沙丘，再冲进另一个黑暗的沙谷。就这样他气喘吁吁地沿着起伏不平的沙地不停地奔跑着。他感觉有人在后面跟着他，他非常害怕，好像能够感觉到冷冷的刀锋刺进自己的身体，就好像白人刺进黑人身体的那一刀。

他就这样跑啊跑，好像在噩梦中一样。他觉得腿像灌了铅一样，嗓子里又干又热，几乎喘不过气来。但是他仍然跑啊跑，最后，一直跑到了老马特·亚伯拉罕逊的小屋前。他不停地喘着粗气，膝盖顿时酸软无力，大腿也抽筋了。

他打开屋门，冲进了黑糊糊的房间里（马特和莫利早就睡了）。这时一道闪电划过夜空，他砰的一声把门重重地关上，滚滚雷声响了起来，好像是有一个十分沉重的东西掉到了天顶上，连小屋的门窗都被震得咔嗒咔嗒直响。

四

汤姆·克斯特一下子扑到床上，浑身颤抖，冷汗顺着脸颊流了下来，心里像是正在被锤子敲击一样咚咚直跳。刚才，为了摆脱身后莫名的恐惧，他在松软的沙地上竭尽全力地跑了很长时间，所以此时他感到头晕目眩。

他在床上躺了好长时间也没有睡着，浑身打着寒战。后来，不知怎的迷迷糊糊地睡着之后，他又开始做噩梦，在梦中，他再一次亲眼目睹了这场悲剧的发生，并且还变幻出各种各样的光怪陆离的场景。

第二天，太阳还没有出来，汤姆就起床了，他走出房门，发现屋顶上还滴着雨滴，空气十分潮湿。

他走出来的第一件事就是爬到最近的沙丘上，向远处的海盗船停泊的地方张望。

海盗船已经不见了。

不久，马特·亚伯拉罕逊走出屋子，叫汤姆吃过早饭出海打鱼。

整个上午，前一天晚上的事情就像阴云一样压在汤姆·克斯特的心头。它不但充斥在小船狭小的空间里，而且还慢慢地扩散到了他们周围的广阔天空中，并且一刻也没有离开。即使汤姆拉起网，从湿漉漉的线上取下还在挣扎的鱼的时候，他还是会想起这件事情，陷入到对惨剧的回忆当中，精神上不断地受到残酷的折磨。马特·亚伯拉罕逊面无表情地抽着烟，沟壑纵横的尖脸看上去十分恐怖。老人居然对于包围着他们的黑云毫无察觉。

当船再次抵达岸边时，汤姆匆匆忙忙地跳到岸上，吃过午餐，就立即去找那个牧师了。

他一路小跑，连气都没有喘一口，就一直从亚伯拉罕逊的小屋跑到了牧师家。当敲开牧师家门的时候，他已经上气不接下气了。

琼斯牧师正坐在后厨房的门槛上，一边晒着太阳，一边抽着一管长长的烟斗。牧师的妻子正在厨房里准备晚饭，锅碗瓢盆叮当响着，空气里弥漫着猪肉的香味儿。

汤姆·克斯特一边喘着粗气，一边匆忙地倾诉着自己的经历。琼斯一边听故事，一边不时地发出惊叹声。烟斗里的火渐渐地熄灭了，烟袋锅也凉了，他都没有意识到。

“我不明白他们为什么要杀了那个可怜的黑人。”汤姆讲完故事后说。

“嗯，这很容易理解，”这位可敬的牧师说，“他们埋的是一个装着宝藏的箱子。”

琼斯激动地站了起来，不停地徘徊着，还一边吱吱地吸着他的空烟斗，好像里面还有火苗一样。

“一只宝箱！”汤姆大叫起来。

“是的，一只宝箱！这就是他们杀那个可怜的黑人的原因。你要明白，除了那两个人以外，他是唯一知道宝箱藏在哪里的人了。现在，他们杀了那个人，就只有那两个人知道这个秘密了。这些恶棍，啧啧，看看这个！”

牧师激动万分甚至把烟斗杆都掰成了两截。

“那么，”汤姆说，“如果是这样的话，那肯定都是些邪恶的沾满血腥的财宝，肯定会给发现他的人带来厄运的。”

“不，应该给埋藏它的人带来厄运才对，”琼斯牧师说，“它应该给发现它的人带来幸福。但是，汤姆，你觉着还能够找到它埋在哪里吗？”

“我说不准儿，”汤姆说，“它就埋在那些沙丘中间，你知道，当时是晚上。但我们也许可以找到他们留在沙滩上的脚印。”他又说。

“这不可能，”可敬的绅士说，“昨天晚上下了暴风雨，所有的脚印肯定都被冲掉了。”

“我可以找到当时小船停泊在沙滩上的位置。”汤姆说。

“嗯，那就是我们的出发点了，汤姆。”牧师说，“如果我们能够找到那个地方的话，也许就能知道他们把宝箱埋在哪里了。”

“如果这真的是一个宝箱的话，”汤姆·克斯特大喊道，“就算是找遍这里到汉洛潘的每一寸土地，我也一定要把它找出来。”

“但是这和大海捞针差不多。”希拉里·琼斯说。

回家的时候，压在汤姆心头的千斤重担和阴云已经被一扫而空了，他和琼斯商量好第二天一起去寻宝，看上去他心急如焚，已经迫不及待了。

五

第二天下午，琼斯牧师和汤姆·克斯特一起出发，开始了他们的冒险。这次冒险就是为了让汤姆获得一生都享用不尽的财富。汤姆肩上扛着一把铁锹，牧师则拿着手杖和他一起前往。

当沿着海岸走的时候，他们开始讨论起他们唯一能够讨论的话题——宝箱。“你看到它有多大？”牧师问。

“大约这么长，”汤姆用铁锹在空中比画了一下，“大约有这么宽，这么高。”

“如果它装满了钱，汤姆，”牧师挥舞着手杖，迈着大步，兴奋地说，“如果它装满了钱的话，你想想会怎么样？”

“上帝呀！”汤姆·克斯特快速跟上了他的朋友，说，“我要为自己买一艘船，我会乘着自己的船去印度和中国做生意。如果箱子里装满了钱，先生，假设我们找到了它，你猜够买一艘船吗？”

“当然够了，汤姆，绰绰有余，肯定还会剩下许多钱。”

“如果我找到了它，它就是我的了，没错吧？”

“当然，它当然是你的！”牧师大声喊道，“它肯定是你的！”他一点儿都不懂得法律，但是脑子里还是对这个问题产生了怀疑，他沉默了一会儿，大叫起来：“如果你发现了它，不是你的还能是谁的，你能告诉我吗？”

“如果我能有自己的一艘船的话，”汤姆·克斯特说，“如果我能乘船去意大利，我就给你带回一箱中国产的最好的茶叶，先生。”

琼斯牧师大笑起来，“谢谢你，汤姆，”他说，“我收到茶时，会再次向你表示感谢。但是，汤姆，你听说过农夫女儿在小鸡孵出以前就开始数小鸡的数量的事吗？”

他们就是这样边聊边匆匆地一起走过沙地，突然，汤姆停了下来，向四周张望着。“就是这儿，”他说，“我昨天晚上就在这儿看到船了，我知道就是这里，因为我记得那边的那些船只的残骸，那儿的沙地上还有高耸的树桩。”

琼斯先生戴上眼镜，向汤姆指着的那个树桩走去。他仔细地看了一下树桩，大喊道：“啊，汤姆，它是刚被钉进沙地的。这是个新树桩，海盗们一定是拿它当标志，就像他们把木钉钉到沙地上当记号一样。”

汤姆走过去，看了看那个树桩。这根橡树桩将近两英寸粗，看外形像是经过了精心的砍削，顶端被漆成了红色。他摇了摇树桩，想把它拔出来，但是树桩插得很深，根本摇不动。“是呀，先生，”他说，“它一定是用来做记号的，我敢确定昨天或前天这里没有这个树桩。”他站在那里，向四周打量，看是否还有海盗做的其他标志。在不远处的沙地上露出了什么东西的一角，是白色的。汤姆看出来是一张纸片，大叫道：“那儿有一片纸，先生，我想也许这是海盗留下来的。”

那张纸出现在这里简直太不可思议了！这张纸露在外面的部分只有一英寸，如果不是汤姆眼尖的话，它肯定会被忽略过去。下一场暴风可能就会把它吹走，如果是这样的话，下面的故事就永远不可能发生了。

“看，先生，”他把纸片从沙地里取了出来，说，“上面有字。”

“让我看看，”琼斯牧师说。他扶正眼镜，拿过纸片，开始看起来。“这些是什么？”他说，“全都是数字，别的什么也没有。”他大声读起来：“‘标记S. S. W. S. byS.’，这些是什么意思呀，汤姆？”

“先生，我也不知道，”汤姆说，“你再往下读一读，说不定我们能理解它的意思。”

“全部都是数字，”琼斯牧师说，“我觉得这些数字指的应该是航海方向，可能没有什么别的意思。”他又开始读起来：“‘标记S. S. W. S. byS. 40，7，91，130，151，177，202，232，256，271’，你看，这些一定是航海的方向。‘299，335，362，386，415，446，469，491，522，544，571，598’，这么多呀，‘626，652，676，695，724，851，876，905，940，967。钉子。S. E. byE. 269步。钉子。S. S. W. S. byS. 427步。钉子往西走6步向下挖。’”

“钉子指的是什么呀？”汤姆大声叫着，“钉子指的是什么？一定与挖那只箱子有关系。”突然，一个念头闪过他的大脑，顿时，他感到浑身的血液都沸腾起来了。“再读一遍，先生，”他大叫，“啊，先生，你记得我告诉过你他们把一个木钉钉进了沙地里吗？他们说的是不是在木钉附近向下挖？你再读一遍，先生，再读一遍。”

“木钉？”牧师问，“肯定是木钉，我再看一下，是的，就是，木钉东南偏东269步。”

“是的！”汤姆·克斯特兴奋地大叫起来，“你还记得我告诉过你吗，先生，269步？这肯定是我看到的那些人用线丈量的东西。”

汤姆胸中燃烧的兴奋之火把琼斯牧师的情绪也点燃了。他感觉好像有什么奇妙的事情就要发生了。“肯定是，肯定是！”他大喊起来，“然后他们往南走，向西南偏南方向丈量了427步，钉下了另一根木钉。把箱子埋到了木钉西边6步远的地方。啊，汤姆，啊，汤姆·克斯特，如果我们的理解正确的话，那么咱们就要发财了。”

汤姆·克斯特看着老牧师兴奋的表情，除了阳光灿烂之外就看不到其他表情了。他们确实能找到宝箱吗？他感觉在阳光的照耀下肩膀上很热，他听到一只燕鸥不停地叫着，声音十分刺耳。抬头望去，这些有着剪刀尾和尖尖的白翅膀的燕鸥不停地在头顶上飞来飞去。但是汤姆一动不动，紧紧盯着老牧师的脸。

琼斯牧师首先开口了：“这些数字到底意味着什么？”汤姆看到老牧师的手因为激动而不停地颤抖着，纸片在他手中沙沙作响。牧师把纸片举到了眼镜底下，又开始读起来：“标记40、72、91。”

“标记？”汤姆尖叫起来，“啊！这一定指的是那边的树桩，它一定就是标记。”他指着那根红头橡树桩。那个树桩在闪着微光的白沙滩上竖立着。

“40、72和91，”老牧师同样尖叫起来，“啊，这些数字指的一定就是你听到的海盗们数的步数。”

“肯定就是这个意思！”汤姆·克斯特大叫起来，“一定就是这个意思，不可能是别的了。啊，走吧，先生，走吧，先生，我们赶快去找宝箱。”

“等等，等等！”牧师举起手，汤姆·克斯特注意到他的手抖得非常厉害。牧师声音很平稳，但听上去有些沙哑，他的手像中风一样抖个不停。“等等，等等！首先，我们得跟着这些量好的步子走。真是不可思议。”他停顿了一下，声音嘶哑地说：“这片纸怎么会到这里来了呢？”

“也许是被大风吹过来的。”汤姆·克斯特猜道。

“很像，很像，”琼斯牧师说，“很可能就是这样的，那些恶棍埋下了箱子，杀了那个可怜的黑人后，遇到了暴风雨，这张纸片肯定是从那个人口袋里掉了出来，被风吹跑了，那个人却不知道。”

“我们去找箱子吧！”汤姆·克斯特兴奋地大声叫喊着。

“好，好，”牧师说，“不过再等一小会儿，孩子，我们要先定好怎么找。我带了袖珍指南针，我们必须找个东西测量步子，才能发现木钉。你现在先跑到汤姆·克鲁斯家去，把他用来测量新牛栏的量杆拿来。你去拿量杆，我在这儿按纸上说的用步子丈量。”

六

汤姆·克斯特走了大约有一个小时，他一路上跑得像风一样快，回来时，他已经上气不接下气了。琼斯牧师不在那里，但是汤姆看到了他的脚印一直向内陆延伸过去。他跟着平坦的沙地上这些混乱的脚印追了上去，穿过沙丘，进入谷地，不久就看到了牧师，而且他一眼就认出了这个地方。

这就是海盗们钉第一根钉子的空地，也是后来汤姆看到的那个可怜的黑人被杀的地方。汤姆·克斯特四下看了一下，想找到一些那天晚上悲剧发生的痕迹，但是，地面平整光滑，只有琼斯牧师走过的地方才有一些足迹。牧师正在弯腰看什么东西，围着它不停地转圈。后来，牧师弯下腰去，从那东西上刮下一些什么。

这就是第一根木钉！

半个小时之内，他们又发现了第二根和第三根木钉，汤姆·克斯特脱下外套，发疯似的往沙里挖。琼斯站在旁边看着。太阳慢慢下山了，汤姆·克斯特的铁锹终于碰到了什么坚硬的东西。

即使铁锹在沙里碰到的东西是自己的心脏，汤姆也不至于像现在这样浑身颤抖，他从来没有像现在这么激动过。

真的是那个宝箱！

琼斯牧师也跳进坑里，好像发疯了一样用手把沙子迅速扒拉到一边。他们终于用力把箱子从沙子里拖了出来。箱子上面粘满了沙子，一把挂锁把箱子锁得严严实实的。两个人用铁锹砸了好多下，才把锁砸开了。琼斯掀开了箱盖，看到里面装了半箱书和纸张，还有半箱用绳子缠得紧紧的帆布包。估计如果看到的是黄金和珠宝，他们也不会像现在这样这么吃惊。

琼斯牧师拿出一个帆布包，打开一看，里面装满了钱。

他把绳子割断，双手颤抖着把包递给了汤姆，汤姆惊讶得有点儿眩晕，他把自己的外套铺在了地上，把帆布包里的东西都倒出来，银币像流水一样哗哗地流了出来，叮叮当当地落在了粗布衣服上。

琼斯牧师举起双手，汤姆则呆呆地看着眼前的一切，怀疑这一切到底是不是真的，他不知道自己是在做梦还是清醒着。他觉得自己好像是还在梦境中。

箱子里一共有22个帆布包，10个包里装的是银币，8个包里装的是金币，3个包里装的是沙金，还有1个包里面塞满了棉花和纸，里面裹着许多珠宝。

琼斯牧师大叫道：“这些足够我们两个当一辈子富人了。”

夏天的太阳虽然已经西下，但是余晖依然炙热，像火一样照在他们身上，可是这两个人却一点也没有察觉到。他们忘记了饥饿和疲劳，神情恍惚地坐在沙地上，四周散落着钱币。外套上也堆满了钱币，开了盖的箱子就摆在他们面前。离日落还有一个小时了，琼斯牧师这才醒过神来，开始查看箱子里的书和纸张。

箱子里有3本书，其中2本是在特拉华湾停泊过的海盗们的航海日志，另外1本是用西班牙文写成的，很明显记录着海盗们抢来的一些战利品的情况。

牧师坐在地上，用高昂、沙哑的声音读着书上的文字。他们首先从那两本航海日志里了解到在海湾停泊的那些人到底是谁，原来是著名的基德船长和他的船员们。在阅读的时候，牧师会不时停下来发一声感慨：“啊，这该死的坏蛋！”或者“啊，这个残忍的歹徒！”，然后他继续着在这里读一段，在那里读一段。

汤姆坐在边上听着，还不时偷偷伸手去摸摸那些堆在外套上的钱币。

大家可能会奇怪为什么基德船长会保留着这些血腥的记录。可能是因为这些东西可以当做证据，因为根据上面的记录，很多纽约殖民地的名人都牵扯了进去，因此要想把这个海盗绳之以法，而又不牵连到这些名人，简直就是不可能的。如果他能亲自保管好这些记录，无疑可以为自己提供免受绞刑的有力防卫武器。确实，当后来基德船长最终被宣告有罪并推上绞刑架时，罪名并不是海盗罪，而是谋杀罪，因为当时一个水手制造暴动，基德船长用水桶砸他的头，把他砸死了。虽然基德船长被绞死的真正原因是因为他是个海盗，但官方并不敢判他海盗罪。我们知道，就是汤姆·克斯特带到纽约去的那些航海日志将他推向了绞刑架，但他被判的罪名却是用水桶砸死自己手下木匠的谋杀罪。

坐在夕阳的余晖里，琼斯牧师把这些记录了海盗可怕罪行的文字从头到尾地读了一遍，汤姆坐在成堆的金币和银币中间，仔细地聆听着。

这时如果有人从这里路过的话，他将会看到一幅什么样的奇观呀！但是实际上，这里只有他们两个人，他们头上是广阔的天空，周围是空旷的沙地。太阳慢慢落下去了，只剩下很少的时间来看其他纸张了。

这些纸张几乎都是金匠的汇票，收款人都是一些纽约最有名的商人。琼斯知道自己读到的这些名字几乎都是当时传说中的很有身份的绅士。是啊，比如这个绅士，他就知道他的名字一定会在里面。什么？这里还有某某先生！啊，如果这些都是真的，那么这个恶棍一定抢劫过他最要好的朋友。他说：“我不知道为什么这个卑鄙的人要把这些东西和这些珠宝小心翼翼地放在一起。它们对他来说到底有什么作用呢？”后来，他又自己找到了答案："很有可能是因为这些东西可以让他控制那些在上面签过字的绅士们。在把这些支票物归原主之前，可以用它来跟他们讨价还价，使自己免于一死。我告诉你，汤姆，"他继续说，"你应该去纽约一趟，把这些东西还给它的主人，这实际上可以说是你的另一份财富。"

大部分支票的收款人都是一个名叫理查德·奇林华斯的绅士。琼斯牧师说："他是纽约州最富裕的人。你应该去找他，告诉他我们发现的事情。"

"我什么时候去呀？"汤姆·克斯特说。

"我们一弄到船票，你就立即出发。"琼斯说，他手里拿着汇票转过身来，指了指堆积在外套上的那堆钱，"我想知道，汤姆，"他说，"你能不能分给我20几个钱币？"

"如果你愿意，你可以拿1000个。"汤姆毫不犹豫地回答，他对牧师充满了感激之情，因此对这些刚刚获得的财富十分慷慨。

"汤姆，你是我见过的最好的人。"琼斯说，"我会一辈子感激你的。"

汤姆双手捧起一堆银币，说："拿着吧，先生，你要多少就拿多少吧。"

他把钱倒在了牧师的手里，牧师刚要把钱倒进自己的口袋里，却又突然停了下来，他犹豫地说："我不知道拿海盗的钱这种做法对不对呀。"他说。

"不管他是对是错，你都可以随便拿。"汤姆说。

牧师仍然在犹豫。"不，"他突然说，"我不能拿它，这是赃款。"他说完，就把一大捧钱扔进了空箱子，然后站起来，弹了弹马裤上的沙子，精神抖擞地把钱装进帆布袋子，放进了箱子里。

他们又把那个箱子埋回了原来的地方，牧师小心翼翼地把那张珍贵的指示图纸折了起来，放进了钱包里，然后把钱包放进了自己的口袋。“汤姆，”他说，“你今天发大财了。”

汤姆·克斯特从里面拿了十几枚金币，装进了口袋里，他觉得朋友说得话很对。

两个人穿过沙地往回走时，汤姆·克斯特忽然停下来，站在那里四下打量，“就是在这里，”他用脚后跟儿磕了磕沙地说，“就是在这里，他们杀了那个可怜的黑人。”

“他被永远地埋在这里了。”琼斯牧师说。说这话时，他把自己的手杖插进了沙里。汤姆·克斯特看到这里，身体突然有点儿发抖，如果这时手杖的金属头在沙地里碰到什么软乎乎的东西的话，他一点都不会吃惊。但是，这种事情并没有发生，他们没有发现任何一点在这里发生过惨案的痕迹，也许海盗们已经把尸体带走，在别的地方埋了起来，也许风暴把沙地完全吹平了，没有留下一丝痕迹。但有一点可以肯定的是，再也没有人看到过那具尸体，至少汤姆·克斯特和希拉里·琼斯牧师没有看见过。

七

这就是关于宝箱的故事，讲到这里，差不多已经到了汤姆·克斯特故事的结尾了，下面我们来看一看后来发生在他身上的一些事情。

他没有再回去和老马特·亚伯拉罕逊住在一起。现在琼斯照料着他和他的财宝，汤姆不需要再回渔夫的小屋里了。

每当老亚伯拉罕逊发了一大通牢骚，喝得醉醺醺的时候，就会向琼斯牧师长篇大论地唠叨个不停，声称如果让他逮到汤姆，就要把这个离家出走的孩子如何如何。但是汤姆总是很小心地躲着老渔夫，所以老人一直没有见到过他，这个威胁也就没有付诸实施。

汤姆经常回去看望自己的养母，每次总是趁老人不在家时去。莫利·亚伯拉罕逊总是警告他千万小心别碰上自己的父亲。"他现在心情很糟糕，我从来没有见他心情这么不好过，汤姆，"她说，"他天天都阴沉沉地坐在那里，我相信，如果他抓到你，一定会杀了你。"

当然，即使是对他的养母，汤姆也从来没有提起过财宝的事儿，他和牧师都把这件事情当做秘密深埋在心里。三周以后，琼斯牧师弄到了一张去纽约的船票，几天后，汤姆·克斯特就到达了目的地。以前，他从来没有到过城市，所以现在，当他看到那么多的砖房，漂亮、结实的陶制人行道上走着的熙熙攘攘的人群，还有把商品摆在橱窗的商店，他感到非常吃惊和好奇。当然，最让他吃惊的还是那些防御堡垒和堡垒顶上那一排排整齐排列的炮台，让人感觉威力十足的加农炮，以及穿着红色制服在堡垒附近巡逻的哨兵。这一切简直太奇妙了，就连港口中停泊着的密密麻麻的船只看上去也那么神奇。这是一个全新的世界，这个世界对于他来说与汉洛潘的那些沙丘和莎草地完全是两回事儿。

后来，汤姆·克斯特在市镇厅附近的一家咖啡馆住了下来，他让邮差把琼斯先生写的一封信送去给奇林华斯先生。不久，邮差就回来了，带来了奇林华斯先生的口信，请汤姆当天下午到家里去做客。

汤姆战战兢兢地去了，当他站在奇林华斯先生那幢华丽气派、用砖盖成的三层楼房前时，他的心吓得咚咚直跳。

账房也在同一幢房子里，但是，由于琼斯先生的那封信，他被直接带到了会客厅，那个大名鼎鼎的有钱人正在那里等着他。他坐在皮椅中，抽着烟，手边端着一杯上好的陈年马德拉酒。

因为刚到纽约，汤姆根本没有机会去买一套新衣服，他仍然穿着从汉洛潘带来的粗布衣服，看起来邋里邋遢，不怎么好看。而且看起来奇森华斯先生也不怎么欣赏他的外表，就这么抽着烟，斜眼看着汤姆。

“嗯，小伙子，”他说，“你要告诉我什么让人十分吃惊的重大事情呢？我接到了叫什么琼斯先生的信，现在我想听听你要给我说些什么。”

如果说他一开始还不怎么看得起来人的外表的话，那么很快他的态度就发生了改变。汤姆还没有说上20个字，奇林华斯的整个表情就已经完全变了样儿。他坐直了身子，放下了烟斗，推开了马德拉酒，请汤姆坐下来讲。

他一言不发，静静地听汤姆·克斯特讲述那箱被埋在沙地里的财宝，讲他如何看到那个可怜的黑人被杀，讲他和琼斯如何发现了那箱财宝。中途奇林华斯只打断了一次汤姆的话。“想想吧，”他叫道，“这个恶棍今天还若无其事地走在纽约城里，装成一个正直的好人，他还在骚扰我们中最善良的人！但是，如果我们能够拿到你提到的航海日志的话，继续讲，告诉我更多的信息。”

汤姆·克斯特把全部事情讲完以后，奇林华斯先生的态度立即发生了翻天覆地的变化。他问了汤姆许多问题，语气谦逊有礼又和蔼可亲。他不但请汤姆喝自己的陈年老酒，还邀请他共进晚餐。他说这里没有外人，只有他的妻子女儿。

汤姆一想到还有两位女士，马上惊慌起来，坚决拒绝留下来，就连奇林华斯先生只留他喝杯茶的邀请，都被他拒绝了。

他不知道自己注定是要留在这里的，而且还要留一辈子。

“现在，”奇林华斯先生说，“介绍一下你自己吧。”

“我也没什么好介绍的，先生，”汤姆说，“除了一点，我是被海浪冲上岸的。”

“被海浪冲上岸的！”奇林华斯先生大声叫道，“噢，这是怎么回事？来，从头开始，告诉我你所有的故事。”

于是汤姆·克斯特开始讲起了自己的故事。他从最开始讲起，把莫利·亚伯拉罕逊经常给他讲的故事都讲了出来。在叙述自己身世的时候，奇林华斯先生的表情从好奇变得越来越兴奋。忽然，他从椅子上跳了起来，开始在房间里不停地徘徊。

“停！停！”就在汤姆讲到一件事时，他大叫起来，“停！停！告诉我，你知道那艘失事的船只的名字吗？你就是从那只船上被冲上岸的吗？”

“我听说过它的名字，”汤姆·克斯特说，“它叫‘布里斯托尔商人’。”

“我知道它！我知道它！”这位大名鼎鼎的商人尖叫了起来，使劲挥舞着他的手，“从你一开始讲这个故事的时候我就有一种感觉，但是请你告诉我，你被发现时，身边有没有什么标志着记号或名字的东西吗？”

“有一个手帕，”汤姆说，“上面标着‘T’和‘C’。”

“西奥多西娅·奇林华斯！”商人大叫起来，“我知道它！我知道它！上帝啊！居然会发生这么奇妙的事情！孩子！孩子！你知道你是谁吗？你是我亲弟弟的儿子。他的名字是奥利弗·奇林华斯，你是他的儿子。”他冲出门，大声把妻子女儿叫了过来。

最终，汤姆·克斯特（或者应该叫他托马斯·奇林华斯，这是他现在的名字），到底还是留下来吃了晚饭。

这就是整个故事，我希望你能够喜欢它。就像我们期待的那样，汤姆·克斯特成为了有钱人，娶了漂亮的堂妹西奥多西娅（她的名字和在“布里斯托尔商人号”上被淹死的汤姆妈妈的名字相同，是为了纪念她而起的）。

他没有忘记他的朋友琼斯牧师，把他接到了纽约来住。

至于莫利和马特·亚伯拉罕逊，两人都得到了一年十镑的养老金。现在汤姆的境况好起来了，但他并没有因为老渔夫曾经对他的殴打而对他怀恨在心。

宝箱后来被带到了纽约，汤姆·克斯特并没有得到所有的财宝（琼斯原本认为他应该得到所有的财宝），但他至少还是得到了其中的一大部分。

后来，基德船长在波士顿被捕，在伦敦被处以了绞刑。我相信，和别的罪证相比，那些航海日志肯定在审判中起了更为重要的作用。

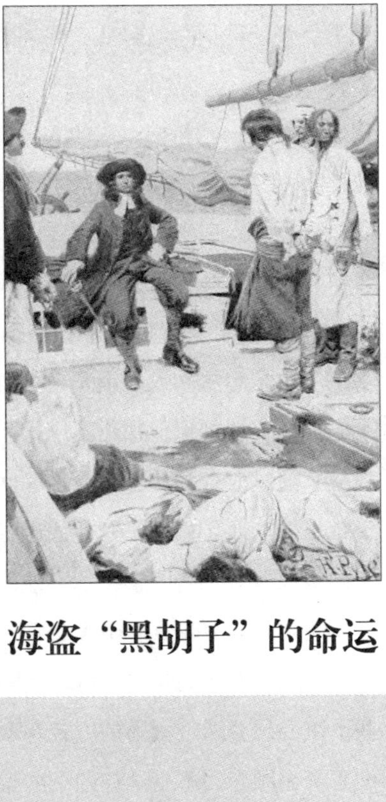

海盗“黑胡子”的命运

一

现代人在现实生活中都会受到法律和周围人群的保护，因此，人们很难想象在18世纪早期，美国殖民者们过着什么样的生活。那时候在那个地方，不但有像蒂奇船长这样无恶不作的海盗，而且还有和海盗们分享战利品的总督和州大臣们，他们总是包庇、保护着海盗们，使他们免受法律的制裁。

当时，美国殖民者大多是一些粗俗不堪的人，他们大部分住在一些小块的殖民地里，彼此相距甚远，因此他们既不能制定法律，也不能用法律来保护自己的利益。每个人或者每个小团体都不得不依靠自己的力量来保护属于自己的东西，阻止别人或别的群体来掠夺自己的财物。

对于每个人来说，或许都想拥有自己能够获得的一切东西，这是人的天性。比如，小孩子总是想从别人那里拿走他想要的东西，并据为己有。这时，只有不停地教育他，让他知道不应该用武力来夺取原本不属于自己的东西。也只有通过教育和培养，人们才学会诚实守信，不会去拿那些原本不属于自己的东西。如果不对他们进行足够的这种教育的话，或者如果一个人的本性中有一些因素使他不能接受这种教育的话，一旦有了合适的机会，他就会像小孩子一样马上去掠夺他想要的东西。

就像前面提到过的，当时在殖民地中，地广人稀，由于人员太过分散，很难去阻止那些下决心想要通过武力的方式夺取自己想要的东西的人，因此，人们都过着毫无顾忌、不受法律约束的生活。而现在，我们是生活在良好的社会管理秩序当中的，因此肯定很难去理解当时的状况。

州际间的商业往来靠的是沿海贸易商船的海上运输。而这些沿海贸易商船几乎都没有什么防御能力，各个州的政府也无力保护它们，所以那些想抢劫商船的人几乎不会遇到什么风险，差不多是百发百中。

那时在西方世界中，武装海盗们到处滋事，经常拦截商船，随意地拿走他们想拿的东西。

当时，各州都在英国国王指定的皇家总督统治之下，每个总督都可以在他自己的辖区范围内做任何他想做的事情。他只对国王和政府负责，而英国离美国相当遥远，所以实际上，他只需要对自己负责就可以了，除此之外，他不需要对任何人负责。

因此，总督们也像其他人一样，渴望尽快地攫取更多的财富，为自己弄到所有能到手的东西，只不过比起其他人，他们受过正统的教育，深知做海盗或强盗都是不对的。虽然他们想要轻松而又迅速地发财致富，但是这种渴望还没有强烈到让他们做出在自己和他人的观念中引以为耻的事情来。他们甚至尽力去阻止海盗们的胡作非为，但是州政府的力量太弱小了，根本无法阻止海盗们掠夺商船，也不能惩罚上岸的海盗。州政府并没有海军，实际上可以说没有任何武装力量，就算是在社区内，也没有足够的人通过法律的手段去对付这些力量强大的歹徒。

当海盗们从商船上抢走货物之后，这些货物就等于永远地失踪了。货主们根本无法找到它们，就算找也是白找。偷走的货物都堆在海盗们的货仓里，而这些海盗看起来倒像是货主一样。

总督和州大臣们当然不会去做抢劫商船这样的事情，那样会使自己的名誉扫地，但是他们往往是在货物被偷走之后，若无其事地拿走一些看上去好像没有主人的东西，这样的行为看起来似乎就没有那么不道德了。

大人们会经常教育小孩子，告诉他们从其他小孩子那儿抢糖果是非常恶劣的行为。但是，如果一个坏小孩从其他孩子那里抢了糖果，递到第三个小孩面前让他们咬一口，那么他们这一口，看起来也并不算是什么邪恶的事情。尽管他也知道这块糖是从其他小朋友那里抢来的，而且那个被抢的小朋友还在哭鼻子。

因此，毫无疑问，对于北卡罗来纳州总督伊登和州大臣、纽约州总督弗莱彻，或者其他殖民地总督来说，拿走海盗们的赃物，比如说“黑胡子”偷的赃物，看上去并不是什么邪恶的事情，甚至强迫海盗们让出一部分并不属于他们的、看上去好像没有主人的东西，这也不是什么邪恶的事儿。

在总督伊登统治时代，殖民地的居住人口越来越多，法律在保护人们合法财产方面的措施也逐渐变得越来越强硬了。总督伊登是最后一个和海盗进行这种交易的人，“黑胡子”几乎也是最后一个如此野蛮、强大的海盗，他能够带着手下的人在被他们抢劫的人中间来去自如，而总督对此也不加干涉。

在当时所有的美国殖民地中，维吉尼亚是最强大、最富裕的一个州，与北卡罗来纳州相邻的南卡罗来纳州经济也十分发达。“黑胡子”在这两个州烧杀抢掠、荼毒生灵，危害最为严重，后来，就连最淳朴的居民也都无法忍受这种经常被海盗抢劫的生活了。

商人们和其他受到海盗骚扰的人们都大声疾呼，要求得到政府的保护，这种情况让州总督们再也不能不听群众的呼声了。

人们纷纷向总督伊登请愿，要求采取行动制止这些海盗的可恶行径，但是伊登和海盗关系很好，所以他什么也不能做，就像品尝糖果的孩子，一定要对给他糖果的孩子很友好一样。

后来，“黑胡子”到维吉尼亚中心地区抢掠，并带走了当地最重要人物的女儿，维吉尼亚总督发现北卡罗来纳州总督根本不愿意为惩罚这些暴行做点什么，因此决定把这件事情包揽下来。他立即要悬赏一百英镑捉拿“黑胡子”，同时，还以不同金额悬赏“黑胡子”手下的其他海盗，无论是死还是活，都按人头来悬赏。

接着斯波蒂伍德总督委任梅纳德上尉带领一支军队攻击在邻近的北卡罗来纳水域活动的海盗。他虽然有权发布这个悬赏令，但却没有权利采取这个行动。这也从一个侧面反映了当时各殖民地在管理上野蛮无序的状况。

11月11日这天，总督发布了捉拿海盗们的悬赏令。星期天，所有的教堂都诵读了这条悬赏令，并且在东维吉尼亚地区的所有政府海关办公室的门上都张贴了这条悬赏令。帕克上将装配好了镇压海盗的船只，当月17号，梅纳德上尉就驾着这些船只驶往欧克莱克特。五天之后，战争终于爆发了。

当听到总督斯波蒂伍德的悬赏令的同时，“黑胡子”的船队正停泊在欧克莱克特湾内的一片沙洲中间。

当时，海上刚经历了一场暴风雨，许多船只都驶进湾内来避难。“黑胡子”几乎认识这里所有的船长，他从这些船长那里听说了这个悬赏令。

从东南边的海上袭来的狂风仍然肆虐着，湾内大约停了十几艘船。“黑胡子”上了一艘来自波士顿的商船，另外一位船长当时正在拜访这艘波士顿商船，一看到有海盗进来，两位船长突然打住了话头儿。不过此时“黑胡子”已经知道了足够多的信息，明白了两人谈话的大概意思。“我已经听到你们说的了，为什么不说了？”他说，“就算是这样又能怎样？你们认为我会把这事儿当成个事儿吗？斯波蒂伍德要派人来抓我，这就是你们刚才聊的吧。嗯，这又怎么样？你认为我会害怕吗？”

“当然没有，船长，我没有这么认为。”来访的船长说。

“我倒是想问一下，他有什么权利派人到北卡罗来纳州来与我作对。”

“他根本没有这个权利，”波士顿船长安慰他说，“你要不要尝尝荷兰杜松子酒，船长？”

“他根本没有权利气势汹汹地跑到总督伊登的地盘上来，而我则可以到你的船上随便拿两三桶荷兰杜松子酒回去喝呢，对吧，汤姆·伯利？”

波士顿的伯利船长勉强地大笑起来。“啊，船长，”他说，“至于两三桶杜松子酒，你看这船上还是有的，如果你想自己喝点儿的话，我会给你送过去的，谁让我们是老朋友了呢？”

“但是我得告诉你，船长，事情是这样的，”来访的船长对“黑胡子”说，“他们这次是下定决心来对付你了，我告诉你，船长，斯波蒂伍德总督已经颁发了一个针对你的紧急追捕令，所有的教堂都已经诵读了这个布告。我亲眼看到在约克镇的海关办公室门上贴着这个布告，总督悬赏100英镑捉拿你，悬赏50英镑捉拿你的军官，悬赏20英镑捉拿你的水手。”

“啊，这样呀，”“黑胡子”说，“那我祝他们好运。他们拿到悬赏我的100英镑时，可能已经没有机会来花掉它了。至于荷兰的杜松子酒，”他转头对伯利船长说，“我知道你船上有什么，没有什么，你以为你能糊弄我？很好，给我送两桶过去吧，我就不用亲自动手了。”两位船长陷入了沉默。“至于你提到的梅纳德上尉，”“黑胡子”说，“我很了解他，他一直在马达加斯加岛附近忙着捉海盗。我相信你们很想看到他除掉我，但是他做不到。在皇家海军中，我最想遇见的就是他了。我会让他清楚地知道，这里是北卡罗来纳州，而不是马达加斯加。”

就在当天晚上，梅纳德上尉统率的两艘船开进了欧克莱克特湾。这时，天气已经放晴，所有的船只都驶出了港湾，只有一艘纽约船还没有离开。这艘船仅在这里待了一天一夜，船长就和“黑胡子”成为了好朋友。

梅纳德驶入港口的那天晚上，岸上有人正在举行婚礼。许多人坐着牛车或雪橇来到海滩上，还有很多人坐船从更远的地方来到这里。

天色稍暗一点时，纽约船长和“黑胡子”一起上了岸。那天下午，两个人一直待在海盗船上喝酒。纽约船长现在有点儿醉了，和“黑胡子”划船上岸时，他傻兮兮地边笑边说话，而海盗却严肃地坐在那里，一句话也不说。

两人上岸时天已经全黑了，纽约船长跌跌撞撞地走着，后来竟然一头栽在了地上，滚来滚去，船上的水手哄堂大笑。

人们已经开始在一个正对着海岸的露天棚子里跳舞了。棚子前面燃起了松枝堆成的篝火，在火焰的照耀下，棚子内红光闪闪。一个黑人正在里面拉小提琴，当中挤满了形形色色跳舞的人。跳到尽兴时，他们还不时地大喊大叫。透过喧哗的人群和嘈杂的脚步声，小提琴的弦音不断地传了出来。

蒂奇船长和纽约船长站在一边看着。纽约船长靠在一根柱子上，一只手抱着柱子撑着身子，一只手傻傻地跟着节奏打响指。

这时，新娘子向这两个人走了过来。她跳了半天舞了，脸蛋儿红扑扑的，前额的头发有点儿零乱。“嘿，船长，为什么不邀请我跳支舞？”她对“黑胡子”说。

“黑胡子”盯着她问：“你是谁？”

她大笑起来，“你的样子看起来像要吃人一样。”她大声说。

“黑胡子”的脸色渐渐地放松下来，“噢，你真是个厚脸皮的人，”他说，“好，我和你跳一会儿，我会让你把心脏都跳出来。”

他走上前去，用肘部把新郎推到一边。那人看到“黑胡子”已经喝多了，笑了起来，站在一边的其他人都退开了，一会儿，场地上就干干净净了。那个黑人正坐在房间尽头的一个圆桶上，咧开嘴笑着，露出了一口白牙，他没有停止拉提琴，而是使劲地刮了一个琴弓，音乐立即换成了欢快的快步舞曲。“黑胡子”跳到空中，两个后脚跟儿碰了一下，发出一声短促的尖叫，然后接着跳了起来，舞步看起来十分奇特，热情奔放的。他的女舞伴不时地用指关节击打一下臀部，看到“黑胡子”古怪的舞步，所有人都笑了起来。他们大笑着，不停地拍着手，拉小提琴的黑人也像疯了一样拉着弓弦。这时，新娘的头发已经散到了背上，她直接把它挽了上去，接着跳起来，又笑又喘，汗水淌了一脸。她跳啊跳，后来突然大笑起来，喘着气停下了舞步。“黑胡子”又跳到空中，碰了一下脚跟儿，尖叫一声落到了地下，开始旋转起来。大伙又发出一阵狂笑，疯狂地鼓掌，连拉小提琴的黑人都不禁停了下来。

附近有一个小棚子在卖酒。跳完舞，“黑胡子”和纽约船长走了过去，喝起酒来。“嗨，船长，”一个人叫道，“梅纳德的船就在那边港口。杰克主教刚才经过那儿，他说梅纳德向他打了个招呼，想找个领航员引他进港。”

“好，他运气真好！快点来吧，我已经等不及了！”“黑胡子”用嘶哑的嗓音大声叫着。

“嗯，船长，”那个声音说，“你明天会和他打一仗吗？”

“是的，”海盗大叫道，“如果他来找我，我肯定会让他们如愿，赏给他们想要的一切！至于领航员，我告诉你，如果有人给那个恶棍当领航员，这将会成为他一生中最糟糕的工作。我将会与他不共戴天。”说完，他大笑起来。

“船长，干一杯，让我们为此干一杯吧！”“是的，船长，干杯，干杯！”几个人大叫起来。

“嗯，”海盗船长大喊，“明天将会上演一场热闹、激烈的好戏，胜者为王，梆！梆！就这样。”

他想从口袋里往外掏手枪，但枪卡在口袋里了，他用力地住外掏，使劲儿向外拽。站在他前面的人们开始四处逃窜，终于他拽出了手枪，在手里一圈圈转着，周围一片寂静，突然火光一闪，响起了一声震耳欲聋的枪声，紧接着传来玻璃破碎的声音。一个人大叫了起来，猛地使劲伸手去摸了一下后背。“他打破的杯子碎片全都掉在我身上了。”他大叫。

“就是这样。”“黑胡子”说。

“你注意呀，”店主人说，“如果再有这样的事情发生，我就一滴酒也不卖了。如果再有麻烦的话，我就马上熄灯打烊了。”

那边的棚子里仍然传出小提琴的琴声，舞会还在继续。

“船长，如果你明天运气不好的话，”一个人大声问，“那会怎么样？”

“嗯，如果是这样，”“黑胡子”说，“我就认了，就是这样。”

“到时候你妻子就会成为一个有钱的寡妇了，是不是啊？”一个人大叫，人群中立即爆发出一阵狂笑。

“为什么，”纽约船长说，“为什么像你这样双手沾满血腥的人会像好人一样拥有一个妻子呢？”

“她不会比现在有钱的。”“黑胡子”说。

“她知道你的钱藏在哪里吧，船长？”有人大声问。

“魔鬼才知道我把钱藏在了哪里。”“黑胡子”说，“我知道我把钱藏在了哪里，世界上活的时间最长的人将得到我所有的财宝，就是这样。”

“黑胡子”船长和纽约船长往回走时，天已经微微亮了。纽约船长东倒西歪地走着，一会儿靠在“黑胡子”身上，一会儿又跌跌撞撞地倒向另一边。

二

早上八点钟左右，梅纳德上尉从纵帆船上派了一只船驶向四五英里外的殖民地。不少人正懒洋洋地站在岸上，看着小船渐渐地靠近。船靠近码头后，船员们放下了桨，指挥这只小船的人是大帆船上的水手长，他站起来向岸上询问是否有人愿意当他们的领航员，引领大船穿过这片浅滩。

没有一个人回答他，所有的人都只是傻傻地瞪着他。过了一会儿，终于有一个人把嘴上的烟斗拿开，说："这里没有领航员，先生，我们都不是领航员。"

"嗯，你在说谎吧！"水手长大吼，"你以为我从来没有来过这儿吗？你以为我不知道这里没有人不知道浅滩的水路吗？"

那人手里拿着烟斗，看了看另外一个人，说："你知道这里浅滩的水路吗，杰姆？"

被问话的年轻人头发蓬松，乱得像野草，双眼都被遮住了。他摇摇头，咕哝着："不，我不知道。"

"这是梅纳德上尉指挥的皇家海军舰队，"水手长说，"我们会支付给领航员5英镑的报酬。"码头上的人你看看我，我看看你，没有一个人说话。水手长看出这些人不想回答他的问题。"为什么？"他说，"我想你们不会是脑袋出问题了吧？一定是这样，送我上岸，伙计们，我上岸看能不能找到愿意赚这5英镑的人，不过就是领航罢了。"

水手长上岸后，码头上那群闲人看着小船，开始交谈起来，明摆着是说给小船里的人听的。"他们来了，"一个人说，"把'黑胡子'从海上赶走。""是啊，"另一个人说，"他那么平静，会躺着不动，让他们揍他的，他会的。""那儿有个年轻人，"又一个人说，"他看起来不应该死掉，不应该。啊，就算给我1000英镑，我也不愿意和他换。”“我猜‘黑胡子’太害怕了，他吓得头脑都不清了。”第一个说话的人又说。

后来，小船上有一个人说了起来。“也许他确实不知道怎么看待我们，”他说，“但我们和他的事完结之后，我们会让他睁开眼的。”

这会儿，聚集到码头的人越来越多，大家都看着小船里的人。“这些维吉尼亚吃烟草的人来北卡罗来纳干什么？不管怎么说，”一个刚过来的人说，“他们可没有得到什么命令来到北卡罗来纳呀。”

“也许你们能阻止我们来这里，也许你们不能。”船上的一个人说。

“嗯，”码头上的那个人回答，“我们能够很轻易地让你滚蛋，但是你不值得我们这么做，这是事实。”

周边地上有一个很重的铁螺栓，一个人偷偷地把它踢了起来，螺栓飞了出去，当啷一声砸到了小船上。“你这是什么意思？”管船的人大吼道，“这是什么意思，你这个恶棍？你想把我们的船砸一个洞吗？”

“嗯，”那个踢螺栓的人说，“你知道我不是故意的，对吧？”

“好，你再试一下，有人会为此付出代价。”船上的人说着，亮出了手枪枪柄。

码头上的人哄笑了起来。这时，水手长从村子里回来了，沿着码头走了过来。他一到码头，人群中的骚动立即安静了下来，人们阴沉着脸给他让出一条道来。水手长没有带来领航员，他跳上船尾，简短地说：“走。”岸上的人群目送他们离开，船离开陆地好长一段距离之后，人群中发出讥讽的笑声。“这些恶棍，”水手长说，“他们都是一伙的，根本不让我进村找领航员。”

上尉和航海官看见小船驶了回来，“你们没有找到领航员吗，鲍尔温？”梅纳德先生问正在往甲板上爬的水手长。

“先生，没有找到，”鲍尔温说，“这些家伙要么是和海盗一伙儿的，要么就是害怕海盗，他们甚至不让我们进村子里去找领航员。”

“噢，那么，”梅纳德先生说，“我们自己来吧。一点钟时满潮，我们趁机航行，能走多远走多远。你乘小船探测出一条航道来，我们用长桨跟在你后面，你不是很了解这片水域的吗？”

“他们在岸上说，那个恶棍船上有40个人。”水手长说。实际上，真正战斗时，海盗船上只有25个人而已。

三

梅纳德上尉只带了60个人前往战斗，纵帆船上有35个人，单桅帆船上有25个人。他既没有加农炮，也没有短炮，船只装备也不适合打海盗。他自己指挥的纵帆船几乎不能给船员提供什么保护，护栏还不到一英尺高，甲板上的人几乎完全处于暴露状态。单桅帆船的护栏稍微高一些，但同样也不适合战斗场合。实际上，上尉指望的是用官府的正义力量来震慑海盗们，而不是用实际的武器和兵力来征服他们。他从来就没有想到海盗们会真正地动枪动兵，直到最后战斗打响时，他才知道自己的想法错了。海盗们认为上尉实际上并没有合法的权利来北卡罗来纳海域攻击他们，如果不是因为这个，他们可能真的不会动武，事情很有可能不是现在这样子的。

中午时分，他们起锚了，纵帆船在前面领航，两只船在微风中慢慢驶进了港口。每只船的船头上都站着一个人，不停地用铅锤探测水情。他们慢慢开进了湾内的海港，发现海盗的单桅帆船就停在3英里外。海盗船上正放下一只小船，向岸边驶去。

上尉和航海官站在舱面船室的顶上。航海官拿起望远镜向远处观察。“先生，它有一门长炮，”他说，“还有四门短炮。先生，我觉得像我们这种只配备了轻武器的船只，只适合近距离作战，和他们打起来估计难度会很大。”

上尉笑了起来。“啊，布鲁克斯，”他说，“你看起来一直在担心那些好战的海盗。你没有我了解他们，他们会制造声势，通过大吼大叫来振奋士气，一旦你抓到他们，向他们挥挥强硬的拳头，他们很快就蔫了。今天可能连一声枪响都听不到。我和这些人打了这么多年的交道，现在才真正了解他们。”上面我们提到过，直到最后一刻，上尉才不再认为海盗们没有任何动武之心。

当两艘船航行到离海盗的单桅帆船不到1英里的地方时，他们才发现水太浅了，船再也不能向前挪动了。于是他们放下小船，水手长驾着小船在前面探测水路，两艘帆船还升着帆，但没有吃风，长桨在后面慢慢划着。

海盗也升起了帆，但停在原地，好像在等着纵帆船和单桅帆船过来。

水手长驾着小船，行驶在两只帆船的前方，艰难地探测水路，两艘帆船划着长桨慢慢向前蠕动，一直驶到了离海盗船不到半英里的地方。这时水手长乘的小船离海盗船大约只有四分之一英里。突然，海盗船上射出一阵烟雾，紧接着又有两阵烟雾，很快就传来了三声枪响。

“混蛋，”上尉大吼，“他们肯定在向小船开火！”然后，他看到小船调转船头，朝他们划过来了。

水手长驾着小船迅速划了回来，不远处海盗船上又喷出三四次烟雾，传来三四声枪响。不久，小船停靠在了帆船旁，水手长匆匆忙忙往帆船上爬。“不用把小船提起来，”上尉说，“用缆绳拖着它就行了。

你快点上船。”他转向航海官，“啊，布鲁克斯，你得尽量降半帆让船通过浅滩。”

“但是，先生，”航海官说，“我们一定会搁浅的。”

“很好，先生，”上尉说，“你听我的命令。搁浅就搁浅吧，就这样。”

“我测出来水深大约有六英尺，”航海官说，“但是那群恶棍不让我们再靠近了。我想我们的航道是正确的，前面更加开阔，那里还有一个洞穴，如果能开到洞穴后面的浅滩上的话，我想我们就安全了。”

“很好，就这样，你来掌舵，鲍尔温，”上尉说，“把你的才能全部施展出来。”

梅纳德上尉看着前方的海盗船也降了半帆，正向这里驶来。他可以看到海盗船上的人匆匆忙忙地在甲板上跑来跑去。然后他走到船尾，到了船舱旁边。跟在后面的单桅帆船离这里有一段距离，看起来好像搁浅了，船上的人正在努力摆脱困境。上尉低头看了看船尾下方的水面，这时已经退潮了，纵船舱触到了泥地。他又沿甲板向前走，水手们正蹲在低低的护栏旁边，气氛很紧张，大家一句话也不说。上尉向下看了看，“詹森，”他说，“你拿铅锤到前边测测水位。”他又对其他人说：“伙计们，一靠近那只船，你们就赶快登上去，明白吗？不要等单桅帆船，也不要顾虑它，只要看到钩锚牢固了，就立即上船。如果有人反抗，就打死他，准备好了吗，克林格先生？”

“是的，是的，先生。”炮手说。

“很好，那么准备好，伙计们，我们马上就要登船了。”

“这儿的水位还不到六英尺，先生。”站在船头的詹森说。这时，船体突然轻微震动了一下，纵帆船停了下来，搁浅了。“把它推到那儿的下风处，展开帆！”掌舵的水手长咆哮着，“把它推到下风处。”

他边说边转动帆轮。六个人跳了起来，抓住了长桨，把它插入了水中。其他人也跑过来帮忙，但是长桨沉入了泥泞中，根本没有办法移动纵帆船。帆已经落了下来，被风吹得呼呼响。现在他们离海盗船很近，忽然听到海盗船上有人和他们打招呼。上尉转过头去，看见有个人站在海盗船的护栏上，手里握着后拉索。“你们是谁？”他从远处大叫，“你们从哪里来？你们在找什么？你来我们这里要干什么？”

上尉听到有人说：“那就是‘黑胡子’。”他饶有兴趣地看着远处的那个身影。

海盗胆大妄为地站在那里，背后是蓝天白云。好像有人站在他背后说了句什么话，他转过头，然后又转回来。“我们只是安分守己的商人！” 他大叫，“你有什么权利来找我们？你要是上船来，我会让你看看我的证书，这能说明我们只是安分守己的商人。”

“恶棍！”上尉对站在身边的航海官说，“他们是安分守己的商人，他们！他们看起来像安分守己的商人吗？船上装了四门短炮和一门长炮！”他隔着水大声叫道：“只要我的船能够离开浅滩，我就把船开过去，到你船上看看。”

“如果你一定要上我的船，”海盗说，“我就让你尝尝挨枪子儿的滋味。你没有权利上我的船，我也不会让你上来。如果你一定要来，那就是自讨苦吃，怨不得别人，因为我绝不会对你手下留情。”

“很好，”上尉说，“如果你想那样的话，那就自便吧。我一定会上你的船的。”

“船头离开那儿！”鲍尔温大声喊道，“快点，你们为什么不让船头离开？”

“它搁浅了，”炮手回答，“我们一点儿也动不了了。”

“如果他们现在向我们射击的话，”航海官说，“一定会把我们炸得粉碎。”

“他们不会向我们射击，”上尉说，“他们不敢。”说着，他走到水手跟前，督促他们让船离开搁浅的地方。很快，船开始移动了。

这时，航海官突然大叫起来：“梅纳德先生，梅纳德先生！他们要用侧舷炮攻击我们了！”

他的话音刚落，梅纳德还没有来得及转过头去，就听到一声震耳欲聋的爆炸声，紧接着第二声、第三声，同时，传来木头爆裂的声音。黄色的碎片飞得到处都是。突然一个人向上尉扑了过来，几乎把他撞倒，但是他勉强稳住了身体，猛地屏住呼吸。周围到处都是惊叫声、呻吟声和诅咒声。刚才扑倒在他身上的人面向下趴在甲板上，大腿不停地抽搐，身下的血泊正在不断地扩大。甲板上挤满了人，有的正站起身，有的挣扎着想爬起来，而有的只能微微动一下。

远处，海盗船上传来了欢呼声、喝彩声，还夹杂着喊叫声。海盗们冲上甲板，把加农炮推了回去。虽然周围一片呻吟声，但上尉还是能够清楚地听到砰的一声响，他知道海盗们准备再次开炮了。

对于这样的侧舷炮攻击，低低的护栏对船员们几乎起不到任何保护作用，但上尉也没有办法，只好命令所有的人都趴下。

“卧倒！”上尉咆哮着，“所有人都卧倒，听我的命令。”水手们都俯下身子，慌乱地跑进了舱内。一会儿，甲板上除了三个死去的船员和三四个伤员外，变得空荡荡的。水手长蹲在船舵旁，只有上尉还在甲板上。甲板上到处都是血污。“布鲁克斯在哪儿？”上尉大叫。

“先生，他的胳膊受伤了，到下面去了。”水手长说。

于是，上尉走到了前甲板舱口，向炮手打了个招呼，让他再弄一个梯子来，这样的话，如果海盗们企图上船，水手们就可以立即跑到甲板上。这时，掌舵的水手长大叫着海盗们想再次开炮。上尉转过身去，看到海盗船上的炮手正把烙铁探进火门。上尉立即蹲了下来，又听到一声震耳欲聋的加农炮响，一，二，三，四，后面两声几乎是同时发出的，鲍尔温大叫：“是单桅帆船！先生！看单桅帆船！”

那艘单桅帆船已经重新入水，正要赶过来支援纵帆船，因此海盗们第二次舷炮发射时对准了它。上尉回头看时，那艘帆船受到了炮火冲击，正在颤抖着前行，接着就漂向了下风方向。他看到那艘船上受伤的人爬起来又倒下去，在甲板上挣扎着。

这时，水手长又大叫，说是海盗们要登上他们的船了！只见海盗船正穿过重重烟雾驶了过来，不断地逼近，船身显得越来越庞大了。上尉仍然蹲在下方盯着海盗船。那艘船在不远处突然转了个头，侧身驶了过来，紧紧地停靠在船边。突然，有什么东西飞了过来，一个接一个的，原来是一些瓶子。其中一个在甲板上爆炸了，另外一些滚到了远处的护栏处。每个瓶子里都有一根正在冒烟的引信。这时，忽然亮起一道闪光，接着是一声可怕的爆炸声，空气中到处都是玻璃碎片和铁片掉在甲板上的叮叮当当的声音，中间还夹杂着咳嗽声。紧接着又一声爆炸声，一时间空中硝烟弥漫。“他们要登上我们的船了！”水手长大叫，他的话音未落，上尉就吼叫起来：“所有人到位，击退他们。”一秒钟后，两艘船撞在了一起，传出了沉重巨大的撞击声。

梅纳德上尉下达完命令之后，立即从口袋拿出手枪，拔出弯刀，冲出浓烟。水手们都从下面的船舱爬上甲板，跟在他身后。突然传来一声枪响，紧接着又传来几声。还听到有人发出一声呻吟，然后重重地摔倒在甲板上了。这时，有一个人影跳过了护栏，身后紧跟着两三个人。上尉当时正站在硝烟中间，突然“黑胡子”出现在了他的面前。海盗船长裸露着上身，乱蓬蓬的黑发几乎遮住了眼睛，活像个刚从地狱里爬出来的恶魔，表情十分恐怖。梅纳德上尉几乎是出于直觉，举起手枪，朝

“黑胡子”开了一枪。海盗跌跌撞撞地退了几步，就倒下了，不过很快，他又站了起来，两只手各握一把手枪。这时，一股热血从他赤裸的肋部汩汩地流了出来。他突然瞄准了上尉的头。上尉立即本能地蹲了下去，接着一声枪响在耳边擦过，震耳欲聋，上尉差点儿晕了过去。忽然，又闪过一道刀光，视线模糊的上尉本能地举刀自卫，两把刀锋碰到了一起，发出当啷的撞击声。这时，他突然看到有人从海盗背后开了一枪，另外有一个人和海盗搏斗。“黑胡子”摇摇晃晃地又站了起来，这次他的脖子上多了一道又长又深的伤口。忽然，梅纳德的一个手下向他栽倒过来，上尉和水手一起倒在了地上。不过上尉立即爬了起来，这时他看到海盗船已经漂开了一段距离，很明显，他们的钩锚已经抽走了。上尉的手像被鞭子抽过一样，发出一阵阵巨痛。他四下张望，却没有发现海盗船长——不，他在那儿！靠在护栏上！他正举起胳膊，上尉看到他正盲目地举起手枪想朝自己射击，但他几乎拿不了手枪了。忽然，他的另一只胳膊滑到一边，他哐当一声趴在了地上。“黑胡子”尽力地挣扎着想站起来，却又倒了下去。此时，又一声枪响，伴随着一阵烟尘，“黑胡子”又摇摇晃晃地站了起来。他的样子十分可怕，头都快耷拉到胸前了。这时，有人又朝他开了一枪，“黑胡子”摇摇欲坠的身子又倒了下去。他在甲板上静静地躺了一会儿，然后翻了个身，就再也不动了。

这时，附近又传来有人跳水的声音和此起彼伏的求饶声。上尉跑到船边，眼前的情景和他预料的一样，海盗船已经把钩锚抽走了，船也漂走了。落在纵帆船上的几个海盗跳进了水里，现在正举着双手。“饶命！”他们大叫着，“不要开枪！饶命！”战斗就这样结束了。

上尉低头看了看自己的手，才发现手背上有一道深深的伤口。他的胳膊和衬衫袖子都被鲜血浸透了。上尉握着伤臂的手腕走到了船尾，水手长仍然掌着舵。“该死！”上尉诅咒着，紧张而颤抖地笑了笑，“我不知道这群恶棍会这么能打。”

被大炮轰得有点残破的单桅帆船又升起帆向他们驶了过来，但是海盗们已经投降了，战斗结束了。

海盗蓝胅的传奇故事

一

五月角和汉洛潘海角的外形就像是一张巨大的嘴巴的上颌和下颌，特拉华湾的海水从这个巨大的咽喉里滚滚地流出，汇入了浪涛滚滚、波光粼粼的大西洋。从汉洛潘海角这个下颌里伸出了一颗长长的弯曲的犬牙，上面布满了平滑起伏的高大沙丘。这颗犬牙看起来是那么尖锐光亮，孤零零地矗立在一片宁静的碧空下，陪伴它的只有群山最高峰上的那座白色灯塔。在这个隐蔽的弯钩形海峡附近的沙丘深处，刘易斯港的海水就在那儿静静地流淌着。离岸上不远的地方有一个看起来非常奇异的古镇，小镇上到处都可以看到用木板和鹅卵石垒起来的黑糊糊的房子。从小镇上望去，你的视线可以穿过停泊在港口船只的桅杆，看到远方清晰笔直的紫色海岸线。

刘易斯是一个奇异的古镇，这里到处都散发着盐沼和海风的清香。小镇上的人祖祖辈辈都生活在这片土地上，很少会有陌生人出现在这里。因此，这是一个孕育和保留着很多古老传说和传统的好地方，在这里，甚至连一些闲言碎语或是道听途说的消息都有可能演变成广为流传的本地历史传说。在纷繁的现代社会中，人们讨论更多的是关于去年选举的话题，而在这里，人们通常是给那些愿意倾听的人讲述一些零散的历史传说，比如有一个关于1812年战争的传说：当时，贝雷斯福德的船队停泊在港口，他们威胁说要轰炸小镇；还有关于美国革命的故事：豪尔伯爵的战舰沿河直上，在他们用炮火攻击红岸和米弗林堡垒旁边古老的费城之前，曾经在这个安静的海港做过短暂的停留。

当我们用一种严肃的态度审视真实历史的时候，我们惊讶地发现在当地的历史传说中有很多都带有一种诡异的、可怕的色彩，就是那些关于著名海盗的卑劣恶行的传说，他们诡秘的行踪，比如那些被他们深埋在大西洋海滩边上的沙丘和松林里的宝藏等。

下面这个故事讲的就是关于一个海盗的传说——“蓝肤”。

二

1750年初冬时分和1751年的春天，在刘易斯镇的传说故事中，出现了关于著名海盗蓝肤的故事。

在大约三四年的时间里，老船长们把各种关于蓝肤在西印度群岛和卡罗来纳州附近海面上无恶不作的传言带进了小镇。据他们所说，在这个世界上，恐怕再也没有比他更残忍、更血腥、更邪恶的海盗了。然而，令天性善良的刘易斯人从来没有想到过的是，那些关于他的各种各样的野蛮而又血腥的故事，有一天竟然会变成刘易斯历史的一部分。

有一天，一艘纵帆船驶进了刘易斯港。这艘船看上去破烂不堪，前甲板裂成了碎片，前桅被炮火从中间打断，主帆上还破了3个大洞。大副和一个船员乘着一艘小船上岸求救，他们需要寻找医生来帮助他们挽救3个伤员的生命。他们说，船长和厨师都死了，船上有3个伤员。他们的讲述让围上来的人们听得浑身直打冷战。据说，他们是在芬威克岛（海角南方大约二三十英里处）附近遇上了蓝肤，海盗们占领了他们的船，发现船上只有一些柏木板和木材之后，就放弃了战利品。但是，可能是由于蓝肤没有得到有价值的战利品，感觉非常失望，因此心情十分恶劣，所以离开的时候，蓝肤向这艘无助的货船发射了3枚近距离舷炮。第一次炮轰的时候，船长就不幸被炸死了；不久，厨师也被炸死了，另有3名船员受了重伤，而一路上船经过风吹浪打，漏得也越来越厉害。

这就是大副所讲的故事。这个故事像燃烧的野火一样迅速传播开来，不到半个小时，整个小镇都骚动起来。芬威克岛离他们非常近，这说明蓝肤随时都可能驶进刘易斯港口！在一小时之内，琼斯州长便把镇上所有身强体壮的男人都召集起来，人们纷纷从烟囱里取出了步枪和来复枪，随时准备投入战斗，保卫自己的家园。一旦海盗们进入海港并且企图登陆的话，他们就马上行动起来。

但是那天，蓝肤并没有来，第二天，他也没有来。到了第三天下午，小镇上忽然传来消息：海盗们已经进入海角了。听到这个消息，人们纷纷跑到了酒馆前的草地上，一小群老水兵已经聚集在这里，紧张地盯着近海，低声地讨论着。这时，他们看到有两艘船缓缓地驶入了港口，一艘是三桅帆船，配备了索具；另一艘是单桅帆船，看起来比较小。两只船已经驶进了海角，离这里只有2英里远。从表面上看，这两艘船并没有什么特别之处，但是，聚集在草地上的人群并没有因此放松警惕，依然焦虑地观察着海湾里的两只船。它们正迎着风向前行驶，那只单桅帆船紧跟在三桅帆船后面，就像鲭类跟在鲨鱼后面一样。

但是，他们并没有朝着港口的方向驶过来，而更像是要到泽西海岸去，不久，情况就已经很明了了，蓝肤并不打算造访这个小镇。他们又观察了一个半小时，发现6英里外的海盗船们突然转了个方向，顺风驶入了大海中。直到这时，人们才终于松了一口气。

“这些可恶的恶棍终于走了！”老船长乌尔夫啪地一声合上了望远镜。

但是刘易斯镇的人们并没有从海盗蓝肤的阴影中走出来。两天后，一个来自印第安河湾的混血儿来到了小镇上，他带来了一个消息：海盗们已经驶入了港口，现在，在离刘易斯镇大约有15英里的地方，他们正把三桅帆船倾倒在沙滩上清洗船身。

也许海盗蓝肤并不想激起这里的人们对他的敌对情绪，混血儿说海盗们并没有给当地居民带来任何伤害，他们在印第安河和里霍博斯拿东西时，都向村民们付了钱。

后来，当利瓦伊·瓦斯特返回故乡的时候，海盗给人们带来的兴奋感可以说是达到了最狂热的程度。

三

18世纪中叶，在离刘易斯镇2英里远的地方有个磨坊，尽管只有短短五六十年的历史，但从外表看上去，它却似乎饱经风霜。搭建磨坊用的柏木板历经风吹雨打，已经褪变成了看上去十分古老的灰白色，屋顶上积了厚厚一层白色面粉，看起来仿佛是积年的灰尘，在它的映衬下，屋内阴沉暗淡，而且看上去灰蒙蒙的，显得神秘莫测。磨坊外，有十几棵柳树遮天蔽日的，斑驳的树荫落在门前的道路上。磨坊的前面，有一幢用又长又窄的鹅卵石建成的单层四坡顶的房子。据说，这个磨坊是1701年由伊弗里姆·怀特建造的，故事发生的时候，磨坊已经被传到了伊弗里姆·怀特的孙子海勒姆·怀特的手中。

27岁的时候，海勒姆·怀特在当地已经算是个“名人”了。小时候，人们都认为他是个笨蛋、“缺心眼儿”，在这个小镇里，所有的人都彼此认识，如果一个人出现这种情况，那他真是太不幸了，因此他成为了那些尖酸刻薄的邻居们嘲笑戏弄的对象。成年以后，人们仍然鄙视他，经常用各种古怪的词语来形容他，比如“痴呆”或者“神经病”这样的词。海勒姆脸部肥大、身体沉重、行动笨拙、关节松弛，看上去十分愚蠢滑稽而又可怜。他的两只小眼睛离得很远，平平地镶嵌在脸上，眉毛几乎是白色的，头发是沙灰色的，看起来感觉好像没有颜色一样。他沉默寡言，偶尔开口说话时也口齿不清，不但口吃，而且还总是吞吞吐吐的，犹豫不决，好像他的思维跟不上自己的语言。那些喜欢捉弄他的人总是喜欢劝说、威逼或引诱他说话，而每当看到他结结巴巴地说话，下巴还总是会愚蠢地下沉的时候，人们都会哄堂大笑。在这个小镇上，霍尔律师可能是唯一一个不相信海勒姆是傻子的人，他一直和海勒姆保持着接触，并且还说过，谁要是再把海勒姆当成傻子，那他就是真正的傻瓜。当然，不管海勒姆智力是高还是低，也不管人们怎么认为，有一点是可以确信的，那就是他一直都把自己的磨坊经营得很好，而且还干得红红火火的。当时，在南特拉华州，他的日子过得相当富裕。其实，他也不是个软柿子，如果有人真得把他激怒了，他就会以牙还牙，给以对方致命一击，还以颜色。

就在6个月前，海勒姆·怀特遭受了一次巨大的经济损失。那段时间，海盗蓝肤正潜伏在印第安河口。海勒姆和费城商人乔西亚·什平刚刚做完一桩“冒险”的生意，这笔生意的金额高达几百镑银便士。他们买了一船小麦粉和玉米粉，打算用“南茜·李号”三桅帆船运到牙买加去。但是，“南茜·李号”在克里塔克海峡附近被海盗袭击了，海盗们把船员扔到帆船附载的大艇里，让大艇自己漂走，同时，他们还把三桅船和船上所有的货物都弄到水边，然后全部一把火给烧了。

在这次不幸的“冒险”中，海勒姆总共投资了700英镑，其中500英镑是海勒姆的父亲在七年前留给他的继弟利瓦伊·瓦斯特的遗产。

海勒姆的父亲艾利泽·怀特曾经结过两次婚，第二次是娶了寡妇瓦斯特。瓦斯特来的时候带来了一个个子很高、黑头发、黑眼睛、看起来十分漂亮的小男孩，比海勒姆小一岁左右。这个孩子看上去虽然很机灵也很精明，但是他的为人却很懒惰、任性。尽管他没有什么教养，身上也有很多缺点，但有一点是不能否认的，他的确非常聪明，这点和海姆勒的愚蠢笨拙完全相反。艾利泽·怀特从来就没有真正爱过自己的亲生儿子，还经常为有这个可怜、木讷的呆子而感到羞耻。相反的是，他非常喜欢聪明帅气的利瓦伊·瓦斯特，对待他像亲生儿子一样，总是亲热地称呼他“我们的利瓦伊”。他付出了很多耐心，竭尽全力去训练这个孩子，让他在磨坊工作，可以说，他所付出的耐心远远超过了大多数父亲对懒惰无能的继子的耐心。“不要紧，”他总是这么说，“利瓦伊会做好的，利瓦伊是最聪明的人。”

后来，利瓦伊离家出走，跑到海上工作。这件事情让老磨坊主受到了沉重的打击，这可能也是他一生当中所受到过的最大的打击了。在临终前，他心中还一直挂念着失踪的继子。“也许他会回来的，”他说，“如果这样的话，你要好好待他，海勒姆。我已经履行了我的诺言把房子和磨坊都留给了你，但是你要发誓，如果利瓦伊回来，如果需要的话，你要给他一个家，给他一个栖身之所。”海勒姆听从父亲的要求立下了这个誓言。

艾利泽死后，人们发现他把500英镑留给了“亲爱的继子利瓦伊·瓦斯特”，霍尔是保管人。

利瓦伊·瓦斯特已经离开家乡快9年了，人们从来没有听到过关于他的任何消息，大家都认为他肯定已经死了。

有一天，海勒姆拿着费城商人乔西亚·什平写给他的一封信，来到了霍尔律师的办公室。海勒姆和这个费城商人平时经常有生意上的往来。当时，正值法国战争期间，在英国统治下的西印度群岛上，玉米粉的价格大涨，简直涨到了天价。什平先生建议海勒姆和自己一起来冒一次险，把小麦粉和玉米粉运到牙买加的金斯顿去倒卖。接到这封信以后，海勒姆考虑了整整一个晚上，然后拿着这封信来找老霍尔。霍尔的律师读了信以后，摆了摆手，说，“风险太大了，海勒姆！如果什平先生能够找到其他合作伙伴的话，他肯定不会来找你冒这个险的。我想你是来找我出主意的吧？我建议你还是不要理会他。”海勒姆摇了摇头。

“不是？那你来找我干什么呀？”霍尔律师问。

“700英镑。”海勒姆说。

“700英镑！”霍尔律师说，“我可没有700英镑借给你，海勒姆。”

“我父亲留给了利瓦伊500英镑，我自己有100英镑，另外100英镑是用来做抵押的。”海勒姆说。

“嘘，嘘，海勒姆，”霍尔律师说，“这不行。假如利瓦伊·瓦斯特回来的话，那你怎么办？我要对这笔钱负责。如果你想做合理的投机生意的话，我很乐意把钱给你，但这笔生意实在是太冒险了……”

“利瓦伊恐怕永远不会回来了，”海勒姆说，“已经过去9年了，利瓦伊可能已经死了。”

“也许是这样，”霍尔律师说，“但我们也不知道他到底是不是死了。”

“我用债券做担保。”海勒姆说。

霍尔律师沉默了，他思考了一会儿，说：“好，海勒姆，如果你真想这么做的话，我就把钱给你。你父亲留下了这笔钱，如果我不让他的儿子用也是不合情理的，但是如果你投机失败，让这笔钱打了水漂的话，海勒姆，到那时如果利瓦伊回来了，你可就有麻烦了。”

就这样，海勒姆·怀特筹集了700英镑，投到了这笔冒险生意当中，结果很不幸，所有的钱都被蓝肤在克里塔克海峡附近给烧光了。

四

人们都觉得萨利·马丁是刘易斯镇上最漂亮的姑娘，因此，当听到有传言说海勒姆·怀特正在追求她的时候，整个镇上的人都觉得难以置信，认为这只是一个荒谬的笑话。消息传开之后，人们一见到海勒姆，就经常这样打招呼："嗨，海勒姆，萨利现在怎么样呀？"对于这样的问候，海勒姆从来不去回答，只是像往常一样笨拙、冷漠地继续走自己的路。

实际上，这个笑话是真的，不论是刮风下雨，还是阳光明媚，每个星期，海勒姆的脚总会跨进萨利·马丁家的门槛。每周两次，周四和周日，他都会坐在萨利家灶火旁的固定位子上。在萨利家的时候，他几乎都不说话，只是向农夫点点头，向农夫的妻子点点头，再向萨利点点头，如果萨利的弟弟在家的话，他也会向萨利的弟弟点点头，然后就不再做什么，从来不敢越雷池半步。他就这么冷漠、迟钝地从七点半一直坐到九点，用呆滞的目光看看这个，看看那个，但最终他的目光总会落到萨利身上。有时，萨利的朋友到家里来玩耍，比如说隔壁的男孩，但看上去这些人好像和海勒姆没有任何关系，他就这么默默地承受着所有针对他的下流笑话，不管在这些笑话之后会伴随着怎样的冷笑、大笑，他都毫不在意地、面无表情地承受着。他一直坐在那里，默默无语，麻木迟钝，当九点钟的钟声一响，他就会站起来，将外套套在他那笨拙的身体上，再将三角帽扣在头上，说一句"晚安，萨利，我走了"，然后小心翼翼地关上门出去了。

可能，在这个世界上，从来没有一个女孩会像萨利·马丁一样拥有这样一个情人，得到这样的求爱。

五

转眼间到了11月下旬，也就是在人们传说海盗到达印第安河口大约一周之后的一个周四的晚上，空气静寂而寒冷，一阵寒流突然袭来，陆上的水坑上面都结了一层冰。此时，炊烟袅袅升起，黑夜就要来临了。在这个寒冷的冬日，好像随便说句话都会显得声音特别大。

海勒姆·怀特正坐在牛脂蜡烛发出的昏暗的光线下，吃力地看着一些账簿。此时，还没有到七点，他从来没有在七点以前去过萨利·马丁家。他的手指慢慢地、犹豫不决地沿着文字向下移，突然，身后厨房的门好像被人打开，随即又关上了。他听到一阵仓促的脚步声穿过地板走了过来，然后那人将一把椅子拖到了火炉边上。接着又传来把玉米芯倒在火上伴随着火苗呼呼燃烧的噼噼啪啪的声音。海勒姆没有多想，他觉着这一定是磨坊的黑人帮工鲍勃，或者是老黑人管家黛娜，因此他并没有抬头，而是继续看自己的账簿。

后来，他突然猛地合上了账簿，理了理头发，站了起来，拿起蜡烛，穿过房间走到了后厨房。

走过去的时候，他发现在被烟熏得乌黑的巨大壁炉中，玉米芯正熊熊燃烧着，一个男人坐在火堆前面。他身后的椅子上挂着一个粗布外套，他的双手正伸在火堆前取暖。听到门锁打开和海勒姆走进来的声音，他转过了头。当海勒姆看到这个人的脸的时候，突然像变成了石头一样呆在了那里。虽然这张脸已经有了很大的变化，但他仍然能够一眼认出来，这就是他的继弟利瓦伊·瓦斯特。原来他没有死，他又回来了。好长时间，房间里一片死寂，除了火苗在壁炉里噼啪作响，墙上的大钟在滴答个不停，没有一个人发出任何声音来打破这片沉寂。烛光下，海勒姆呆滞的脸显得十分蠢笨，像石头一样一动不动、直勾勾地死盯着火焰跳动的红光映衬着的另一张脸。那是一张精明、狡猾、漂亮的脸，高高的颧骨和鼻梁，老鼠一样的眼睛不停地闪烁着。忽然，他笑了起来，“嗨，我回来了，海。”利瓦伊终于打破了沉寂，开口说话了。

海勒姆一句话也没有说，他径直走到火炉旁，把蜡烛放在了一堆箱子和瓶子之间的沾满灰尘的壁炉架上，拖了一张椅子到壁炉的另一边，坐了下来。

他呆滞的小眼睛一直盯着继弟的脸，既没有感到好奇，也没有感到惊讶。他那肥厚的下巴比平时更加下垂了，肉乎乎的脸上除了平常呆板的表情以外，多了粗重的鼻息，但仅此而已。

就像我们刚才提到过的，他看到的这张脸和几年前相比有了惊人的变化，虽然这仍然是利瓦伊·瓦斯特的脸，但却和9年前乘着巴西人的双桅船跑到海上去的利瓦伊·瓦斯特完全不一样了。9年前的那个利瓦伊·瓦斯特是一个粗鲁野蛮、粗心大意、随遇而安的家伙，做事欠考虑，自私自利，但从本质上讲并不是邪恶、凶残的人。而现在这个坐在壁炉旁边另一边椅子上的利瓦伊·瓦斯特，从他的脸上却看到了邪恶凶残的印记。他那黑黝黝的皮肤被晒成了印第安人的古铜色，一边脸上有个古怪的污迹，还有一道又长又弯的可怕的刀疤，斜斜地穿过前额、鬓角和面颊。刀疤颜色发白，上面还有被线缝过的痕迹。而那片污迹有手掌那么大，青蓝色的，大概是文上去的颜色，印在面颊和脖子边上。海勒姆几乎无法让自己不去看那片污迹和那个刀疤。

利瓦伊的装扮也十分古怪：他的耳朵上挂着一对沉重的金耳环，脖子上松垮垮地系了一条脏兮兮的红围巾，松开的领口处露出了消瘦有力的喉咙和瘦骨嶙峋的喉结，从他的服饰上看，他好像是做了水手。那件外套本来是漂亮的深紫色，但现在已经脏了，也褪色了，并且这件衣服非常小，穿在他瘦长的身体上显得很不合身，衣服上装饰的花边也已经失去了原有的光泽。脏兮兮的细薄布袖口垂在手腕处，手指上戴了一堆戒指，戒指上镶着各种各样的石头，在火光中，这些石头在闪闪发光。他两鬓的头发都是西班牙卷发的样式，扁扁地贴在脸颊两边，一条辫子挂在脑后，垂到半腰的地方。

海勒姆一句话也没有说，依然那样一动不动地坐在那里，呆滞的小眼睛不停地上下打量着他的继弟。

利瓦伊看起来并不在意继兄对自己的仔细打量，他把身子向前倾了倾，把手放在火苗上，慢慢地摩擦着双手。后来，他忽然把椅子转了过来，发出了吱呀一声椅子与地板的摩擦声，这声音听上去十分刺耳。他转过脸来，看了看继兄，然后从宽敞的口袋里，拿出了一支烟斗，又从一盒烟草里取出了点儿烟丝装了进去。“唔，海，”他说，“你看到的，我不是又回来了？”

“我以为你已经死了。”海勒姆迟钝地说。

利瓦伊大笑起来，从火堆里抽出一只烧红的木炭，点燃了烟斗，抽了起来，空气中弥漫着刺鼻的烟草味。“不，不，”他吐了一个烟圈，说，“我没有死，也不可能死。但是上帝啊，我虽然没有死，却和老海神玩了不少惊险刺激的游戏。就是这样。”

海勒姆狐疑地打量着他那锯齿形的伤疤，利瓦伊也注意到了他的目光。“你再看这个，”他用手指抚摸着一个弯弯的缝合线，说，“看上去好像挺可怕的，实际上也没有那么可怕。”他的手在青紫色的污点上停了一会儿。“四年前的九月份，我们在中国海上碰见了一艘装鸦片的船，船上一个做苦力的新加坡坏蛋给了我一刀。就是这个，”他的手又摸了摸那片蓝色污迹，“这是误射的。海，在圣加达利纳岛附近时，一个西班牙船长朝我射击，因为离得太近，所以火药进入了皮肤，而且永远也取不出来了。他的眼睛……他那天早上还不如朝自己头上开一枪呢。但是别在意这个，我估计我的长相变了，是不是，海？”

他从嘴里拿出烟斗，充满疑问地看着海勒姆，海勒姆点了点头。

利瓦伊笑了起来，“毫无疑问，”他说，“不论我变没变，我敢说你还是过去那个愚笨至极的哥哥。我记得过去爸爸总说你连如何不让自己淋雨的智商都没有。噢，谈到爸爸，我听说他九年前死了，说到这儿，你知道我为什么回来吗？”

海勒姆摇了摇头。

“我回来主要是为了拿走爸爸留给我的500英镑，我听说这件事了。”

海勒姆一动不动地坐了一两秒，然后说，“我把钱全部用来投资，但是结果全部赔进去了。”

利瓦伊的脸马上沉了下来，他从嘴里取出烟斗，用犀利的目光盯着海勒姆。“你说什么？”过了一会儿，他说。

“我以为你已经死了，就把……700英镑……投到了‘南茜·李号’上……但蓝肤在克里塔克附近把它烧了。”

“在克里塔克附近把它烧了！”利瓦伊重复道。忽然，他的眼睛里好像有一道光闪了一下，“被蓝肤烧了！”他重复道，猛地倒向椅子，发出一阵短促的狂笑。“啊！上帝啊！海，你的运气可真不好，被蓝肤烧了，是不是？”他停顿了一下，好像在想什么，然后又笑了起来。“不管怎么说，海，”他说，“你知道，我不能因蓝肤的行为而遭受损失。这笔钱是留给我的，我得到它完全是合法的，你必须赔偿，海勒姆·怀特，不管它是被烧了还是沉了，不管有没有海盗蓝肤，你都必须把钱赔给我。”他又沉默了一会儿，想了想。“不管怎么说，海，”他再次回到了谈论的主题上，“我也不想逼得太紧，你那么愚蠢，我不想把你逼得太紧。我给你一个月的时间来筹集这笔钱，这段时间我会待在这里。我现在有麻烦了，哥哥，你明白吗？我很不高兴，因此想待在这儿，直到所有的事情都平息以后我再离开。我告诉你是怎么回事儿。我和费城的一个陆上强盗打架，把人打伤了。我来这儿就是因为这个，这事你不要和别人说，知道吗？”

海勒姆张了张嘴，好像要说什么，但看上去好像又认真思考了一下，最后只是点了点头。

这个周四的晚上是六个月以来，海勒姆·怀特第一次没有踏进萨利·马丁家的大门。

六

不到一周的时间，利瓦伊·瓦斯特又和他的老朋友们混在了一起，虽然这个利瓦伊和以前的那个利瓦伊完全不同了，现在他们之间的关系与9年前也不一样了，但是不论是在酒吧里，还是在乡间商店里，他仍然像多年以前一样受到了大家的热烈欢迎，他永远都是众人瞩目的焦点。在这9年的时间里，他看上去在陆地和海上经历了许多野蛮残酷的冒险，只要有人感兴趣，他就能够坐在那里不停地讲上几个小时，即便是那些从小就在大西洋中航海的老水手们，也对他的那种不计后果、无所顾及的生活方式瞠目结舌、惊叹不已。他看上去很有钱，花钱总是大手大脚的，挥霍起钱财来令人们目瞪口呆而又羡慕不已。

前面我们讲过，当时，海盗蓝肤一直是大家讨论的话题。后来，人们听说利瓦伊经常能见到那个充满血腥、像恶魔一样恐怖的海盗之后，他在镇上的名气就更大了。利瓦伊说，蓝肤身材健壮、魁梧结实、胡子乌黑。他出海时总是佩带着剑和手枪，但实际上，他并不像之前大家所描述的那么黑。利瓦伊讲了许多关于蓝肤的冒险故事，人们都听得兴致勃勃，忘乎所以。

至于海盗蓝肤，他们在印第安河附近做事都很低调，一点儿也不张扬，有一段时间刘易斯镇的居民们几乎忘记了蓝肤会在时机允许时做一些出格的事情。人们也不再去回忆两周前驶进港口的那艘可怜的破船了，尽管上面曾经载着可怕的死人和痛苦呻吟的伤员前来向他们求助。

可能他们确实有段时间忘记了蓝肤到底是谁，是什么样的人，但是，这样的时间并没有持续很长。

一天，一艘从布里斯托尔出发、驶向古巴的三桅帆船驶进了刘易斯港补给淡水，船上载着很多值钱的布料和丝绸。船长上岸后，在酒馆里待了两三个小时。当时，碰巧利瓦伊正在那儿给人们讲蓝肤的故事。那个英国船长是个老水手，头发已经斑白了，对于利瓦伊讲的故事表现得十分不屑。他说，他在中国海和印度海已经航行很长时间了，从来就没有怕过像蓝肤那样贪得无厌的美国海盗。一只载满了苦力、充满臭味的中国式平底帆船只能当做好玩的话题来谈论一下，谁听说过像蓝肤这样的海盗抢劫过比西班牙独木舟和美国近海贸易货船更大的船只呀？

利瓦伊笑了笑。“不管怎么说，亲爱的先生，”他说，“如果我是你，我会离蓝肤远远的。我听说不久前他还在这里清洗过船只，如果离他太近了，也许他会带给你点儿小麻烦。”

英国人听了这话，笑了笑，不置可否，只是说可能会这样，如果明天中午风向和天气都合适的话，他就打算起锚出海了。

利瓦伊又笑了，“我真希望自己能够在场，看看到底会发生些什么，”他说，“不过今天晚上我要到河那边去看望一个姑娘，可能三四天内回不来。”

第二天下午，如船长所愿，天气很好，风平浪静，于是三桅帆船起航了。当天晚上，刘易斯镇彻夜未眠，人们吃惊地看着东南方红透半天的熊熊火光。两天以后，一个来自印第安河的捕牡蛎的黑人带来消息，说海盗们把船停在河口，正在从大船上卸下了大包大包的货物，他们把货物堆在海滩上，并用防水油布盖上了。他说，听说蓝肤在印第安河遇到了一艘英国三桅帆船，海盗们不但烧毁了船只，杀死了船长，还把所有的船员都俘虏成为了海盗，只有三个人幸免于难。

这件可怕的事情引起了人们的骚动和恐慌，正当这种骚动快要消退时，又发生了另一件事情，再次引起了轩然大波。一天下午，一只大船附载的小船驶进了刘易斯港，船上有5个男人和2个女人。这是驶向纽约的查尔斯顿班轮的附载艇，由大副指挥着进了港。在汉洛潘角南方偏东10里路远的地方，这艘班轮遭到了海盗的袭击，并不幸被俘。海盗们趁夜黑人静之时上船，几乎没有遭到任何抵抗，就俘虏了这只船。正是由于这个原因，海盗们一个人也没有杀，没有采取任何其他的暴力行动。但是，他们抢光了船长、船员和乘客身上所有值钱的东西，烧毁了班轮，并把所有人都扔在了小艇里，让他们随波逐流，自生自灭。晚上的海上漆黑一片，班轮附载的这些小艇走散了，太阳升起后，这艘小艇上的人才发现已经到了汉洛潘。

据说，霍尔律师就这两件事情写了一个报告，交给班轮的大副送到了费城。但是，由于一些原因，直到将近4周以后，纽约才派出一艘战舰，驶向这里。在这4周的时间里，海盗们已经处理完了那些用防水油布罩着的、堆在印第安河口沙滩上的战利品。其中的一部分，他们用两艘小型单桅帆船运走了，另一部分，用马车运到乡下去了。

七

利瓦伊曾经告诉英国船长，他要去乡下找他的一个女朋友。离开了将近两周后，利瓦伊又像第一次回到刘易斯镇时那样再次突然出现在镇里。门突然被打开，利瓦伊走了进来，当时海勒姆正坐在餐桌前吃饭。利瓦伊漫不经心地把帽子挂到了门后，感觉好像他离开还不到一个小时。看上去他的情绪很低落，心情很沉重，一句也没有说就坐到了餐桌旁，拳头紧握，托着下巴，脸色阴沉地盯着玉米饼。黛娜把一个盘子和一副刀叉递给了他。

利瓦伊一出现，海勒姆马上一点儿胃口也没有了，他推开盘子，盯着利瓦伊，而他的弟弟则像饿狼一样趴在咸肉和蛋糕上狼吞虎咽。没有一个人说话，利瓦伊吃完饭，点着了烟斗，张开了嘴。“看看你，海勒姆，”他弯下腰，从火中找了一块红炭，“看看你，海勒姆！我去费城了，你知道吗？我去解决了一桩麻烦事，就是我第一次回家时告诉你的那件事。你明白吗？你还记得吗？你是不是听进去这件事了？”他扭过头看了看哥哥，好像等着对方的回答。但是他什么也没有等到，于是他继续说，“今天晚上会有两位绅士到家里来，他们来自费城，是我的朋友，来和我谈生意，你最好别待在家里。海，你可以到外面走走，明白吗？”然后他咧开嘴笑了起来，“你可以去看看萨利。”

海勒姆推开椅子，站了起来，背靠着壁炉的另一边，“我一定要待在家里。”他坚定地说。

“但是我不想让你待在家里，海，”利瓦伊说，“我们要谈生意，我想要你出去。”

“我一定要待在家里。”海勒姆又说。

利瓦伊的脸色马上沉了下来，牙齿磨得咯咯作响，看上去再过一分钟就要爆发了。但是，他还是抑制住了自己的怒气，“你这个猪一样愚蠢的白痴。”他说。海勒姆眼睛连眨都没有眨一下。“至于你，”利瓦伊转向正在清理餐桌的老黑女人黛娜，怒目相视，“把这些东西拿下去，滚出去，没有我的允许，再也不要靠近厨房。如果被我发现你在偷看的话，就算不挖出你的心脏，也会挖出你的眼睛和肝脏来。”

大约半小时后，利瓦伊的朋友来了。一个是又小又瘦的干瘪外国男人，穿着一套铁锈色的衣服，脚上穿着灰白的线袜，鞋子上还有黄铜带扣。另一个显然也是外国人，身上穿着帆布做的马裤和厚呢子短大衣，脚上穿着齐膝的长筒靴子，腰上系了一条红腰带，看样子像是一身水手的服饰。当他把外套向后推开时，海勒姆看到了一只手枪托正在闪着亮光。这个男人长得十分健壮，个子不高，眉毛很低，脖子稍短，面颊、下巴和喉咙处都留着青色胡楂儿。他的头上系了一条红色方巾，戴着一顶三角帽，帽檐上还装饰着镀金的花边，不过镀金已经失去了色泽。

利瓦伊亲自为他们打开了门，在门外对客人说了几句话，他说的是外语，海勒姆一句也没有听懂。进来后，那个瘦小的男人用犀利的目光扫了海勒姆一眼，那个魁梧的恶棍则恶狠狠地瞪了他一眼，两个陌生人没有向海勒姆打招呼，之后，再也没有注意过他。

利瓦伊拉下了百叶窗，插上了大门的插销，拉了一张椅子顶在了厨房和房间相连的门上。然后，三个人坐在了黛娜刚刚收拾了一半的餐桌旁，那个健壮的男人从大衣口袋里掏出来一包纸片，三人开始全神贯注地研究这些纸片。他们用刚才利瓦伊和他们打招呼时用的那种语言交谈着，海勒姆一句也听不懂。一会儿说话声音很低沉，一会儿声音又突然大起来，好像在激烈地争论什么，但只一会儿，他们又开始压低声音窃窃私语。

墙角的大钟敲过两次了，这场漫长的讨论仍然在进行着，海勒姆静静地站着，像树桩一样一动不动，一句话也不说，就这么目不转睛地盯着昏暗灯光下挤在一起的三个脑袋和摊在桌子上的纸片。突然，谈话结束了，三个脑袋分开了，三个椅子被推到了一边，发出了刺耳的声音。利瓦伊站了起来，走到壁橱前取出一瓶海勒姆的苹果白兰地，动作自如，好像这就是他的东西一样。他把三个杯子放在桌子上，又放了一坛水，然后三个人大大方方地自斟自饮起来。

两个客人走了出去，利瓦伊站在大门前，目送他们离开，直到他们朦胧的背影完全消失在黑暗中，他才转过身走进来，关上了门。他突然打了一个寒战，一下子喝完最后一口酒，转身就上床睡觉去了。从他第一次控制住自己的怒火到现在，他没有和海勒姆说过一次话。

被丢在一边的海勒姆又沉默着一动不动地站了一会儿，然后慢慢地向四周看了看，耸了耸肩膀，好像要叫醒自己一样，然后他拿着蜡烛，离开房间，轻轻地关上了身后的门。

八

利瓦伊这次的到访，显得非常不受欢迎，因为这段时间正是可怜的海勒姆·怀特最痛苦的时期。在当时的那个年代，钱的价值和现在完全不同，500英镑数额很大，在苏塞克斯郡，这相当于一大笔财富。对于海勒姆来说，要想筹集父亲留给继弟的这笔钱，难度非常大，看上去好像根本不太可能在这么短的时间之内筹集起来。霍尔律师一向对海勒姆热情友好，即使全世界的人都不相信海勒姆，他也愿意相信他。但在钱的问题上，老头却十分固执，不讲情面。当他向霍尔律师开口借钱时，这个老头像石头一样又硬又冷。他说，他可以尽自己的能力去帮助海勒姆，但是，海勒姆必须自己来筹集这500英镑——也就是说海勒姆必须放出债券。他可以借给海勒姆300英镑，但需要拿他的磨坊作抵押。本来霍尔可以借给他400英镑，但由于已经有了100英镑的先期抵押，他不敢再把更多的钱放在上面。为了做投机买卖，海勒姆曾经买过一大批小麦，存放在费城的仓库里，现在他只能低价拍卖了这批小麦，仅仅收回了100英镑。此时，他的财务状况糟糕极了，但他还是筹足了给利瓦伊的500英镑，交给了霍尔律师，随后，霍尔律师解除了他的债券。

12月上旬的一个下午，天气阴沉，非常寒冷，海勒姆终于完成了这笔交易，把债券一点点地撕碎了。霍尔律师把桌子上的文件推到一边，把脚跷到了桌子上。“海勒姆，”他忽然说，“海勒姆，你知道吗？利瓦伊·瓦斯特一直在萨利·马丁家附近转悠，好像在追求他家漂亮的女儿。”

他说完这句话后，只收到了一阵长时间的沉默，律师不由得开始怀疑海勒姆到底有没有听到自己的话。但是事实上海勒姆听到了。“不，”他说，“我不知道。”

“嗯，确实是这样，”霍尔律师说，“邻居都这么说。这个传言很糟糕，你知道吗？他们说从上个礼拜起，她已经离家三天了，没有人知道她去了哪里。那个家伙编的故事和谎言已经把她迷倒了。”

海勒姆还是没有说一句话，只是在麻木的沉默中盯着霍尔律师。“你的继弟，”老律师又说，“是个流氓，他是个流氓，海勒姆，而且我怀疑他可能比这个还糟糕。我听说最近有人看到他在奇怪的地方和几个奇怪的人待在一起。”

他又停了下来，海勒姆仍然什么话也没有说。“至于你，海勒姆，”老人突然又开口说，“我听说你也在追求那个女孩，是不是？”

“是的，”海勒姆说，“我也在追求她。”

“啧！啧！”律师说，“真是太遗憾了，海勒姆。我担心你追不上她了。”

离开律师的办公室后，海勒姆在街上站了好一会儿。他光着头，手里托着帽子，眼睛一眨也不眨地盯着地面，嘴唇愚蠢地往下耷拉着，眼神黯淡无光。过了一会儿，他抬起手，慢慢地梳理了一下前额的淡棕色头发。后来，他好像突然清醒了过来，打了个冷战，迟钝地打量了一下四周的街道，然后戴上帽子，转身步履蹒跚地慢慢离开了。

冬天是个多云的季节，黄昏很快就降临了，铅灰色的天空让人感到十分沉闷。海勒姆在小镇的郊区走了一会儿，然后停下来又站了一会儿，沉浸在自己的思绪当中。后来，他没有沿着回家的路向回走，而是走向了通往光秃秃的田间的道路上，绕过弯曲的篱笆，到了萨利·马丁家。

鬼使神差地，海勒姆那天去了萨利·马丁家，不管是好运气还是坏运气，他那天就在那个时候来到了这里，他看到了一直担心的最糟糕的一幕之后，彻底地绝望了。

离马丁家不远的路边，有一道山梅花树篱，现在光秃秃的，看不到一片叶子。海勒姆走近树篱时，听到了脚步声，伴随着窃窃私语。他立即躲进了篱笆的角落里，藏到了光秃秃的茂密枝条后。在夕阳的余晖中，他看到两个人沿着小路走了过来，一个是他的继弟，一个是萨利·马丁。此时，利瓦伊正抱着女孩，在她的耳边低语，女孩则把头靠在了他的肩膀上。

海勒姆站在那里一动不动，像掉到了冰窖里一样，简直无法呼吸了。他们在路边停了下来，正好站在了海勒姆藏身的前方。海勒姆目不转睛地盯着他们，两人窃窃私语，不时地传到这个已经无法呼吸的沉默的听众耳朵里。

突然，咣当一声，门打开了，接着，传来贝蒂·马丁严厉、尖锐的声音，打破了沉寂："萨利！萨利！萨利·马丁！你，萨利·马丁！进来！你在哪儿？"

女孩伸开胳膊绕在利瓦伊的脖子上，飞快地吻了他一下，然后轻快地跑开了，沿着海勒姆站的那条路飞走了。她跑过时，海勒姆赶紧蹲下身子。利瓦伊站着目送她远去，直到她的身影消失后，才转过身去，吹着口哨走了。

利瓦伊刺耳的口哨声渐渐地消失在远方，海勒姆跌跌撞撞地从篱笆后面爬了出来，他脸上呈现出从来没有过的表情，让人无法形容。

九

海勒姆站在炉火前，双手背在身后，紧握着双拳。他连碰都没有碰桌子上的晚餐。利瓦伊的胃口倒是非常好，狼吞虎咽地吃着。突然，他的目光越过盘子，到了继兄那里。

“那500英镑怎么样了，海勒姆？”他说，“我给了你一个月的时间来筹集，虽然现在时间还没有到，但我打算后天就离开这里，你最迟明天就要把钱给我，我要我自己的钱。”

“我今天把钱给了霍尔律师了，他给你保管这笔钱。”海勒姆木讷地说。

利瓦伊咣当一声放下了刀叉。“霍尔律师！”他说，“霍尔律师和这件事情有什么关系？霍尔律师没用这笔钱，是你用了这笔钱。你得把它还给我，如果你不还，我向上帝发誓，一定要起诉你，一定。”

“霍尔律师是托管人，我不是你的托管人。”海勒姆用同样呆滞的声音说。

“我不知道什么托管人，”利瓦伊说，“也不知道什么律师。我想知道的是，你到底给不给我钱？”

“不，”海勒姆说，“我不给你，霍尔律师会给你的，你去找他吧。”

利瓦伊·瓦斯特的脸涨成了紫红色，他猛地把椅子推到了后面，大叫起来，声音十分刺耳。“你这个该死的陆地强盗！”他咯吱咯吱地咬着牙说，“我看穿了你的把戏。你要骗走我的钱。你知道霍尔律师对我有意见，他痛恨着我，还给费城写了那个报告，竭尽全力地让所有人都反对我，还派水兵和我作对。我很清楚你的把戏，但你骗不了我。只要世界上还有法律，我就会拿到我的钱——你这个该死的、变态的小偷！

你违背了我们死去的父亲的遗愿！”

接下来发生的事情，估计就算是屋顶塌下来，利瓦伊·瓦斯特也不会这么吃惊。海勒姆突然走上前，紧握双拳，半边身子压过桌子，死死地盯着利瓦伊的眼睛。他呆滞、愚蠢、像木头一样的脸因为愤怒而严重扭曲了，太阳穴上的青筋鼓起，就像打了结的鞭绳一样。他说话时，声音远远超出了一个基督教徒的行为标准，是那种气喘吁吁的咆哮。

“你会起诉我？就你？”他说，“你会起诉我，是吗？你害怕上法庭——利瓦伊·瓦斯特——你上法庭试试——看看你喜不喜欢法律吧。你凭什么骂我是小偷——你这个该死的、凶残的流氓！你才是小偷利瓦伊·瓦斯特——你来到这里，就偷走了我的爸爸；你让我破产——我得给你本来应该属于我的钱，你还偷走了我追求的姑娘。”他停了下来，嘴唇因为要说的话而颤抖着。“我知道你，”他磨着牙说，“我知道你！要不是因为父亲让我发过誓，我早就把你送到地方官员那里了。”

然后，他手颤抖着，指着利瓦伊说：“那儿是门，你看到了！滚出去，永远不要再进来——如果你再进来——或者如果我在哪儿再看到你——我向上帝发誓，一定要把你扭送到律师那里，把我知道的、看到的所有事情都告诉他！啊，我一定会这样做的，我会让你称心如意的，如果你想要法律，我会给你足够多的法律！赶快给我滚出这个房子！”

听到海勒姆的话，利瓦伊好像把身子缩在了一起，黄铜色的脸变得更加黄了，像蜡一样暗淡无光。海勒姆说完后，他一句话也没有说，推开椅子，站起来，戴上帽子，鬼鬼祟祟地四处瞥了一下，偷偷摸摸地离开了房子，晚餐刚动过一点儿，但他没有停下来吃完它。从那以后，他再也没有走进过海勒姆·怀特的房子。

十

海勒姆终于把这个坏蛋赶出了家门，但这个坏蛋蓄谋已久的坏事还是发生了。第二天，人们传言萨利·马丁跟着利瓦伊·瓦斯特跑了。第二天早上，老比利·马丁带着来复枪到了镇上，四处搜捕利瓦伊，扬言一抓到这个把他女儿引上邪路的坏蛋，就一枪毙了他。

这个坏蛋离开了海勒姆的家，与此同时，另一个恶人也离开了他停泊的港湾。几天后，从印第安河传来消息，海盗蓝肤已经离开了河口，向东南方向驶去。那些看上去好像无所不知的人说，他已经离开了这个地方。

蓝肤离开这里，对他来说是一个明智的决定，因为就在他离开三天后，一艘“蝎子号”单桅帆船在刘易斯港抛锚，船上载着那个不幸的班轮的纽约代理人和一个政府专员。

他们没有浪费时间，一到这里就马上颁布了一条严厉的搜捕令。这条搜捕令使很多古怪的事实曝了光。他们发现，有那么一段时间，印第安附近的居民与海盗关系非常友好，因为在这一地区的许多房子里，这位政府专员搜到了许多价值不菲的东西，都是海盗们从班轮上抢来的。他们还在刘易斯镇的一些人家里发现了许多来源可疑的贵重物品。

一时间，居民们似乎都多多少少地因为海盗而沾上了污点。

甚至可怜的海勒姆·怀特也没有逃脱嫌疑，检查官们发现利瓦伊·瓦斯特与海盗蓝肤的犯罪活动有牵连，因此，他们认为海勒姆也与海盗有来往。

老黛娜和黑鲍勃也遭到了审查，于是，人们不但全都知道了利瓦伊与两个客人会面的事情，而且还知道了当海盗们在屋里讨论如何处理战利品时，海勒姆也在场。

海勒姆默默地承受了这一切，看起来，再没有什么事情比这些不公正的怀疑带给他的伤害更深了。在海勒姆所遇到的所有不幸中，这是最后一记最沉重的打击，也是他最难以承受的一次打击。

利瓦伊不但从他这里夺走了父爱，还把自己逼到了破产的边缘。更可恨的是，他带着自己心爱的姑娘私奔了，现在他又毁了海勒姆的好名声。

针对对他的怀疑，检查员们立即积极地行动了起来。

海盗们曾经从班轮上抢走了价值高达几百英镑的支票，因此，海勒姆接受了严格的审问和严厉的检查，他们想查出海勒姆到底知不知道这些海盗们的去向。

各种灾难接踵而至，像大山一样压在海勒姆的身上，在重压之下，海勒姆不但比以前更加呆滞、沉默，而且还变得更加阴沉、忧郁，经常会不由自主地陷入沉思之中。在火堆前，他经常一坐就是几个小时，连椅子都不动一下，就这么呆呆地盯着前方。

在二月里的一个寒冷的夜晚，地上的积雪有三英寸厚，海勒姆正在呆呆地冥思苦想，突然传来一阵轻轻的敲门声。

敲门声很低，而且不是很连贯，显得有些犹豫不决，海勒姆忽然被惊醒。他坐了一会儿，看了看四周，然后猛地推开椅子，站起来，走到门口把门打开。

门外站着的竟然是萨利·马丁。

海勒姆就这样毫无表情地盯着她，一句话也不说。萨利首先开口了。“海，你不请我进去坐会儿吗？”她说，“我又冷又饿，快要饿死了，我太饿了。看在上帝的分上，请让我进去吧。”

“好的，”海勒姆说，“请进吧，但是为什么你不回自己的家呀？”

这个可怜的女孩因为寒冷浑身颤抖，牙齿咯咯吱吱直打架。一听这话，她哭了起来，边哭边用包住头和肩的毯子的一角擦着眼泪。“我回去了，海勒姆，”她说，“但是爸爸，他当着我的面关上了门，还很恶毒地骂了我，海，我真希望自己死掉算了。”

“你最好先进来，”海勒姆说，“外面太冷了，站在外面不行。”他给女孩让开一条路，女孩满怀感激地迅速走进了房子。

海勒姆让黑人黛娜给她拿来食物，她坐下来，狼吞虎咽，大口大口地吃了起来。她吃饭时，海勒姆背朝着火站着，看着她，那个曾经圆润、像玫瑰花一样红扑扑的脸蛋现在已经变得消瘦、憔悴。

“你生病了吗，萨利？”他问道。

“没有，”她说，“但自从离开家后，我的日子过得很艰难，海。”一想起那段痛苦的日子，她的眼泪又涌了出来，但她匆匆地用手背擦去了眼泪，并没有停止吃饭的动作。

接下来是一阵沉寂。黛娜蜷缩着身子坐在壁炉另一边的小木凳上，饶有兴趣地听着他们的谈话。海勒姆根本就不去注意她。“你不跟利瓦伊跑了吗？”他忽然问。女孩低下头，偷偷向上瞄了瞄他。“你不要害怕。”他又说。

“是的，”她终于回答了，“我是跟他走了，海勒姆。”

“你们去哪儿了呀？”

听到这个问题，她忽然放下了刀叉。

“不要问我这个，海，”她激动地说，“我不能回答你这个问题。你不了解利瓦伊，海勒姆。他不想让我告诉你有关他的事，打死我也不敢告诉你，如果我给你说了我们到过哪儿，不管我走到哪里，他都一定能把我找出来，然后杀了我。如果你知道了我所知道的事情，海勒姆，你就不会再问任何有关他的问题了。”

海勒姆目不转睛地看着她，沉思了好长时间，后来他终于又开口说话了："我一直想多看你几眼，萨利。"

萨利并没有立即回答，但是过了一会儿，她忽然抬起头来。"海勒姆，"她说，"如果我告诉你一些事儿，你能发誓不告诉任何人吗？"海勒姆点点头。"那么我就告诉你，如果利瓦伊知道我向你说了，他肯定会杀了我，肯定会的。海，你走过来点儿，我得小点儿声儿给你说。"海勒姆朝她探过身去，她迅速地朝左右看了看，然后把嘴凑到了他耳朵边："我是个诚实的女人，海。逃跑之前，我就已经嫁给了利瓦伊·瓦斯特。"

十一

冬天过去了，春天也过去了，夏天很快就到来了。不管海勒姆心里怎么想，但从表面上看不出任何痛苦的迹象。然而，他粗笨的脸明显变得松弛了，双颊也凹了下去，由于关节松弛，他的身体看起来更加笨拙了，几乎都要缩进衣服里去了。他经常会在半夜被惊醒，有时他会在屋子里走上几个小时，一直走到下半夜。

就这样，他度过了很长一段时间，之后，他遭遇了一生中最重大、最可怕的一件事。

七月，一个酷热的夜晚，感觉像在蒸炉里一样，即使心里只装着一些小事，环境也很顺心，但是在这么热的天气里想要睡着还是很困难的。满月的月光透过敞开的窗户，照在了地板上。海勒姆在房间里走来走去，每走一个来回，都会经过那片四方形的月光，每次走进朦胧的月光投射下来的光束时，在月光的映照下，他那憔悴的身体都会忽然发出亮光。

厨房里的钟声响了，海勒姆停下脚步去数钟声，已经十二点了。

最后一声钟敲完了，夜又沉寂下来了，他仍然一动不动地站着。现在他在专心地倾听另一种声音。在大钟敲下最后一声时，他听到一阵脚步声，正沿着房前的小路缓慢地、小心翼翼地走过来，一直走到了敞开的窗户下面。几秒钟后，他听到生锈的铰链发出了吱吱的响声。一位神秘的客人进了磨坊。海勒姆蹑手蹑脚地走到窗前，向外望去。此时，一轮明亮的圆月挂在老磨坊积满灰尘的木板屋顶上，在不到三十步远的地方，他看到门忽然被打开了。他马上提起精神，全神贯注地观察着，大约经过了一两秒钟的寂静，从敞开的大门后的黑暗中，闪出了一个清晰、生动的人影。月光皎洁，海勒姆可以像白天一样清楚地看到这个人的脸，那是利瓦伊·瓦斯特。此时，在他胳膊下，夹着一个空的面粉口袋。

利瓦伊·瓦斯特左右打量了一下，然后摘下帽子，用手背擦了擦额头的汗，轻轻地关上门，蹑手蹑脚地离开了磨坊，和来时一样小心谨慎。他贴着房子小心挪动着脚步，海勒姆往下看了看他，这时海勒姆只要伸伸手，就能碰到他。

在距离房子五六十码时，利瓦伊停了下来，从曲折的篱笆后的暗影中忽然蹿出第二个人影来，很明显是前来与利瓦伊会合。他们站在一起交谈了一小会儿，利瓦伊不时地指指磨坊，然后两个人转过身去，翻过了篱笆，抄近路穿过一片开阔的农田，走过又高又乱的杂草地，朝东南方向走去。

海勒姆站直了身子，深深地吸了一口气，月光照在他的脸上，可以清楚地看到他扭曲、暴怒的表情，这个表情和七个月前他在厨房里面对自己继弟时的表情一模一样。此时，额头上的汗珠滴了下来，他用袖子擦去了汗水，然后没穿外套，也没戴帽子，就直接跳出窗户，穿过草地，毫不犹豫地朝着利瓦伊走的方向跟了过去。

他翻过篱笆，清楚地看到月光下的那两个人正走在远处平坦、茂密的草地的那一头，马上就要进入一条狭窄的松树林里。

不一会儿，他们就走进了松树林，消失在黑暗的树林中。

此时，海勒姆目光十分坚定，紧闭着双唇，像一个正在追击敌人的复仇女神一样顽强、无情。他跟着两人穿过月光明朗的草地，走进了松林的阴影中。午夜的松林十分宁静，听不到一点儿声音。他轻轻踩过树下滴满松脂的地面，没有发出一丁点儿响声。在静寂无声的树林中，他能清楚地听到远处传来利瓦伊和同伴的说话声，在这空荡荡的树林中，他们的说话声显得格外响亮，而且还伴随着山谷的回声。树林那边是一块玉米地，两个人钻进了正在抽穗的玉米地里，不时传出玉米叶沙沙作响的声音。根据这种沙沙的响声，他紧跟他们钻进了玉米地，一步也没有落下。

穿过玉米地，是一条通往刘易斯南部的大道，经过一座独木桥，走过一片连接镇子和远方沙丘的辽阔盐沼，两个人沿着这条路线走着，海勒姆一直在后面跟着。忽然，海勒姆发现自己已经赶上了他们，离他们只有不到五十步远，现在，他可以看到利瓦伊的同伴肩上背着一包东西，看起来像是工具什么似的。

他停了一会儿，等到拉开了和他们之间的距离，然后又用袖子擦了擦额头的汗水，紧盯着前面的两个人。过了一会儿，那两个人又翻过篱笆到了大路上。

海勒姆跟着这两个人走了有两英里，也许可能更远的距离，他们走过平坦的白色马路，穿过沉醉在甜蜜梦乡的格林费尔德的安静民居，越过谷仓、棚屋、高耸的干草堆、田野、树林、空旷的草地、黑糊糊的沉静的小镇，最后走到了一片白茫茫的宽阔盐沼地。盐沼在银白的月光下一览无余，看上去无边无际，当然，实际上它是有边界的，远处，盐沼和一条长长的雪白沙丘连在了一起。

海勒姆又跟着他们走过平坦的盐沼、繁茂的莎草地、琉璃般清澈的湖泊。经过湖泊时，他还看到湖面上自己的倒影。他们就这样走啊走，最后走到了一片矮松林。这些苍老的矮松树生长在白沙丘脚下，看起来饱经风霜的样子，但却十分挺拔。

海勒姆躲在松林的阴影中等待着，那两个人已经走到了一片空地上，身后拖着他们黑得像墨汁一样的长长的身影。在死一般无声无息的寂静中，海勒姆似乎能够隐隐约约地听到半英里以外大西洋的海浪撞击在岸边的沙丘上发出的低沉、有力的拍打声。

后来那两个人绕过了白色断崖的南端，海勒姆紧跟着他们，也绕过了断崖，但此时，那两个人突然不见了。

面前是光滑陡峭的沙山，嶙峋的山脊直耸入天际。前边两个人的身影一直向山上走去，很快消失在山顶，海勒姆也跟着爬了上去。山脊那边有一片圆形的碗状山谷，大概有50英尺宽，18～20英尺深，在海风的作用下，山谷几乎成了正圆形。海勒姆缓慢地、小心翼翼地跟着他们爬到了山顶上，偷偷地往下面的山谷看了看。那两个人正坐在沙地上，离两人不远的地方，有一棵枯死的松树，高高的树干光秃秃地立在沙地上，也许几个世纪前它就生长在那里了。

十二

此时，利瓦伊已经脱掉了外套和马甲，用帽子扇着风。他把随身带着的那个包裹摊了在沙地上，坐了下来。他的同伙在他的对面坐了下来。明亮的月光照在那人脸上，海勒姆立即认出他就是那个身材健壮的外国坏蛋，那天晚上曾经和那个小个子一起去找过利瓦伊。这人已经摘掉了帽子，正在用一条红巾擦着汗。在他身边，放着一捆他一直背着的工具：两把铁铲、一根绳子和一根尖头的长铁棍。

这两个人用外语交谈着，海勒姆根本听不懂他们在说什么。但是他能看到继弟一会儿用手指一指那棵死树，一会儿又指一下碗状山谷中另一面陡峭上的白色沙地。

后来，两个人看起来像是已经休息好了，而他们的会议——如果确实是会议的话——也结束了。利瓦伊在前面带路，另一个人跟在后面，两个人走到了那棵枯死的松树前。利瓦伊停下来开始忙活，好像在寻找某个记号。找到后，他从包里取出一根卷尺和一个大大的黄铜罗盘。他把卷尺的一头递给同伴，用拇指把另一头压到树上某个位置。然后用罗盘确定方向，还不时地向另一个人发号施令，那个人根据指令一会儿往左移一点儿，一会儿往右移一点儿。后来利瓦伊又下了一个指令，他的同伴就从口袋里取出一根木钉，把它钉到了沙地里。然后，他们以这根木钉为基点，按罗盘指示的方位进行测量，又钉下了第二根木钉。经过第三次测量后，他们好像终于找到了目的地。

利瓦伊用脚后跟儿在这个地方画了个十字。他同样把尖头铁棍拿给了他，然后站在一旁，利瓦伊举起铁棍深深地插进了沙子里。他一点点往下插，好像在寻找藏在沙地下面的什么东西。这个过程持续了好一会儿，后来，铁棍好像是碰到了沙地下的什么硬物，突然发出了一声刺耳的声音。看上去，他找到了要找的东西了。他用棍子又向下点了两三下，确定无误后，把棍子插在那里，擦掉了手上的沙子。“现在去拿铁铲，彼得。”他说，这是他第一次使用英语和那人对话。

这两个人开始忙着挖沙子，因为他们要找的目标看样子埋在大约6英尺深的地方，再加上挖的沙子会一次又一次地滑到坑里，所以这项工作很繁重，需要反复进行。他们的铁铲最终碰到了那个硬东西，利瓦伊擦掉了自己手上的沙粒，弯下腰去。

利瓦伊的同伴从沙坑里爬了出来，把绳子扔了给了他。利瓦伊用绳子牢牢地系住了那样东西，然后也爬出了沙坑。他们一起用力地拉动绳子，终于把一个沉重的铁皮箱子从坑里拖了出来。这个箱子大约有3英尺长、1英尺宽、1英尺高。

利瓦伊的同伴弯下腰去，解开了捆在箱子上的绳子。

接下来发生的事情是非常迅速、非常可怕、完全出人意料的。利瓦伊往后退了一步，向两边迅速地扫了一眼，然后飞快地把手伸到背后，借着皎洁的月光，海勒姆看到了那把又长又尖、十分锋利的刀刃。当他的同伴直起腰时，利瓦伊迅速举起了尖刀，用力地刺了下去，紧接着又刺了第二刀，这两次攻击非常迅猛有力。海勒姆清清楚楚地看到刀尖刺进那个人的背部，他甚至能够听到尖刀和人的肋骨相撞时发出的模糊的声音——一次、两次。那个魁梧的黑胡子男人尖叫起来，那声音听起来非常可怕，然后就跌跌撞撞地倒在了地上。接着他又大叫了一声爬了起来，疯狂而绝望地掐住了利瓦伊的喉咙和胳膊。接下来的这场短暂打斗虽然看上去是惊心动魄的，但却是在无声无息中进行的。除了重重的喘气声和沙地上凌乱的脚步声，几乎听不到其他任何声音，海勒姆能够看到沙地上流了一大摊暗红的血。但很明显，这是一场实力悬殊的战斗，因此，战斗仅仅持续了一两秒钟。利瓦伊从受伤的人手中抽出了自己的胳膊，把衬衫袖子从肩膀到手腕部分都撕了下来，再次残忍地举起尖刀，一次又一次地向下刺去。现在，刀子已经完完全全失去了原来亮白的颜色。

霎那间，一切都结束了。利瓦伊的同伴像一捆破布一样，一声不吭地倒在了沙地上，软软地趴在了那里，半边脸埋进了沙子里，随后，他的身体抽搐了一下，然后就安静地躺着不动了。

利瓦伊紧握着那把尖刀，俯下身子察看了一下那个人。他的衬衫和手，还有裸露着的胳膊，都被那个人的鲜血给染红了。月光照在他的脸上，海勒姆看到了一张从地狱里爬出来的恶魔的脸。

最后他耸耸肩，弯下腰去，用死人身上那松垮垮的马裤擦了擦自己的刀和手，又擦了擦胳膊，然后把刀插回鞘中，从口袋里取出一把钥匙，打开了箱子。在明亮的月光下，海勒姆清清楚楚地看到：箱子里大部分是纸和皮制袋子，而且很明显那些袋子里装满了钱。

那场可怕的战斗从开始到结束，海勒姆一直都一声不吭、一动不动地趴在沙丘顶上，他惊恐、迷惑地看着下面沙谷中的那场殊死搏斗。沙子从他趴着的地方慢慢地滑了下去，但是，利瓦伊太过关注于翻看箱子里的东西，根本没有注意到沙子发出的微微的响声。

海勒姆的脸像死人的脸一样苍白憔悴。他张开嘴好像想要说话，但一个字也说不出来。他就这样默默地站着，活像一尊雕像，而不是一个活人，然后他的目光忽然落在了利瓦伊带来的袋子上。毫无疑问，这个袋子是用来装珠宝的，现在它仍然静静地躺在那片沙地上。此时，海勒姆忽然灵光一闪，整个脸上的表情都变了，他把嘴唇紧紧地闭在一起，好像害怕自己可能会在不经意间发出声音，脸上原本憔悴的神情也完全消失了。

他沿着沙丘的边缘小心翼翼地慢慢走下了斜坡。他的行动缓慢、寂静，踩到松软的沙子上时，竟没有发出一丝声响。他就这样静悄悄地、一步一步地走下了沙丘，走到那个袋子旁边，无声无息地拿起了袋子。利瓦伊仍然在箱子边上埋头检查里面的纸张，离他只有4英尺远。海勒姆拿着袋子，可能是因为不小心发出了轻微的沙沙声，利瓦伊迅速转过头来，但是已经晚了，一瞬间，那个袋子已经罩住了他的全身。

接着是另外一场恶斗，和刚才发生的那场搏斗一样激烈，一样无声无息，一样绝望而短暂。利瓦伊身材瘦长、强壮，精力旺盛，他力气很大，为了保住性命，他绝望地用尽全力进行搏斗，即便如此，他仍然没有机会战胜同样拥有强大力量的海勒姆。没过多久，利瓦伊被死去同伴的尸体绊倒了，海勒姆一下子扑到他的身上。也许这一跤把他给绊晕了，也许他觉得再抵抗也没有什么用，所以，他停了下来，安静地躺在那里。海勒姆跪在他身上，从箱子的环上抽出绳子，然后一声不吭地把利瓦伊连同那个面粉袋紧紧地捆在了一起，打上了好多个结。在这个过程中，利瓦伊只说了一句话。“如果你让我走，”包袱里传出他窒闷的声音，“我会给你500英镑，就在那个箱子里放着。”海勒姆一句话也没有回答，继续打着绳结，把他紧紧地捆住了。

十三

整个冬天和春天，“蝎子号”战舰一直停泊在刘易斯港，也许他们还怀着一丝微弱的希望，认为海盗可能会卷土重来。这天早上八点，梅纳德上尉正坐在霍尔律师的办公室里，边用帽子扇着风，边和律师聊着天。忽然外面传来一阵嘈杂的声音，而且声音越来越近。律师和上尉连忙走了出来。他们看到街上有一大群人正向这边走来，不停地喧哗着，推推搡搡的，有的人走在人行道上，有的人走在大马路上。附近的人家把门窗都打开了，伸出头去想看看到底发生了什么事。这群人越走越近，人们终于看到了，这群人中有一个人，他们陪着他往这边走。这个人就是海勒姆·怀特，他的头上没有戴帽子，身上也没有穿外套，汗水顺着脸颊滴答滴答地往下流，但他仍然像平常一样面无表情、一言不发。他的肩上背着一个大袋子，袋子用绳子一圈圈地紧紧地捆着。直到他们走到跟前来，律师和上尉才看到这个袋子里露出来一双穿着灰色线袜的腿。原来，海勒姆背着的竟然是一个人。

当天早上，海勒姆就这样背着这个袋子走了5英里远，中间一次也没有休息，直接来到了律师的办公室。

他走上陡峭的楼梯，进了律师的办公室，一言不发，把身上背的东西重重地撂在了地板上，然后才擦了擦额头上的汗。

律师两只手撑在桌子上，站在那里，先看了看海勒姆，又看了看地上这个奇怪的东西。尽管外面人声鼎沸，而此时，办公室里却忽然静了下来。“这是什么，海勒姆？”霍尔律师问道。

海勒姆重重地喘着粗气，终于开了口。“这是一个双手沾满血腥的谋杀犯。”他说，用颤抖的手，指了指袋子里那个一动不动的人。

“这儿，你们来几个人！”律师大声叫到，“过来！把这个人解开！他是谁？”有十几个冲上来帮忙，很快就解开了绳子，面粉口袋从那个人的头上和身体上滑落了下来。

他的头发、脸、眉毛和衣服上都沾满了面粉，但是这些面粉却无法遮盖住他头上、胳膊上和衬衫上大大小小的暗色血污。利瓦伊用胳膊肘支起了自己的身体，愁眉苦脸地向四周看了看，周围的人都对这个结果感到十分的吃惊。

“啊，是利瓦伊·瓦斯特！”律师用沙哑的声音说，他太吃惊了，似乎半天才找回了说话的能力。

忽然，梅纳德上尉推开围住利瓦伊的人群，挤了进来，他抓住利瓦伊的头发，把他的头向后扳去，以便看清这个人的脸。“利瓦伊·瓦斯特！”他大声地说，“这个人就是你曾经提到过的利瓦伊·瓦斯特？看看这个伤疤，还有他脸上的印记！他就是蓝肤！”

十四

在蓝肤从沙地里挖出来的箱子里，人们不但发现了班轮上被抢走的金匠汇票，而且还发现了许多那艘船上的官员和乘客们被抢劫的贵重物品。

班轮的纽约代理人说要给海勒姆一笔丰厚的报酬，感谢他帮助他们重新找回这些丢失的汇票，但海勒姆斩钉截铁地拒绝了。“我这么做，”像平常一样，他沉闷、呆滞地说，“只是想让大家知道我是一个诚实的人。”

虽然他不肯接受班轮代理人给的报酬，但是上天还是赏赐了他。“蝎子号”把蓝肤押到了英国，关在了纽盖特监狱。在狱中，他自杀了，用长袜把自己吊在了监狱的窗户上。初秋时分，这条消息传到了刘易斯，霍尔律师马上行动，把海勒姆父亲的500英镑遗产转交到了海勒姆手中。

这一年的11月，海勒姆和海盗的遗孀萨利·马丁终于一起步入了婚姻的殿堂。

神秘的斯卡菲尔德船长

我已经不记得在哪本有关著名海盗的历史著作中，曾经读过有关杰克·斯卡菲尔德船长生平的详尽记述了。毫无疑问，作者可能是从梅恩瓦宁上尉的报告中收集到了这些关于他死亡和纵帆船毁灭的数据，现在，我们可以从海军部的档案中查阅到这些数据。当然，如果作者没有看过1821～1822年以塞亚·托马斯在纽伯里波特出版的小册子历史书，单凭这些单调、枯燥的叙述，根本无法找到其他可以参考的资料。上面所说的这本小册子是《杰克·斯卡菲尔德船长纪实》。我写这个故事的目的就是要弥补一个缺陷，即在海盗行业中如此富有盛名的人，在现实中却没有什么详细的历史记述。为了方便那些愿意通篇阅读的读者更加流畅地欣赏这个故事，我觉着可能用小说的形式进行讲述更加合适。下面就是这个故事。

一

以利亚撒·库珀是公谊会的一个著名成员，在费城，他有一个更为人们所熟知的名字叫“库珀船长”。他是公谊会的主管，经常在各种特定的场合发表演讲。他每次航海归来，总会雷打不动地在礼拜天和礼拜四参加公谊会的会议。在同乡们的眼中，他是一个在商场中诚实正直、恪守信誉的好商人，在家庭中是一位尽职尽责的模范好男人。

下面我要讲的事情对于故事的发展并没有什么重要作用，但是我们还是要提一下：库珀船长主要做近海贸易，所谓近海贸易，就是船长总是用自己的船载着自己的货物，自己驾驶船只，在甲板上进行实物交易。他有一艘快速便捷的大型纵帆船，叫做“费城‘伊莱扎·库珀’号”，这是以他妻子的名字命名的。船长主要在西印度群岛航行，货物主要是特拉华州威明顿“白兰地酒”、磨坊出产的小麦粉和玉米粉。

众所周知，在1812年的战争中，这项生意为他赢得了丰厚的利润，因为当时法国、西班牙、荷兰和丹麦岛都受到了英国的封锁，几乎与世隔绝，因此当地小麦粉和玉米粉的价格非常高。

在战时，偷渡越过封锁线做生意是最危险的行为，但是库珀船长一直在两岸之间往返，他的货物为他赚取了惊人的利润，战争结束的时候，他成了当地最富有的商人之一。

曾经有一段时间，他在机械银行的收支差额超过了任何独立存款人的账户金额，据说，有一次他往银行里存了一箱子外国银币，如果兑换成美元的话，这些银币的价值将会高达4.2万美元，这在当时是一笔非常惊人的财富。

从外表看，库珀个子很高，脸庞削瘦，棱角分明；论性格，他常年都不苟言笑，像戴着面具一样，看上去很严厉；同时，他为人内敛，做事冷静，看上去似乎永远波澜不惊；从行为方式来看，他作风朴素，沉默寡言，严格地按照宗教信仰的教条做事和生活，从来没有半分的偏差。

他住在云杉河下游前街上的一个老式房子里，这幢房子看起来非常舒适，估计任何做近海贸易的船长都愿意回到这样的家中。房子后面有一片陡斜的草坪，一直向下延伸到河中。房子南边是码头和仓库，北边是果园和菜园，长满了新鲜的水果和蔬菜。院子里有两棵大栗树，树荫浓密，遮住了一部分走廊和草坪。坐在树荫下向下望时，你会看到草地两边有两行箱形的灌木丛，穿过波光粼粼的河水，草地一直延伸到泽西河岸边。

我们要讲的故事大约发生在1820年，当时这处房产的地价高涨，但由于这是库珀的老房子，再加上他本人很有钱，所以他根本没有考虑过要出售这幢房子。因此，尽管当初有很多人想以比从前高出五六倍的价钱收购这片土地，但都遭到了他的拒绝，这种拒绝看上去很平静，但却不容分说，没有任何回旋的余地，他选择住在父亲、祖父曾经住过的同一幢房子里。

就像前面讲过的，这是一幢让人心情愉悦的舒适的房子，只要一进去，你就立刻会对它的干净整洁印象深刻：黄铜门把手闪闪发光，上面没有一点儿污渍；起居室内硬朗的皮制家具一尘不染，黄铜头钉子就像天上的繁星一样闪闪发亮；走廊里撒着细沙，十分洁净，木制门上的把手从柄头到钉子都经过了无数次的擦洗，整个房子到处弥漫着微微的肥皂和温水的清香。

以利亚撒·库珀夫妇没有子女，但却和另一个人生活在一起，这个人让这个原本宽敞、安静、阴冷的家充满了生机，她就是库珀船长的外甥女露辛达·费尔班克斯，也就是库珀船长亲姐姐的女儿，二十岁左右，活泼可爱，在本市公谊会社交圈中是十分受欢迎的人物。

现在，只剩下最后一个人物没有介绍了，但这个人也许是整个故事中最关键的人物，他就是詹姆士·梅恩瓦宁上尉。他肩膀宽阔，双颊红润，身体健壮，大概有二十六七岁。梅恩瓦宁是社交圈里的宠儿，他曾经参加过“宪兵号”和“战士号”的决战。在“宪兵号”上服役时，就是梅恩瓦宁亲手点燃了这场伟大战役第一炮的导火索。

梅恩瓦宁的母亲和伊莱扎·库珀是好朋友，因此他经常去拜访库珀船长家。每周，因为女士们安排的一些小事儿，他至少要上门拜访六七次，如果库珀船长在家，就和库珀船长一起抽袋烟，喝口酒，比如著名的陈年牙买加朗姆酒，或者在晚上玩上一局西洋跳棋。两位老人当然知道梅恩瓦宁来访的真正原因，但是他们却很少去怀疑两个年轻人之间会产生什么样的感情。

事实上，梅恩瓦宁和年轻的露辛达·费尔班克斯小姐正在热恋中。

以利亚撒·库珀对那场战争非常反感，还曾经发表过抨击它的严厉宣言，因此，像梅恩瓦宁这样拥有官方职务的人根本不敢奢望老人会准许他的外甥女和自己结婚；并且，如果露辛达嫁给一个非公谊会会员的人，她就会失去与生俱来的公谊会会员资格。因此，两人不得不对双方的感情严格保密。事实上，她自己并不在意是不是拥有这个资格，但她十分敬畏自己的舅舅，根本不敢放弃自己在这方面的责任。因此，她只能和梅恩瓦宁秘密幽会，度过了非常甜蜜的一段时光。在情人的要求下，露辛达让格雷戈里夫人为自己画了一幅微型图，并把微型图偷偷地放到了一枚金质奖章里。满怀着情人的柔情蜜意，梅恩瓦宁把这个奖章一直挂在脖子上，并把它藏在了靠近心脏的衬衫褶边下面。

1820年4月，梅恩瓦宁突然接到命令让他去华盛顿报到。原来在去年的秋天，西印第安河地区的海盗，特别是著名的杰克·斯卡菲尔德船长活动频繁，不但掠走了“马波海德号”班轮，还抢劫并烧毁了两艘从乔治亚州海岸出发的沿海贸易商船。政府最终下定决心要采取主动措施，镇压这些西印第安河地区的害虫，严厉惩处这些强盗。

梅恩瓦宁接到命令，统领“美国号”到巴哈马群岛巡逻，这是一艘航速快、吃水浅、体积庞大的武装双桅船战舰。他的任务是逮捕所有被他们发现的海盗并摧毁海盗船。

“美国号”正在纽约等候命令。在从华盛顿去纽约的路上，梅恩瓦宁顺便去了趟费城，和城里的朋友们道别。他再次拜访了老库珀家。这是一个周日的下午，天气温暖舒适，虽是初春时分，但感觉上仿佛已经到了夏天。苹果树上花朵累累，十分繁茂，空气中到处弥漫着苹果花的清香。蜜蜂嗡嗡地四处采蜜，暖洋洋的太阳照得人们昏昏欲睡。

当时，以利亚撒刚刚结束了在安提瓜岛的旅行回到家中。梅恩瓦宁到他家时，一家人正坐在一棵还没有长出新叶的栗树下消遣。库珀船长嘴里叼着一支长长的陶制烟斗，懒洋洋地读着一份国家公报，然后听着梅恩瓦宁讲述他的新任务。令人感到奇怪的是，这次，他一改往日死板沉默的作风，不但对梅恩瓦宁的讲述非常感兴趣，而且还滔滔不绝地讲起了他知道的一些关于海盗的故事，尤其是兴致勃勃地讲起了斯卡菲尔德船长的故事。

令梅恩瓦宁十分意外的是，这位老公谊会会员竟然站在了为海盗辩护的立场上，声称大家严重地夸大了这些被告的罪行，自己与一些海盗十分熟悉，在他看来，海盗们顶多就是一群贫穷的、误入歧途的可怜的家伙。受到政府的诱惑，在上次战争的时候，他们走上了用私船巡逻的道路，然后逐渐堕落下去，一步步地走向罪恶的深渊。他承认斯卡菲尔德船长曾经做过许多残忍的罪恶勾当，但他断言这个海盗也曾经做过许多善事，然而人们对他所做过的善事却视而不见，只顾谴责他犯下的罪行。他承认斯卡菲尔德船长确实做过一些错事，比如曾经允许船员通过抓阄儿来决定“北方玫瑰号”船长的妻子和女儿归谁，但从来没有一个人提起过他曾经和他的船员们是如何冒着生命危险拯救了纵帆船“哈利法克斯号”上的所有船员的，当时这艘船的所有船员都得了黄热病，在海上随波漂荡；也没有一个人告诉过大家，他们是如何驾驶着那艘满载患者的船只驶进金斯敦港的营救区域的。以利亚撒说，他不能否认斯卡菲尔德曾经把“巴尔的摩美女号”船长扒光衣服，绑在双桅船的前桅上，并让手下人往那个无助的俘虏身上丢酒瓶子，结果导致那个船长当天晚上就因受伤过重而死亡，但当时他的手下人都喝醉了，所以也是情有可原的。在这件事情上，斯卡菲尔德无疑应该受到谴责，但是在1818年飓风过后，他曾经冒着生命危险，在政府面前，把一整船自己在坦帕湾购买的生活必需品运送到了贝拉·维斯塔岛，这件事又有谁称赞过他？在这次著名的冒险行动中，他甚至险些丢掉了性命。当时，英国护卫舰“刻瑞斯”追捕了他两天，后来，舰长捉到了一个俘虏，并要立即把他吊死在桁端上，他们完全忘记了一个事实，那就是这个可怜人是在行善积德，而不是在荼毒生灵。

在说这些话的时候，以利亚撒一直是一副为被告作辩护的表情。他越说越有精神，也越来越健谈。烟斗里的火光已经熄灭了，他都没有察觉。因为讲得过于兴奋，他那削瘦凹陷的两颊上都出现了一丝红晕。梅恩瓦宁惊奇地聆听着这个奇怪的辩护，这是一个极度热爱和平的公谊会传教士为一个声名狼藉、血腥残忍的海盗杰克·斯卡菲尔德所作的辩护。周围的环境温暖洁净，老砖房里安静祥和，苹果树上花香四溢，还有蜜蜂在嗡嗡嗡地采蜜，周围所有的一切与老船长为那个恶棍所作的不可思议的辩护是多么不和谐呀！那位老公谊会会员就这样滔滔不绝，一直讲到温暖的太阳下了山，夜幕降临了才停了下来。

晚上喝完茶，梅恩瓦宁才准备离开，和露辛达·费尔班克斯告别的时候已经是黄昏了。此时，明亮的月亮挂在乳白色的天空，银白色的月光照在老房子上、鲜花盛开的苹果树上、斜坡上的草地和波光粼粼的河面上，一切都像是在梦中一样，显得那么朦胧、缥缈。他请求露辛达允许自己把两人的感情告诉她的舅舅和舅妈，请求两位老人同意他们交往，但露辛达坚决不同意他这样做。露辛达觉得，现在这样，两个人在一起感觉很幸福，但是一旦告诉了舅舅，而舅舅又反对他们在一起，那以后该怎么办呢？他就不能再等一段时间吗？或许过一段时间，一切都会好起来的。分手时，她泪流满面、恋恋不舍，令梅恩瓦宁无法再坚持自己的想法，只好说等到合适的时机再提这件事情。此时，他意识到自己必须要离开了，也许这一去就是整整两年，在以后的两年里，自己没有权利再称呼她“我的人儿”了，这种想法让他感到十分绝望。

和老人们道别的时候，他心里更加难过了，难过得几乎喘不过气来。他似乎能够感觉到她的脸颊靠在自己肩膀上的感觉，她柔软、光滑的嘴唇亲吻自己的感觉。但这种秘密的爱情，和在千里之遥的海上称她为“我的人儿”的权利比起来，又算什么呢？此时，他觉得自己就像是一个逃避责任的胆小鬼。

但是他爱得太深了。第二天清晨，天气阴沉，还下起了小雨，与昨天的风和日丽完全不同。梅恩瓦宁坐在马车上，感觉像是被裹在如潮湿皮革一样坚韧的孤独中，他从衬衫褶边下面抽出了那个小小的椭圆形照片，呆呆地看了好久，深情地注视着描绘在如丝绸般的象牙表面上的那张纯洁的脸、那双碧蓝的眼睛和那张温柔美好的红唇，心中充满了爱怜和那种傻傻的快乐。

二

在接下来的5个月里，梅恩瓦宁大部分时间都在巴哈马群岛海域巡逻，发现并驱散了许多海盗，摧毁了不下15艘各种型号的海盗船，其中包括小到半甲板的捕鲸船和大到300吨位的三桅帆船。很快，“美国号”威名远扬，令西印度群岛的所有海盗闻风丧胆，近期出没于巴哈马群岛海域上的海盗几乎都被消灭干净了。

但是，梅恩瓦宁一直在寻找的那个海盗——杰克·斯卡菲尔德——却像影子一样躲避着他，像是拥有某种魔力一样，每次都能从他手下逃脱。曾经有两次机会，他几乎都要碰到这个大名鼎鼎的海盗了，但是，每次等他到达事发地点时，这位海盗船长都只给他留下可怕的船只残骸。第一次，他在大巴哈马海峡发现了一只在水上漂流的失事船只，当时船只刚刚被火烧过，还冒着浓烟，船里浸满了水。这艘船是塞伦的“海上女巫号”。后来，人们在玛丽亚湾发现了它的一部分船员，这才知道了它的悲惨遭遇，此时，距离船只失事的时间已经过去两周了。这个故事听起来十分可怕，那些遇难者们说，他们都是“海上女巫号”的船员，海盗放过他们的目的是让他们带口信给美国佬司令官，如果他们遇到司令官，就让司令官收留他们，斯卡菲尔德船长会为此向他致意，并为他准备热腾腾的饭菜。

三周以后，梅恩瓦宁发现了“巴尔的摩美女号”，救出了船上的幸存者。当时，这艘船已经是破烂不堪了，船上沾满了鲜血。以船长为首的8名船员都被捆住手脚，丢到了海里。这次，斯卡菲尔德又给“美国号”司令官留了个口信：梅恩瓦宁可以把自己发现的食物调成他喜欢的味道。

梅恩瓦宁血气方刚，疾恶如仇，听到这一切，便立下毒誓：“我与约翰·斯卡菲尔德不共戴天，不是他死，就是我亡！”

然而他完全没有想到的是，自己愤怒的誓言很快就变成了现实。

当时，海盗们经常聚集在巴哈马群岛最南端的圣何塞的一个小岛上。“美国号”到来之前，他们经常在这里的沙滩上把船倾侧过来清理船身，同时补给供应品、弹药和朗姆酒，为下一次对经过群岛周围或穿越巴哈马海峡的商船发动进攻做准备。

梅恩瓦宁已经来过这个海盗巢穴好几次了。在这里，他获得了两次大丰收，并使自己声名远扬，他认为这是他的福地，希望能够在这里逮到斯卡菲尔德船长。

下面，我们先简单介绍一下这个声名狼藉的海盗聚集地。这个地方是个小型殖民地，到处都是西印度群岛地区常见的房子，这种房子是用藤条先编织起构架，然后再抹上灰泥建成的。这里只有三幢房子是由木头建成的，看起来比其他房子漂亮。一个是仓库，一个是卖朗姆酒的商店，第三幢房子里住着一个黑白混血的女人，据说她可能是斯卡菲尔德船长的秘密妻子。这个村里的人几乎都是黑人和棕色人种。岛上也有白种人，主要包括一两个让人感觉不太诚实的犹太人和半打美国商人。另外就是一些黑人、白黑混血儿、西班牙欧亚混血儿，还有一些黄种女人和儿童。殖民地呈曲线状分布在海滩上，形成一个小小的港口，只要不刮东南风，它就可以为小型船只提供一个很好的停泊点。村子里到处都是椰子树、香蕉树，村外有一片长长的白沙滩，弯弯曲曲地延伸着，像银白色的项链一样环绕着半池绿水。大西洋巨浪的魔掌力量再强大，也只能触碰到外围的海滩，从来不会对这片美丽的白沙滩构成任何威胁。

这就是著名的海盗殖民地圣何塞，这里是大自然的天堂，却也是人间的地狱，到处都充满了堕落与邪恶。梅恩瓦宁从正在下沉的“巴尔的摩美女号”上救出了那些船员后没过几天，就又一次踏上了这片土地。

当那片长着一圈棕榈树、岸上挤满了藤条小屋的小海湾映入眼帘时，梅恩瓦宁发现港口正停泊着一艘陌生的船只。这是一艘巨大的纵帆船，装备精良，大约在250或300吨位。“美国号”在这艘船的船尾，选择了一个合适的位置抛下锚，这样做的目的是，一旦遇到突发情况，这个位置能够让侧舷炮发挥最大的威力。梅恩瓦宁通过望远镜察看对方船尾的船名，当望远镜的圆圈里出现了白色字母“费城‘伊莱扎·库珀’号”时，他简直无法用语言来形容自己的惊讶之情。

他几乎无法相信自己的眼睛和判断力，他从来没有想到过“伊莱扎·库珀号”会出现在这个罪恶的集散地，魔鬼的巢穴边。

梅恩瓦宁命令手下放下快艇，亲自划到了纵帆船下。不管他对这艘船的身份有什么样的猜测，当看到库珀船长本人站在舷梯迎接他时，所有的疑问都一扫而空。这位朋友表情冷漠，并没有因为这次意外的相遇而产生一点儿应有的惊讶或混乱。

但是当梅恩瓦宁登上“伊莱扎·库珀号”的甲板，四下打量的时候，他几乎不能相信眼前的一切。主甲板上有8门12磅重的大口径短炮，上面罩着防水油布。船头有一门长射程大炮，上面也罩着防水油布，蒙着的炮口正对着船头斜桅外的海面。

看到这个意外的情况，梅恩瓦宁根本无法掩饰自己的惊讶，不管是不是他多想了，至少在他看来，以利亚撒·库珀尽管纹丝不动，表面上镇定自若，但实际上心绪也十分混乱。

库珀船长在前面带路，走进了船舱，和这个年轻人坐在一起抽了一袋烟，喝了一瓶上好的陈年牙买加朗姆酒。梅恩瓦宁并没有压抑自己的疑惑，而是直接问老人为什么要把这艘船改装成这么奇怪的样子。

“我是一个热爱和平的人，詹姆士·梅恩瓦宁，”以利亚撒回答道，“但是这片海域到处都是嗜血如命、贪得无厌的人，如果你表现出武力强大的样子，就可以保护自己，避免受到恶人的伤害。如果我表现出和平商人的形象，你想，在这种地方，怎么可能不受到攻击？”

梅恩瓦宁想：如果那些火力强劲的武器仅仅是用于防卫，那可真是够极端的了。他默默地抽了一会儿烟，忽然直截了当地问：“如果和斯卡菲尔德船长这样的敌人打起来，他会如何战斗？”

这位公谊会会员沉默了。在梅恩瓦宁看来，老人的表情好像在思考自己应该坦白到什么程度才好。“我的朋友，詹姆士，”最后，他开口说道，“我得承认我的船员们都是世俗之人，事实上，他们的想法可能和我的想法不一样。我宁愿这样认为，如果和那些不讲道理的人起了争端，尽管我个人呼唤和平，但还不足以阻止我的船员们不去以暴抗暴。至于我自己，你了解我的个性，也应该了解我在这种事情上的一贯立场。”

尽管这位公谊会会员这种拐弯抹角的说话方式让人感觉到很可疑，但梅恩瓦宁并没有加以评论就接着问了第二个问题：

“我想请问，”他说，“您在这里做什么？为什么您觉得有必要到这样一个邪恶、危险的地方来？”

“实际上，我知道你会问我这个问题，”他的朋友说，“我坦白地告诉你，这些嗜血如命、贪得无厌的人其实也是人，他们也需要食物。现在这艘船上装着250桶面粉，这些面粉在这里可以卖出比在西印度其他地区都高的价钱。说实话，我希望我的大部分商品都能卖个好价钱，但是你的到来赶走了我最好的顾客。”

梅恩瓦宁沉默了一会儿，不停地抽着烟。对方的这些话解释了许多以前他所不能理解的问题。它解释了为什么在现在这个和平年代里，库珀船长还能靠他的小麦粉和玉米粉挣到和以前在战争时期几乎一样的利润；它解释了为什么那天下午在花园里，他那么激烈地为斯卡菲尔德船长和其他海盗们辩护。那么，自己应该做些什么呢？库珀船长已经坦白了他在和海盗们做生意。现在，他，梅恩瓦宁在这件事上应该承担什么责任呢？以利亚撒·库珀的货物交易属于违法交易吗？应该被没收吗？还有另一个问题也一直在脑海中盘旋：自己赶走的顾客到底是谁呢？

像是看出了他的疑问，对方开始直接谈论这个问题。“我知道，”他说，“你很快就会问我刚才提到的顾客是谁。我不想对你隐瞒他的姓名，他就是杰克船长，或者可以叫他杰克·斯卡菲尔德船长。”

梅恩瓦宁立即从座位上跳了起来。“你说的是那个魔鬼！”他叫道，“他离开多长时间了？”

公谊会会员不紧不慢地在已经抽光的烟斗中装满了烟丝。他说：“自从有人送信说你快要到来的时候，那个恶人就立即消失了，我想他离开这里大约已经有四五个小时了。”库珀船长把烟斗锅放在烛火上，点上火，抽了起来。“请你理解，詹姆士·梅恩瓦宁，”他又说道，“我不是这个恶人的朋友，他的安全与我无关，我们只是买卖关系而已。我可以向你发誓，只要有任何有关这个恶魔的消息，我都会告诉你。我想说的是，很可能在一天之内，你就会得到关于他的消息。但如果发生了战争，你得独自战斗，我是不会帮助你的，因为我既不喜欢战争，也不喜欢血腥，我不会给任何一方提供帮助。”

这段话有些含糊，里面似乎有着更深层次的含意，给梅恩瓦宁留下了深刻的印象。他一回到“美国号”上，就把自己觉得能找出来的疑问都说给了自己的副手安德伍德上尉听。当夜幕降临的时候，他安排了双倍哨卡，做好一切准备，确保能够随时迎击任何企图袭击他们的敌人。

三

在热带地区，夜晚来得特别快。转眼间，世界就陷入了一片暮色之中，又过了一会儿，黑暗就把一切都吞噬掉了。故事发生的当天晚上，天气阴沉沉的，雨季就要到来了，温热的热带雨云给黑暗的天空增添了一抹朦胧的色彩，所以夜晚比平常来得更快，而且夜色也特别浓郁。天空中不时会有几点星光从云朵中透出来，但是周围一片寂静，黑暗就像一张巨大的天鹅绒毛毯笼罩着一望无际的海面。

天色渐渐暗了下来，梅恩瓦宁命令船员们点亮灯笼，挂到侧支索和主支索上，暗黄的灯光照着这只小型战舰，此时，到处都是星星点点的亮光在黄铜饰品上跳跃着，在这些亮光的烘托下，成排的加农炮显得特别巨大。

不知道是什么原因，梅恩瓦宁一直觉得心神不宁。他在甲板上徘徊了好长时间，仍然不知道自己为什么会感觉到焦虑，于是他走进船舱，继续写当天的航海日志。他把弯刀解下来放在桌上，把灯笼放到纸边，刚准备脱下外套，忽然听到有人传话过来说，那艘贸易商船的船长在军舰旁，说要和他谈一些私人话题。

梅恩瓦宁立即猜到，商人的来访可能和斯卡菲尔德船长的消息有关，也许有些东西终于要浮出水面了，于是他立刻感觉到心平气和，刚才心神不宁的感觉霎时烟消云散了。他命令船员立即把库珀船长领到船舱里，不一会儿，那个个子高高、棱角分明的公谊会会员就走进了这间亮着灯笼的狭窄的船舱里。

梅恩瓦宁立刻发现他的客人表现得非常激动和不安。他脱下了帽子，前额上挂满了汗珠。梅恩瓦宁问候了他，但他并没有回答，可能他根本没有听到。库珀船长直接走到桌前，一只手撑在上尉刚开始写的航海日志上。梅恩瓦宁在桌子另一头坐下来，库伯船长俯身看着他。

"詹姆士·梅恩瓦宁，"他说，"我曾经向你发誓，一有海盗的消息就报告给你。你现在准备好听我的消息了吗？"

梅恩瓦宁立刻感觉到，他的激动中有一些非常奇怪的感觉，看上去使他心烦意乱，而这种感觉也影响到了梅恩瓦宁，他似乎也有了类似的感觉。"我不知道你是什么意思，先生！"他大叫道，"竟然问我想不想听你带来的消息。现在这个世界上我最想得到的消息，就是这个恶棍的消息！"

"你愿意？你愿意？"对方更加激动了，大声地说，"你这么急着要见他？很好，很好，假如我能让你和他面对面，怎么样？嗨，嗨，和他面对面，詹姆士·梅恩瓦宁！"

梅恩瓦宁立即意识到这个海盗已经回到了岛上，也许现在和他近在咫尺。

"我不懂你的意思，先生，"他大叫，"你的意思是说你知道这个恶棍在哪儿吗？如果是的话，请立刻告诉我，因为再耽搁一分钟，那个恶棍很有可能再次逃走。"

“没有这种危险，他是不会走的！”对方激动地大声宣布，“不会有这种危险！我会告诉你他在哪儿，我会立刻把他带到你的面前！”他一拳砸在了敞开的航海日志上，“轰”的一声。他看上去好像越来越激动，也越来越狂乱，在灯光下，他的眼睛好像在闪着绿光；前额的汗水，已经像小溪一样流到了他的脸颊，还有一滴汗珠像一颗晶莹剔透的宝石一样悬挂在他的鹰钩鼻子上。库珀船长向前走近一步，俯身朝向梅恩瓦宁，他的举止让人感觉很奇怪，看上去气势汹汹的，上尉本能地向后退了一步。

“斯卡菲尔德船长给你们送了一些东西，”以利亚撒用近乎沙哑的声音说，“这些东西你们看了肯定会吃惊的。”他说这话时，从之前的“你”变成了复数的“你们”，这种变化让梅恩瓦宁感到非常陌生。

以利亚撒一边说，一边在褐色长尾外套口袋里摸索着，他取出了一样东西，在灯光下，这件东西正闪闪发光。

接着，梅恩瓦宁看到黑糊糊的手枪枪口正对着自己的脸。

顿时，四周一片寂静，听不到任何声音。“我就是你要找的人！”突然，以利亚撒·库珀说，声音显得非常紧张，听上去好像屏住了呼吸一样。

整件事发生得如此突然，完全出乎他的意料，梅恩瓦宁就像石头一样呆在了那里。就算是晴天霹雳，打在自己脚边，他也不会像现在这样震惊。他好像陷入了一场噩梦，透过一层不可思议的迷雾，他看到那张以冷静著称的脸孔完全变成了恶魔的嘴脸。此时，那张如死灰般煞白的脸上露出魔鬼一样狰狞的笑容。在灯光下，他的牙齿闪闪发亮，他的眉毛紧紧地拧在了一起，那双眼睛里闪着恶毒的绿光，就如同被逼到困境的野兽的眼睛一样。他又屏住呼吸说：“我就是杰克·斯卡菲尔德！如果你想看到一个海盗，那就看着我！”紧接着，又是一阵沉默。在沉默中，梅恩瓦宁可以听到防水壁上挂着的手表在滴答作响。对方接着又说："你想把我赶出西印度，是不是？你！你现在又怎么样？你落入了自己所设计的陷阱里，你可以随便地大声呼救，来摆脱这个陷阱。但是听好了，只要你敢说一个字，敢动一根指头，我就立即让你的脑浆喷到后面的墙上！要是你不听从我的命令，马上就会变成一个死人。赶快下令，让我的助手和兄弟们到这个船舱里来，马上就下令，我的手指还放在板机上呢，只要我一扣板机，你的嘴巴就会永远的闭上！"

最初，梅恩瓦宁惊骇无比，但他马上就恢复了冷静，后来回想起这件事情，他对当时自己心态的转变都感到十分震惊。在对方说话的时候，他发现自己的思路已经变得非常清晰了。他用一种从来没有过的、不可思议的冷静和机警，重新整理了自己的思路。他知道，如果自己想逃跑，或者发出任何呼喊，一定会马上变成一个死人，因为手枪枪膛的圆筒正对着自己的前额，稳如磐石。如果他能够让对方的注意力转移一下，哪怕只是一瞬间，也许还会有生还的机会。思想、灵感、行动，所有这一切不过在一念之间。他必须转移对方犀利的目光，灵机一动，他马上有了主意，立即大叫起来："动手！兄弟们！动手！快！"他喊的时候，声音非常大，连自己的耳朵都快要震聋了。

海盗大吃一惊，以为自己身后站了另一个敌人，于是闪电般转过枪口，对准了身后空白的墙壁。此时，他发现自己中了圈套，立刻转过身来。虽然他的两次转身只是一瞬间的事，但是因为梅恩瓦宁已经做好了准备，所以，这短短的一瞬间毫无疑问已经救了他的命。就在对方转身的一瞬间，梅恩瓦宁扑了上去。手枪喷射出蓝色的火焰，接着就传来一声爆炸声，这声音震耳欲聋，差一点儿就要把他的脑袋轰开了。顿时，梅恩瓦宁感觉到一阵晕眩，他以为自己被射中了，然而很快他就发现原来自己躲过了这一枪。梅恩瓦宁迅速将敌人扭转过来，狠命地将对手抵向桌子一角。海盗喊了一下，接着两人同时倒向地面，手枪随之“当啷”一声掉在了地板上。跌倒的时候，梅恩瓦宁趴在上面，他马上咆哮着发出命令：“所有人都行动起来，击退进攻者！”紧接着又喊了一次：“所有人都行动起来，击退进攻者！”

可能是被桌子角撞伤了，倒在地上的海盗像被魔鬼附身了一样拼命地挣扎，一两秒钟之后，海盗不知从身上哪个地方抽出了一把锋利的刀子，梅恩瓦宁看到这把长刀正泛着青光，立刻去抓他的手腕。但是对方的肌肉好像是用钢铁铸成的一样，坚硬无比。他们就这样在绝望的沉默中厮打着，一个人竭尽全力要完成刚才被挫败的计划，杀掉对方；另一个人则竭尽全力地要保住自己的性命。梅恩瓦宁感到刀子一次又一次地刺进自己的身体，刺进了胳膊，刺进了肩膀，还刺进了脖子。他感觉到滚烫的鲜血如泉涌一般流出了自己的身体，顿时传来一股钻心的痛，他绝望地向四周张望，突然，他发现那把手枪就躺在不远处的地板上。他一边用力抓住对方的手腕，一边拼命地抢到了那把手枪，狠狠地朝下面光秃秃的窄脑门上砸去。当砸到第三下的时候，身下的人紧绷的肌肉激烈地抽动着，随后逐渐松弛了下来，最后软软地变成了一摊烂泥，梅恩瓦宁最终赢得了这场战斗。

在刚才的打斗过程中，他听到外面一直都有嘈杂的叫喊声、凌乱的脚步声和震耳欲聋的枪声，即使在最危急的关头，他也能意识到“美国号”被海盗袭击了。当感到身下那个不断挣扎的敌人的肌肉变得松弛、人也安静下来之后，他立刻从地上跳了起来，抓起桌旁的弯刀，冲上了甲板。

幸亏为了防御海盗袭击，他提前安排了双倍岗哨，否则“美国号”定会全盘失守。尽管如此，他还是对眼前的一切感到非常震惊：刚才藏在大型捕鲸艇里的海盗们，登上“美国号”之后，不但能够在甲板上占据优势，而且看样子他们好像还要把这艘双桅帆船上的人杀个精光。

但是当浑身是血的梅恩瓦宁冲到甲板上的时候，海盗们立即明白自己的船长已经被制伏了，这些亡命之徒立刻失去了斗志。有一两个海盗跳进了海里；有一个看样子像是大副的海盗被一枪打死了，顷刻间，海盗们四处逃散，在昏暗的灯光下，一群海盗纷纷跳下海去，寂静的海面上到处都是扑通扑通的跳水声。

“美国号”上的船员们朝着银光闪闪的水波继续开枪，想要彻底消灭那些跳进大海逃命的海盗。当然，很难说这样的射击还有没有作用。

四

然而，海盗船长并没有立即死掉，又坚持了三四天，有时神志不清，有时半梦半醒，大部分时间里他都不省人事。当他在床上垂死挣扎的时候，他在这个双重世界里的那位黑白混血的妻子一直照顾着他，但是岛上能够提供的物资是很贫乏的。当他意识不清醒的时候，那种双重的人格一直困扰着他。有时，他会变成在和平社会里，被家中的朋友们所了解的那个冷静、镇定、自律、循规蹈矩的人；有时，天性中被压抑的那一面又会像一只狂暴的野兽一样龇牙咧嘴地冲出来。有时他会清楚明白地谈论和平社会里的事情；有时他却又在激烈地咒骂、疯狂地叫嚣。

虽然身上的伤口依然不停地折磨着梅恩瓦宁，但他还是会坐在这位垂死的老人身边，和他一起熬过一个个漫漫长夜。每当看到这张消瘦的脸，听到那些漫无目的的胡言乱语，他总是在想这些话语到底是什么意思。这可能是一种疯狂吧——在这种疯狂中，善与恶的交替来袭，竟然能够如此完美清晰地存在于同一个人体内。他认为事情就是这样。谁没有感受过心中存在一个声音在反抗道德和礼仪的严酷枷锁呢？这个声音与库珀一样狂野、凶残。这个老人心中的野兽已经撕碎了枷锁吧？而自己是不能够让心中那个横冲直撞的野兽冲出来，任由它撕碎、毁灭一切的吧？梅恩瓦宁就这样问着自己。这一切怎么会出现？这位受人尊敬的公谊会教徒是如何从故乡的正常生活中，一步步地堕入罪恶的深渊的？梅恩瓦宁不停地在想这些问题，当看到这位海盗船长慢慢地挣脱折磨着他的人世间的负担的时候，他就一直在思考这些问题。最后那个可怜的人终于死了，一个受尽折磨的人终于解脱了。

后来，梅恩瓦宁在岛上展开了全面的搜索，目的是要找到海盗们，但是却一无所获。也许他们藏在了岛上的某些隐秘的藏身之处（这个可能性不大），也许他们已经乘着藏在热带树林里的船逃走了。不管怎么说，他们都已经消失了。

就像没有搜到那些离散的海盗一样，梅恩瓦宁也没能在岛上找到任何财宝的踪影。海盗死后，他们对混血女人进行了严密的审讯，这个女人哭哭啼啼的，最后终于崩溃了，用弊脚的英语供认：斯卡菲尔德船长曾经把大量银币带到了船上。但是他们仍然没有找到这笔财宝，也许是这个女人搞错了，也许海盗船长后来又把财宝带走了，藏到了其他地方。

如果不是机缘巧合，估计就发现不了这笔财宝了。后来，梅恩瓦宁下令烧毁“伊莱扎·库珀号”，安排一批人手去执行这项任务。这时，“美国号”上的厨师请求上尉留下一些威明顿“白兰地酒”牌面粉给他，明天可以用它来做葡萄干布丁，梅恩瓦宁同意了他的请求，让一个船员给厨师拿来足够的面粉。

几个船员被派去执行这个命令，并要求他们取完面粉后，立即烧毁海盗船。没想到，船员们刚走了不到一刻钟的时间，就传回消息说：发现了海盗的藏宝！

梅恩瓦宁匆忙赶到了“伊莱扎·库珀号”，在打开的面粉桶中，他看到大量的银币被埋在雪白的小麦粉中。于是，船员们开始对全船进行搜索，把面粉桶一个接一个地举起来，摔到甲板上，然后进行搜查。如果桶里只有面粉，就把面粉扫到船下去。阵阵海风吹过，周围几英里的海面都漂浮着面粉，连空气中都弥漫着面粉颗粒。

在小麦粉和玉米粉里面，人们发现了总价值高达15万美元的钱币。现在人们终于明白这个海盗船长为什么这么成功了，因为他能够在得到消息后，立即把自己从一个海盗变成一个向西印度群岛遭受饥荒的城镇和殖民地销售面粉的维护和平的公谊会商人，然后再把沾满血腥的财宝安全地运回北方老家。

故事马上就要结束了，在这里，我们还要讲一下人们在“伊莱扎·库珀号”货舱里发现的一块被涂成黑色的宽帆布，上面涂着巨大的白字“猎犬”。毫无疑问，这块布是用来遮盖这艘商用纵帆船的真正名字的，就像它的船长一样，用一张道德和荣誉的薄布遮住了真实的血腥残忍的人性。

这就是关于杰克·斯卡菲尔德船长的真实故事。

前面提到过的在纽伯里波特出版的小册子里只讲述了这个海盗如何在海上把自己伪装成一个公谊会教徒商人的故事，而没有讲别的故事。

让所有的人都能辨认出以利亚撒·库珀就是那个海盗是不可能的事情，即便是“美国号”上的船员们，也只有梅恩瓦宁知道斯卡菲尔德船长的真实身份。别的人知道的是以利亚撒·库珀在一场和海盗的战斗中被杀害了。

在接下来的一年时间之内，梅恩瓦宁就和露辛达·费尔班克斯结婚了。最终，以利亚撒·库珀的财产通过露辛达·费尔班克斯成为了梅恩瓦宁的财产。上尉考虑过很多次这个问题：这些财产到底是怎么挣来的。在这些财产之中，他可以断定至少有一部分是从海上抢劫来的，但却不能确定其中到底有多少是通过合法贸易赚来的。

曾经有一段时间，梅恩瓦宁觉得他应该放弃这些财产，但是马上他就意识到，现在放弃它们是不可行的，那样的举动显得太过疯狂。最后他逐渐打消了自己的疑虑，安心地享受着通过婚姻得到的巨额财产。

后来，梅恩瓦宁移居到了纽约，之后，他又把海盗斯卡菲尔德遗留给他的财产中的一部分投在了梅恩瓦宁·比戈特运输商行，该商行旗下著名的大西洋际定期邮船在当时负有盛名，享誉全世界。

新希望镇的魔鬼

下面我们要讲的这个故事开始于1740～1742年，在“罗德岛”上矗立着一个破败的木制教堂，这个地方曾经是旧自由恩典派的礼拜堂。

自由恩典教派是一个奇特的宗教派别，这座粗陋的建筑就是他们建造起来的。这个教派信条的基本原则是拒绝接受一切有关地狱的概念，他们认为上帝对全世界都是仁慈的，借助于上帝的恩典，在未来的生活中，所有的灵魂都应该享受永久的幸福。

由于这个教派被认定为危险的异端邪教，因此，自由恩典教派的信徒们曾经被从马萨诸塞州殖民地驱逐出去，经过多年的游历，他们最终定居在了“罗德岛”的普罗维登斯种植园，这个地方紧邻新希望镇。在那里，他们建造了一排的小房子，和一座祭拜用的教堂，暂时居住在这里，在属于他们的这块贫瘠土地上谋求生计，从此过上了一种不太安定的生活。

可想而知，周围的居民并没有热情地接纳这样一群奇怪的人，最后，他们甚至还警告这些人，要求他们马上离开他们阴冷的、摇摇欲坠的小屋，移居到别的地方去。于是他们又遭到了驱逐，被迫登上布里斯托尔的双桅横帆船，前往宾夕法尼亚州，后来，他们就在这些地方逐渐销声匿迹了，空出来的房子也慢慢变成了废墟，他们的教堂也从此衰败下去了。

这就是故事的开始，接下来将会发生什么呢？让我们继续来看看下面的故事。

一

此时，新希望镇这个定居点已经发展成了规模很大的港口城市，与西印度群岛的贸易往来十分频繁，主要是用玉米粉和干鳕鱼从西印度群岛换取糖、糖蜜和朗姆酒。

在富裕的上层社会中，有许多地位显赫的人，其中，最著名的就是威廉·贝尔福德陆军上校，他在当时殖民地的公众事务和军事事务中具有崇高的地位和声望。这位绅士是克兰德涅伯爵与苏格兰第67军团里的一个外科医生的女儿所生的私生子，父亲死后，他继承了巨额财富，因此，他现在才能够享受到这样舒服的生活，享有这么巨大的荣耀。

然而，上校对于自己尊贵的地位没有感觉到一丝的自豪与光荣，他总是习惯于用清醒的大脑回忆自己的父亲，以严肃的态度看待自己私生子的身份，从来不隐瞒自己是现任克兰德涅伯爵的朋友和秘密通信者的这个事实。在和几个殖民地地方长官交往的过程当中，他依靠自己的贵族血统拥有并保持着现有的显赫地位和居高临下的姿态，他从来都不会利用别人对他的敬畏之情来激励那些支持自己观点的人。

这位尊贵、著名的绅士的兄弟俄巴底亚·贝尔福德上尉，是自己的死对头，他是西印度群岛人，居住在牙买加的金斯顿。他道德败坏，曾被逐出教会，还做过贩卖黑奴的勾当，又因为曾是海盗而远近闻名。当然，有关他的这些消息并不像那些在热带地区滋生的植物一样传播得那么快，因此在这里并不为人所知。每次，他都住在自己的兄弟家，而这一家人对于他的荒唐行为非常反感，比如他总是在会客厅里抽烟，对女仆人开一些猥琐的玩笑，在走廊里不停地诅咒和发誓，对码头的船员大声咒骂，有时还会骂得面红耳赤。

因此，当贝尔福德上校收到兄弟俄巴底亚上尉的信时，感到十分惊慌，他的兄弟说他打算离开久居的热带地区，在新希望安家。

他称贝尔福德上校是“我亲爱的贝尔”，他说相信绅士会很高兴看到自己的决定，并且告诉他，将来他打算“像自由恩典派教徒一样从地狱中解脱出来，过正派有序的生活”，他还说，他打算为他的侄女贝琳达带一个礼物回来，也就是为她带一本祈祷书，让她在教会里祈祷。

因此，在一个阳光明媚的早上，我们的西印度群岛人俄巴底亚上尉履行了自己的诺言，突然出现在新希望。他带了大量的箱子和旅行衣箱，一路上吵吵嚷嚷的，不出半个小时，全镇的人都知道了他到来的消息。

然而，当到达贝尔福德上校面前时，他却遭到了冷遇，这像一盆冷水一样浇灭了他的兴奋之火。上校并不打算继续忍受因这个西印度群岛人的出现所带来的一切重负，因此，客气地问候了几句之后，他立刻十分紧张地发表了自己的观点。

“亲爱的俄巴底亚，非常遗憾地告诉你，我必须向你坦白，我和我的家庭不能给你提供一个家，这当然并不仅仅是因为你的行为方式让我感到不适应，不过作为哥哥，我还是得告诉你，这里是北方地区，毫无疑问无法接受西印度群岛的一些特殊的行为方式，我的家庭希望过一种自然的生活，我不希望我的家人变得和你一样。不过，我可以给你提点儿建议，你可以到蓝狮子酒馆去找个住处，那里的气氛肯定和你的爱好非常协调，你在那里会过得很开心。我已经调查过了，我保证你能在那个很好的旅馆里找到最好的、最适合你的套间。”

听到这些令人吃惊的话，我们的西印度群岛人并没有马上回答，只是非常愤怒地盯着贝尔福德上校。俄巴底亚身材高大、体形消瘦，长着长长的脖子和弯曲的肩膀，黄色脸颊的一侧有一块由于黑色火药爆炸而形成得浅浅的紫蓝色伤疤，他有一个巨大的鹰钩鼻子，看上去像一只以捕食无辜牺牲品为生的猎食者。后来，俄巴底亚重新找回了自己的声音，他把自己的象牙手杖在地上点了点，以强调自己所说的话，他大叫道：“什么！什么！什么！这就是你对重返家庭的兄弟所致的欢迎词吗？——嗯，你是谁？我不是你兄弟吗？是谁放弃了地位，让你过上舒服的生活？好！好！非常好，随你的便。但是你要明白，如果我不把你的脸碾成粉末，扔到泥里，我就不叫俄巴底亚·贝尔福德！”他无法找到合适的词汇来表达自己的愤怒之情，只能歇斯底里地大喊大叫，然后抬起脚，转身离开了，就像平地一声惊雷一样，“咚”的一声把门撞上，骂骂咧咧地走到了街上。这个来自西印度群岛的魔鬼简直无法压制住自己心中的怒火，不停地咒骂着。

然而，他还是听从贝尔福德的建议，住进了蓝狮子酒馆，不久，由于出手阔绰，他的身边很快就聚集了一大帮臭味相投的人。

他确实花钱如流水，让人瞠目结舌。他还口出狂言，说他的财宝可以和新希望镇最富裕的两个人相比，他所拥有的钱完全可以把他的兄弟从头到脚全部买下。他从来不避讳谈论自己在贝尔福德那里遭到的冷遇和拒绝，在那里受到的委屈紧紧地缠绕着他，让他越想越难受。每当被愤怒紧紧地包裹起来时，他就会像魔鬼一样不停地咒骂、发誓，他会向上天发誓，如果不给他的兄弟点儿颜色，他就会一直住在新希望。他一次又一次地向别人宣告自己的决心，咒骂词不断地变换着花样，令人难以置信的是，他说他一定要把他兄弟的脸碾成碎末儿。

从那以后，他就开始不知疲倦地为这位善良的人制造各种各样的麻烦，尽可能地设计一些恶毒的骗局。每当贝尔福德出现在街上时，他就会用最恶毒的话语不停的叫骂，娱乐那些听到他的话的人们。他还会在贝尔福德家门前用尖锐的声音唱着嘈杂、下流的歌曲，不停的来回走着示威。他甚至还会用他的手杖不停地敲打围墙的栅栏，或者恶意向贝尔福德夫人的猫扔掷石头。

这期间，他购买了罗德岛大面积的土地，包括旧自由恩典派的礼拜堂。他宣称要在这里为自己建造一座房子，把他兄弟的木房子比下去，让他蒙羞。于是，他开始在这里建造规模巨大、占地十分广阔的大厦，这幢大厦让所有的人都羡慕不已，人们称之为“贝尔福德宫殿”。这个巨大的房子完全是由砖盖成的，俄巴底亚上尉对于这些原料很是得意，他说这是从纽约远道运过来的。在这个一流的建筑建造过程中，他雇用了附近地区的所有木匠和泥瓦匠，因此，建造的速度很快，没有多久房子就拔地而起。期间，在建筑工地上，他还用朗姆酒和荷兰杜松子酒来招待那些前来参观的人们，因此，这个地方成了人们经常去的地方，几乎镇上所有的居民都在那里纵酒狂欢，品尝着烈性酒，许多人甚至从很远的地方来分享上尉挥霍带来的快乐。

在这段时间里，他总是穿着镶金的红外套，把帽子斜戴在瘦骨嶙峋的头上，在大街上逛来逛去，非常得意地认为自己是世界敬仰的对象，感觉到了巨大的自我满足感。他用刺耳的嗓音和夸张的语言不停地吹嘘，他正在建造的这座宫殿是如何的富丽堂皇。

与此同时，就像他说的那样，他花钱重新修缮了旧自由恩典礼拜堂，将屋顶和围墙修葺一新，让原来灰白、饱经风霜的建筑重新焕发出了光彩与活力。上尉并没有解释他为什么要做这件奇怪的事情，只是说他愿意按自己的方式行事，这样做让自己感到很满足。

最终，这座大房子建好了，他完全按自己的喜好进行了装修布置，住进去后不久，他就开始不停地挥霍自己的钱财，在大厦里宴请朋友，继续接受着来自整个殖民地的羡慕。上尉招待的这些客人，大部分是来自新港或波士顿要塞的军官和政府官员，不知道他使用什么方法一下子认识了这么多的熟人。有时，这些放荡不羁的绅士们占据了整个城镇，在主人的带领下，他们在街上招摇过市，用最冷酷、最厚颜无耻的眼光盯着街上走过的女士们，并用讽刺挖苦的语气大声评论着看到的一切。他们就这样在最自由的气氛中，用最滑稽的语言表达自己的观点。

当然，在贝尔福德宫殿的放荡行为并不仅限于赌博、狂饮，有时社区里还会频频出现一些穿着艳丽、不知从哪里来的妇女，在山顶的巨大宫殿里尽情欢乐，令人们非常反感，大家怀疑这些人是为新希望一些有名望的人提供服务来的。

刚开始，这些事情只是有一些征兆，并没有引起特别的注意，但是渐渐地，人们开始发现一些奇怪、异常的情况——开始只是一些平民集中在讨论，后来其他人也对这件事情议论纷纷。一开始大家只是窃窃私语，后来，就开始传言旧自由恩典礼拜堂里经常有魔鬼的鬼魂出没。

这个可怕、令人感到困扰的消息首先是从一个渔夫那里传出来的。在一个暴风雨后的黄昏，渔夫驶进了港口，他肯定地说，那天晚上那个老礼拜堂里灯火辉煌。不久，一个修补匠从斯德普利顿回来，为了走捷径，他取道老印第安路，也看到了相同的景象，不过可能比平时更加异常。有一次，一个巡逻者严肃地宣称，礼拜堂看起来不仅亮堂堂的，而且穿过漆黑的水面，还能听到从某个地方发出的铃声。他肯定地说，天空中突然出现了一颗红色启明星，像流星一样发出强烈而短暂的光，照亮了夜空。随后，一切又再次被墨汁一样的漆黑吞噬了。还有一次，一个小提琴家在半夜回家的路上，看到教堂里有亮光，并且有一些人，好像喝着朗姆酒，行为粗鲁，他们从不远的地方走过来，然后躺在草丛中。他说，当半夜里钟声敲响的时候，他看到许多人从那个大房子里走出来，悲痛地哭着，后来他听到一个声音，像一个迷路的灵魂，大声叫道："一共26个！"就在那时，教堂里的灯光突然熄灭了，霎时间，周围陷入一片漆黑当中。

据说，当有人告诉俄巴底亚上尉，这个老礼拜堂里有一些着魔之人聚会时，他用胁迫的、充满恶意的目光盯着这个人，警告他不要插手这件事情。最后，他的恐怖表情突然消失了，哈哈大笑起来，大声叫道："什么？那又怎么样？什么？你要知道，在过去，魔鬼和我是好朋友，我在西印度群岛经常看到他，我得告诉你，我之所以修葺了这个旧礼拜堂，就是为了能够经常和他在这里会面，然后弄一些干鳕鱼吃，弄点儿朗姆酒喝，让那些做熏肉的美国佬听听我们的谈话。你要知道，就在昨天，一个女鬼还和我在远处的草地上跳舞了，这个魔鬼就盘着腿坐在丹尼尔·鲁特的墓碑上，啃着干干的、满是灰尘的像长笛一样的胫骨。”（这时，他发了一个令人恐怖的誓言）“你知道最坏的情况是，如果有人在黄昏时踩到这个地方，干扰了魔鬼和我的娱乐，那么他就会下地狱，被大火烧死，或者被硫黄烧焦，然后放到烟斗里当烟吸。”

这些恐怖的话尽管有些夸张，但确实直接确认了这个最为可怕的猜疑，即这里真的有一些可怕的鬼魂出没。但是，如果再有人对这些恶意的流言的真实性有所怀疑的话，俄巴底亚就会用相同的办法将这些怀疑给扼杀掉。

牧师宙西亚习惯于礼拜六到贝尔福德上校漂亮的家里吃晚饭。有一次，这位绅士正和主人在藏书室里抽烟，门外忽然传来巨大的、令人讨厌的“咔嗒咔嗒”声，仆人把人领了进来，原来是俄巴底亚，除了他，可能别人不敢这样没有礼貌。俄巴底亚用狡猾的眼神、不怀好意地看了看他的兄弟，握起双手，用难以形容的带着嘲弄的谦卑表情，直截了当地向牧师先生作了自我介绍。“先生，”他说，“牧师先生，在你面前站着的是一个谦卑、悔过的罪人，他曾经遭受了不公正的待遇，他不知道像你这样一个虔诚的人是否能够把他从深渊中解救出来。先生，镇里人都说，魔鬼占据了我的老礼拜堂，唉！我不得不坦白，这是事实。”这时，上尉低下头，好像被自己说得可怕的话给吓坏了。

“你说什么？”牧师大叫道，“我听到的是真的吗？”

“是真的？”贝尔福德上校说，“你难道要相信你听到的是真的？你没有看出这是一个荒谬的谎言吗？你没有看出，他给你说这些是在逗你，也是在威胁我吗？”

听到这些，俄巴底亚用夸张和假装神圣的谦卑的眼神看了他的兄弟一眼，“唉，哥哥，”他大叫，“你怎么能够这么不公正地责难我！啊！你会阻止一个悔罪者的坦诚相告吗？你要明白，我是跟这位绅士说话，不是跟你说。”然后他再次对着牧师继续他的话题：“先生，你必须知道，我在西印度群岛船上度过一段时间，你可能听说过那场反对西班牙的冒险行动。”

“你是指海盗吗？”牧师问道，俄巴底亚点了点头。

“撒谎！”贝尔福德上校“啪”的一声把手拍在了桌子上，大叫道，“他从来就没有这种勇气做海盗这样的危险行当，或者从事比奴隶贸易更邪恶的事情。”

“先生，”俄巴底亚接着对牧师说，“我想再说一下，我是跟你说这些话的。嗯，先生，有一天，我们看到了一艘西班牙的小吨位轻快帆船，上面载满了金银餐具，但没有风，我们无法接近船只。当时我说：‘如果来点儿风把我们吹到那里的话，我可以把我的灵魂交给魔鬼’，结果‘风来了’，我的身边传来一个声音，唉，我必须承认——我看到一个人，表情阴暗，以前我从来没有在船上看到过他。他说：‘签名吧，风是你的了。’‘笔在哪里？’我说。‘用你的血。’他说。唉，先生！像我这样一个受到诱惑的人是多么不幸啊！”

“你签了吗？”牧师听到这个古怪的故事，兴奋地问。

“悲哀呀，先生，我签了它！”俄巴底亚上尉转着眼珠，露出很少的眼白。

“你抓住那艘西班牙船了吗？”

“我们抓住了，先生，把它抢得干干净净。”

“这真是一个弥天大谎！”贝尔福德愤怒地大叫，“先生，你竟然能够这么沾沾自喜地坐在这里，编出这么夸张的故事来愚弄我们！”

“这确实不可思议！”牧师说。

听到这么无力的回答，俄巴底亚哈哈大笑，然后又继续讲他的故事。“确实，先生，”他说道，“你相不相信，这是你的事，不过，我还是要告诉你，我拿到了许多战利品，我花了很长时间去让自己冷静地面对我的战利品。我对自己说，我说：‘俄巴底亚·贝尔福德！俄巴底亚·贝尔福德！现在，你要终止这些行动，过上体面的生活，否则，你会永远受到诅咒的。’因此，我就来到了新希望，牧师先生，我希望从此过上安静的生活。唉，先生！你相信吗？我刚刚在这个地方盖好了藏身之处，没有想到这个魔鬼又来找我了。他说：‘俄巴底亚，我也想住在新希望。’‘哪里？’我说。‘噢，’他说，‘你可以把那个老礼拜堂修缮一下，那样我就可以经常过来住了。’‘好的，’我对自己说，‘这样应该不会有什么麻烦。’因此，我按照他的要求做了，你见过像我这样一个做仆人做得这么合格的人吗？唉，牧师！他现在就在这里，我无法摆脱他，现在整个镇里都知道他住在礼拜堂里。”

“真不可思议！”牧师大叫道。

“这是一个彻头彻尾的谎言！”上校叫道。

“现在，我怎样才能走出自己挖的陷阱呀？”俄巴底亚问。

“先生，”牧师说，“如果你说的是真的，那我也无能为力。”

“唉！”俄巴底亚叹息道，“唉！唉！确实，我真该死！”随后他在空中挥舞着胳膊，好像极度地绝望，然后转身，像被100个复仇女神追杀一样地冲出了房子。

这是宙西亚牧师听到过的最离奇的故事，两个星期以来，他不论走到哪里都在想这件事情。“这是我听到的最不可思议的故事，”他喊着，“你看那里有那么多烟，肯定是着火了。至于那个不幸的人，我看

到过在贝尔福德藏书室这个失落的灵魂曾经站在我的面前。”然后他总结道：“是的，是的，真是难以置信，这打破了所有的信仰。如果这是真的话，那么这世界是公正的，这个魔鬼就应该拥有一处异教教堂来做避难所，这样，不但能够拒绝基督教和其他教派施加的影响，而且还能够破坏他们的住处，成为魔鬼永久的居所。”

至于贝尔福德上尉，他渴望能够永远守住这个地方的秘密。用这种办法的确很好地阻止了那些企图窥探秘密的人。

二

托马斯·古德郝斯是新希望镇的海关征收员，在此之前，他的名声没有什么污点。他能喝很多的凤梨朗姆酒，而不会影响自己的工作，这一点在当地非常有名。他的声音洪亮，身材粗短，膀大腰圆，脸色赤红，头发也是红的，脸看上去老是像着了火一样。

海关办公室是一幢白色建筑，装着绿色百叶窗，雨天时雨水会顺流而下。不论是哪一天，只要在上午十点至下午五点之间，征收员都会待在办公桌旁吸会烟，然后毫不懈怠地整理着堆在他面前的一大堆账簿和文件。

能够在皇家海关征收员这个岗位上工作，得益于贝尔福德的帮助，在这一点上，古德郝斯对他感激不尽。几年以前，古德郝斯拿着克兰德涅伯爵与众不同的推荐信来找这位绅士。他的运气非常好，救过尊敬的弗雷德里克·敦伯恩先生的命，敦伯恩是伯爵的二儿子，是一个狂妄、放荡、无拘无束的年轻人，经常做一些出格的恶作剧，比如拧断门环、敲响大钟、拿走酒馆的标记等。

在伊顿，弗雷德里克是一个著名的游泳高手，在考斯经常和人打赌游泳。有一次，在游泳的时候，他突然腿部抽筋，如果不是碰到古德郝斯，他肯定已经被淹死了。当时，古德郝斯正在附近划船，看到有人溺水，他迅速跳到水里把年轻人从正在不断吞没他的水涡里救了出来，并把他送回了家中。

在这次幸运的援救行动之后，克兰德涅伯爵送给他儿子的救命恩人一个金鼻烟盒，里面装满了基尼，并在上面刻上了下面的这段话：

送给托马斯·古德郝斯，在仁慈的上帝的指引下，他保护了一个美好珍贵的善良年轻的生命，他的父 亲把这个盒子送给他，对他的善良行动表示由衷的感激。

敦伯恩子爵和克兰德涅伯爵上

1752年8月17日

克兰德涅并没有去承担安排他儿子的救命恩人的未来命运这样一件重大责任，但是他觉得应该为他做点什么，于是就给古德郝斯写了一封推荐信，让他去美国交给贝尔福德上校。这个绅士当然希望能够取悦这个家族的合法的家长，于是利用自己的影响，成功地将古德郝斯安排在了海关征收员的位置上，取代了刚刚去世的莫尔上尉。

古德郝斯对于给与他帮助的人十分感激，他兢兢业业、尽职尽责地工作着，小心谨慎地为皇家征税，细心地管理着这些税收，甚至比管理自己的薪水更加认真细心。

在莫尔上尉担任征收员的时候，经常会从那些有影响的商人或殖民地权贵那里收取一些上好的荷兰制杜松子酒、一卷丝绸，或者一小桶白兰地什么的。但在古德郝斯任职期间，却从来没有这样玩忽职守。他宁肯得罪自己最好的朋友或者失去最贵重的东西，也不愿对皇家不恪尽职守。下班后，他也会放松一下，让自己舒服点儿，但一到早上十点钟，不论什么状态，他都能立即穿上皇家关税征收员的制服，走上工作岗位。

就这样，他用美德对抗着自己的弱点，在两者中达到了稳定的平衡。当遇到吓得两腿发抖的情况时，他总是强调着自己的正直，说自己在职期间，没有任何东西能不交税就通过了海关，他让上帝替他作证，他是用自己的双手挽救了年轻绅士的生命。于是，他会用棕色、多毛的拳头紧紧地握住装在裤兜里的那个金鼻烟盒，从中获得瞬间的安慰。只要一有人和他交谈，他首先会向对方展示这个鼻烟盒，然后让他们读一下刻在这个盒盖上的话，接着会说，如果一个人有时不小心喝多了一点儿，是不太要紧的，倘若他只为皇家国库征收了一丁点儿税收，那都是因为想要保护好克兰德涅伯爵的儿子。

他从来不会让这个珍贵的鼻烟盒离开自己半步。对于他来说，这是他的美德的象征，这一点只有他自己知道，因此他对于自己的品德越是怀疑，这个正直的象征在他眼中的分量就越重。“是，你可以看看它，”他会说，“如果你抓住我的把柄的话，当然我不会有的，”他会大喊道，“就让魔鬼把它从我手里拿走吧！”

正当大家对于礼拜堂的怀疑的议论越来越多的时候，那个正在弱点重负下辛苦挣扎的征收员，突然感到了莫名其妙的恐慌，他宣称，他嗅到了一些比罗德岛的魔鬼更可怕的气息，他坚持认为俄巴底亚上尉正在做一些自由贸易，用这个难以置信的故事作为掩饰，在晚上把货物偷运进来避税。他立下誓言，庄严地宣称，他要精心设计一个方案，揭穿这个事实，他一定会达到目的。为此，他打算去那个地方看看，希望能够发现这个魔鬼或走私者是否在旧自由恩典派礼拜堂里交易。于是，他拿出珍贵的鼻烟盒，盖紧了盖子，然后认真地看了看上面的题字，试图想要知道像他这样一个在这种情况下表现得这么勇敢的人是否还需要害怕教堂中的魔鬼。“我会，”他大叫道，“给魔鬼致命一击，我会的。我会让他读一读这个，让他告诉我他是否还敢说他能够蒙混过关，逃过我的眼睛。”

当然，这些话并不是征收员所说的愚蠢的大话，还不到一周，据说老教堂里的活动又重新开始了，征收员发现没有人敢和他一起去，于是就一个人划着小船，独自去罗德岛进行调查，对于市民们表现出的激动不安，他感到非常自得。

当征收员开始这次难忘而孤独的探险的时候，天色已经接近黄昏了。等到他到达那里的时候，天已经完全黑了。他随身携带了一瓶储藏多年的朗姆酒，喝了点儿，以此来驱赶从骨头里散发出的阵阵寒意。没过多久，他发现自己的小船已经漂浮在隆起的山石的阴影中，伸手不见五指。夜色更加浓郁，无穷的黑暗把他紧紧地裹住，似乎要将他融化在这朦胧的水色当中。在水湾上方，在高高的、山石嶙峋的山的侧翼上，那个神秘的教堂正高耸在那里。征收员缓慢地划着小船，用呆滞的目光注视着眼前一排昏暗可怕的灯光，他感到一阵眩晕，于是，他集中精力，拿出自己的全部本领，向前划去。他知道，那些光线是从旧自由恩典派礼拜堂里照射出来的。

他加快了划船的速度，很快到达了岸边，尽管他感觉到头重脚轻、摇摇晃晃的，但是他仍然毫不犹豫地爬上了通向神秘灯光的陡峭崎岖的山路。他不时被那些石头和鹅卵石绊上一下，但并没有失去平衡，一刻也不敢放松警惕。尽管有点昏昏欲睡，但他仍然倔犟地坚持着，最终为自己的冒险，也为自己的命运找到了归属。

这个老礼拜堂有两层，第一层是以前自由恩典派教徒们为庆祝某种属于自己信仰的神秘事物而举行仪式的地方，上面一层是用于平常的礼拜日祭拜活动的。通过一个长长的、陡峭的楼梯就可以走到二楼隐蔽的大厅里。

征收员停下来看了看，一层的百叶窗紧紧地关着，上面还安上了木栅，昏暗可怕的灯光正从二层的窗户射出来。他鼓足勇气，直接上了楼梯，可以肯定，也只有这样一个处于酒醉状态的人才能够做出这样事情。

他停了下来，打算敲敲门，可他的手指还没有来得及放到门板上，门“吱呀”一声突然打开了。一种难以形容的、浓郁的气味扑面而来，一瞬间，他几乎窒息过去，他发现自己正和一个巨大的高个子面对面地站在了一起。

即使面对突如其来的鬼怪，征收员也丝毫没有失去自己原来的勇气，他迅速地表现出了强硬的态度。他稳住身子，张开了口。“我知道，”他说，“你是谁，你是魔鬼，我敢说，如果你不向乔治国王交税的话，你就不能做生意。我可能有点儿喝多了，”他大叫道，“但我是在履行自己的职责，我要过来征税。”然后他拿出鼻烟盒，放在了面前的那个人鼻子底下。“看一下，你读一下，”他咆哮着，“但不要触摸它，我不会让任何罪犯从我手中逃走。”

那个人一直站在那里，好像失去了说话和行动的能力，但是听到最后几句话时，他好像找到了自己的声音，发出了一种非常刺耳、可怕的声音，但征收员勇敢地向前走了几步，站在了离他一两步远的地方。紧接着，他的手腕好像被闪电击打了一下，在灯光照耀下，一道黄色的光环闪了一下，他的鼻烟盒立刻消失在了黑暗中。他刚回过神来，胸前又挨了重重一击，他头朝前跌倒在了平台上。

第二天，征收员没有在他习惯的时间出现在办公室，整个早上，他的办公室里都没有人。直到中午的时候，社区内开始响起警报，大约两点钟，在满潮的时候，职员汤普金斯先生和两个从沙拉古德瑞赤来的船员出现在霍普森先生的码头。他们登上一个小快艇，去查看征收员到底出了什么事情。他们沿海岸前行，大约划了半个小时，终于发现了失踪的征收员的一些踪迹。最后，他们发现他正躺在不远处堆满鹅卵石的海滩上。从他的位置和躺着的方式来看，他肯定是喝多了。

汤普金斯先生停了下来，踩着露在浅水外面的鹅卵石上了岸，到了他的上司躺着的地方。这个征收员一只胳膊盖在眼睛上，好像是为了遮挡住阳光，但汤普金斯先生走近时，却突然发出一声尖叫，原来，征收员的嘴唇青紫，张了开来，露出了黄黄的牙齿，他那肥胖、多毛的双手呈蜡白色。事实上，从整个外表来看，他马上意识到征收员已经死了。

一听到尖叫声，两个船员马上跑了过来。他们尽量保持冷静，把征收员翻了过来，发现他的身上没有任何暴力的痕迹，突然，其中一个人发现他的脖子扭曲了。另外一个人认为他可能是从岩石上跌落下来，把脖子给扭断了。

这两个水手检查了一下他的口袋，那个职员站在边上，由于惊吓过度而浑身发抖，脸看上去像生面团，他感到头皮发麻，手脚不停地颤抖着，好像瘫痪了一样。看到两个活人的手不停地掏一个死人的口袋，他的心中莫名地感到害怕，他想他宁愿不要一周的薪水，也不愿为长官进行这样一次冒险。

在征收员的口袋里，他们发现了一卷烟草、一个色彩鲜艳的红色大手帕、一个装满了铜币和银币的钱包、一个仍在“滴答滴答”走个不停的银表，还有一根涂满了焦油的绳子和一把折叠式小刀。

但是，那个一直被征收员当做巨大荣耀，作为他美德象征的金鼻烟盒却不见了。

三

弗雷德里克·敦伯恩是克兰德涅伯爵的二儿子，他和两个朋友——布莱森顿舰长和乔治·菲特州一起在船上工作，在一个任期内就赚了大约六百英镑。结束任期后，他们在伦敦一个遥远的地方狂饮了一夜，随后，他们在约克角登上船，开始了恶作剧。在船上，三个年轻的绅士大喊大叫，玩得十分开心，他们偶尔也会跑到船的一侧，向过往的船只和船上的人开开玩笑。

一开始，一切进展得十分顺利，过往船只上的人要么报以哈哈大笑，要么生气地朝他们大喊大叫。后来，他们遇上了一只看上去像是荷兰人的快艇，装载着一些半醉的船员，在水流中缓慢地前行，进入了港口。那只船的船尾上有一个人，看上去是舰长，当然，因为灯光昏暗，加上薄雾笼罩，月光又很朦胧，顿伯恩也不太敢确定。那个人脸盘很大，皮肤被晒得发红，尖脑袋上戴着一顶污秽不堪的皮帽子。面对年轻绅士们的挑衅，每当两只船有一两分钟的时间离得足够近时，他就向他们说脏话，让他们安静下来。看得出，如果有机会的话，他肯定会向敦伯恩头上扔布丁，如果有一分钟两船能在一臂距离内的话，他肯定会把锚冠扔到三个人那里。

布莱森顿舰长发誓，他能够马上解决这个问题，于是，他向水手下达了一个命令，当敦伯恩意识到发生了什么的时候，两只船已经在并肩前行了，船舷上缘相距只有一英尺。敦伯恩命令自己船上的水手用船桨击打另一只船上的船员，他自己也抓住了那个戴皮帽子的人的衣领。敦伯恩死命地打了那张脸两下子。在月光下，他看到血已经从那个被打的人的鼻子里流了出来，他的这一击没有得到任何回击，只是耳朵里传来了最可怕的诅咒声。紧接着，这只船快速地漂移，年轻的绅士被挂在了船舷上缘，在冰冷的河水中摇晃着。后来，有一个人用系索栓或木棍击打他的头，这一击让他眼前一黑，眼冒金星，马上失去了知觉。没有人可以告诉他，他到底昏睡了多长时间，但当他醒过来的时候，他马上意识到周围发生了什么事情，他被关在了一个房间里。这个房间的墙上到处是黄色的脏油污，他自己躺在了一张脏兮兮的、发出异味的床上，他很后悔自己恢复了知觉。他看了一下自己，发现他的衣服已经被脱去了，现在套着一件只有一只袖子的衬衫，穿着一条破烂不堪、几乎无法掩羞的裤子。他躺在那里，非常沮丧，好像自己被扔进了一个腌菜缸里，他确定自己听到了一阵骚动和叫喊声，还有玻璃杯叮叮当当碰撞的声音，好像从下面的酒吧中传出来。在这些嘈杂的吵闹声中还不时地夹杂着诅咒声和跑调的歌曲声。受伤的头部一阵巨痛，好像要裂开一样。他感到非常口渴，便大叫起来，一个肥胖的独眼女人应声进来，递给了他一杯东西，他贪婪地喝了下去（这些饮料可能是一些麻药），便再次陷入了昏睡状态。

后来，当他第二次醒来的时候，他开始思考。他发现自己在一个双桅船“先知丹尼尔号”上，从名字上推断，他觉得这艘船一定是美国的，看到船尾向西，应该是驶向巴尔的摩的。风很大，船正迅速地驶向了遥远的、未知的国度。他能看到的只是无边无际的、可怕的大海。敦伯恩发现自己仍然穿着一只袖子的衬衫、破烂的马裤，仍然待在他第一次醒来时那个脏兮兮的房间里。不过，现在他的头上戴了一顶只有部分帽檐的破旧的帽子。他发现，自己忧愁混乱的外观发生了一点儿变化，胡子和头发都长起来了，头上原本像核桃一样大的肿块上被贴上了一块脏兮兮的橡皮膏。他知道，他现在看上去肯定和那些每天都从大城市的贫民窟和街巷里赶出来，被船运送到美国的不幸的人一样可怜。没过多久，他发现他的旅行结束了，马上就要被卖到马里兰种植园，成为契约佣工中的一员了。

现在我们的年轻绅士终于能够出去走走了，尽管身体虚弱、步履蹒跚，他还是坚持着爬起来，立刻去找船长，尽力向他解释发生在他身上的意外事件。他告诉船长他是克兰德涅伯爵的二儿子，如果船长让“先知丹尼尔”再次返回到英国的某个港口，为了高贵的二儿子，他的父亲肯定会补偿他为此所花费的时间。听完他说的这些话后，船长觉着他可能是喝多了，要不就是脑子出问题了，并没有理睬，而是再次把他打倒在甲板上，并让他回到该去的地方。

之后，可怜的敦伯恩就获得了“疯子”的称号，他们把英瑞格伯

爵的名字送给他。那些和他一样有着不幸遭遇的同伴为了给自己找点娱乐，不停地取笑他们认为倒霉透顶的同伴，老是逗弄他讲一讲他的冒险经历。

我们很难想象那些可怜、猥亵、不幸的人所施加给他的所有折磨。在这些恶意的取笑的刺激下，敦伯恩曾经承认，他可能会因为成为杀人犯而感到极大的满足。然而，他还是保持着自我克制，在理智和原则的限制下，控制着自己的情绪。幸运的是，他熟练地掌握法语和意大利语，因此，当他极度愤怒、无法控制自己的时候，就会用外语怒骂来惩罚自己，释放备受压抑的精神。因为只要他的同伴听明白他说的一个单词，就会暴打他一顿，有时几乎要了他的命。当然，他们一直把这些都当做一个疯子失去理智时的呱呱乱叫。

在航行途中，“先知丹尼尔号”遭遇了巨大的暴风雨，这场风暴完全超出了船长的预料。8月下旬，在一个暴风雨的天气里，他们终于看到了陆地。在新苏格兰贸易中从业多年的第一助手向船长建议，可以进入新希望港口，等到东南风平息下去再出海。船长接受了这个建议，到晚上的时候，他们停泊在了相对安静的港口中。

敦伯恩是一个游泳高手，经验丰富。那天晚上，当夜幕降临时，他从船上跳了下来，从双桅船底下潜水，慢慢游到了船的左舷处，而船上的人此时都在“先知丹尼尔号”的右舷处寻找他或他的尸体。他向陆地游了大约有一英里远。当黑暗笼罩的时候，他看到了一个古老的木制建筑，好像是一座教堂，在不远处的陆地上，还有一幢高大的、烟囱倾斜的砖瓦房。

美国这个地方的水冰冷刺骨，尽管敦伯恩过去习惯于游泳，但是当他游到了到处都是鹅卵石的海滩上时，他像一个死人一样躺了好长时间。寒气浸到了骨头里，他的四肢僵硬，几乎没有什么力气了。过了好久，他才慢慢地恢复了知觉，但双腿仍然不时地抽搐和颤抖着，几乎无法控制自己，浑身都在发抖。最后，他深深地叹息了一声，唤醒了自己，打量了一下四周的环境，感到很沮丧。尽管已经恢复了知觉，但无休止的潮水拍打海岸的声音让他心神不安。风很大，浪头很高，迅速地从港口撞击着海岸，泛起白色的泡沫。在巨大的风浪上方，是潮湿、阴沉的夜空，黑暗中，只看到又斜又密的雨线，让人感觉到阵阵的寒意。

透过薄雾和阴暗的覆盖，在黑夜的雨中，敦伯恩看到了很远处微弱的灯光。因为看到了附近有人类的存在，年轻的绅士显得十分高兴，马上集聚起全身的力量，站了起来，过了一会儿，开始慢慢地爬上了海岸之间的石山，向那丝微弱但却振奋人心的亮处走去。

经过与暴风雨的艰苦搏斗，他最终到达了这个黑暗的、四方形的、闪耀着灯光的建筑处。他看到的这个建筑是一个两层楼的小木制教堂，第一层的百叶窗紧闭着，好像是从里面拧上了螺钉。上面的窗户开着，就是从那里发出的光亮指引着他，从海滩上走到了这里。木制的台阶很高，在雨中十分湿滑，他到了一个很小的、附加的走廊或者是前厅上，来到了教堂的第二层，那里有一扇门，紧紧地关着。

站在那里的时候，敦伯恩似乎能够分辨出一个无趣的男人的声音，他觉着这可能是一个传教士。年轻的绅士，就像大家想象的那样，处于了危险的境地当中。此时，他脸没有洗，胡子没有刮，唯一的衣服就是在整个旅途中他一直穿着的那件破烂的衬衫和仅能蔽体的马裤。这些破旧肮脏的衣服因为湿了，紧紧地贴在了皮肤上，令人感到很不舒服。但他承认自己没有足够的心理承受能力，去忍受来自陌生人鄙夷的眼神所带来的巨大痛苦。因此，他在教堂前厅里找到一个地方，将自己蜷缩在角落里，裹紧了破旧的衣服，决定在那里寻找一点儿暖意，驱逐寒冷和冷风的侵袭。当他蜷缩在角落时，听到了那个巨大建筑里传出来许多呆滞、叹息的声音，然后，不时地传来许多铁链子的叮当声。令他意想不到的是，他附近的门突然打开了，一个人打着灯笼走了上来，一束微弱的红光照亮了通道，另一个人影紧跟着他走了上来。敦伯恩已经意识到，这是一伙没有得到保护的悲痛的裸体的人。当他们出来的时候，从身后昏暗的光线下，可以看到大体的轮廓。这些不幸的人可怜地叹息着、呻吟着，发出单调的哀号声，他们的手腕全都被锁住了，每两个人锁在一起。当他们从敦伯恩附近经过时，从房间里、从那些经过他身边的不幸的人身上传来浓郁的恶臭，几乎要把他熏倒了。

当最后一个可怜的人从那个可怕的房子里走出来的时候，突然传出了巨大的喊声，离敦伯恩很近，把他耳朵震得嗡嗡响，这个声音大叫道："一共26个！"即刻，从里面射出的灯光就熄灭了。

紧接着周围又暗了下来，恢复了寂静，这时，除了窗外刷刷的雨声、雨点打在屋顶上的啪啪声、雨水沿着屋檐流到地下水坑的声音外，敦伯恩再也听不到其他声音了。

然后，他站了起来，对于自己刚才的发现感到非常诧异。这时，突然传来一声巨大的、令人吃惊的撞击声，好像是活板门跌落了下来。昏暗房间里又亮起了灯火，好像是一个人拿着灯笼出来了。接着又传来一声叮当声，好像是钥匙的声音，然后又传来逐渐走近的脚步声和两人的谈话声。突然有两个人的身影出现在前厅，一个人拿着船上用的灯笼，他身后的另一个人关上门，并把门锁上了。看得出来，他们并没有发现敦伯恩，正打算转身离开。突然，从灯笼的顶部射出的光线照在了一张苍白、忧郁的脸上，敦伯恩立即意识到自己被发现了。

紧接着，灯笼被移到了他的眼前，在灯光中，他看到一只手枪迅速抵在了他的前额上。

此时，年轻绅士的性命危在旦夕，他的大脑一片空白，耳朵嗡嗡直响，好像周围飞着一大群苍蝇一样。突然一个声音打破了沉寂：“你是谁，你想干什么？”

“说实话，”敦伯恩说，“我不知道。”

“你在这里干什么？”

“我也不知道我在这里干什么。”

那个人把灯笼举了起来，灯光照在敦伯恩的脸上。然后，他的同伴问道：“你怎么到了这里？”

此时，敦伯恩正在考虑究竟要怎样回答他提出的问题。“这不是我的错，”他喊道，“在英国，我被打晕并被绑架了，他们准备要在巴尔的摩卖了我。那个载着我的船后来进了港口，想要等天气好的时候再出港，我就乘机跳下船，游到岸边，无意中就到了这里。”

“那么，你受过教育吗？按照你说的是这样吧。”

“是的，我受过教育，”敦伯恩说，“我受过相当好的教育，如果有机会的话，我会成为一个有身份的人。但那有什么用？”他绝望地喊道，“我宁愿没有受过这么多教育，就当是一个矮树丛里的乞丐，这样可能对我更好一些。”另外一个人又把灯笼朝着他晃了晃，看了看年轻的绅士狼狈的、赤着脚的样子。“我有一个想法，”他说，“你可以把头往墙上撞，不过现在我还有另一个想法，让你变得有用一些，我暂时先饶了你的命，看看你表现得怎么样。”

他更像是打趣似的说了这么多话。年轻的绅士大声地喊道：“我不会因为你饶了我的命就屈服于你，但我还是要说，你如果这次不杀我的话，可能再也没有这么好的机会了。”

这些话好像是搔到了另一个人的痒处，他突然爆发出一阵巨大的、沙哑的狂笑，紧接着，他把手枪拿了回来，重新放回了外套口袋里。“跟我来，我给你弄点儿吃的，找套体面点儿的衣服，这些都是你需要的。”他说。之后，他不再说话，转身和那个人离开了这个地方，一路上，他都没有发出一点儿声音。离开教堂一段路以后，两个人只简单地说了一句话就分开了。

刚才和敦伯恩说话的人在前面带路，年轻的绅士紧跟在他身后，两人穿过一片长长的潮湿的草地，在暴风雨的黑夜里走了很长一段距离，最后，到达了一个被围栏围住的场地，站在了那个用砖建造的巨大的、富丽堂皇的房子前。周围仍然一片沉寂。

那个神秘的带路人仍然提着灯笼，他直接把敦伯恩带上了一个宽阔的楼梯。打开门，带领着他通过了富丽堂皇的走廊，然后走到了前边的餐厅里。在那里，年轻的绅士看到一张长长的桃花心木的桌子，上面放了三四支蜡烛，还有雕刻着花纹的桃花心木餐具柜。那个引路人叫了一声，一个黑人仆人出现了，房子的主人命令他去为这个不幸的客人拿一些面包、奶酪和一瓶朗姆酒。这个仆人马上转身离开了。主人悠闲地坐了下来，打量了敦伯恩好长时间，然后他突然问年轻绅士叫什么名字。

敦伯恩并没有回答他的问题，因为之前在船上他告诉了别人事实，却遭到了悲惨的辱骂，他不知道现在是应该承认还是否认自己的身份。他并不擅长说谎，因此稍微犹豫了一下，决定隐名埋姓。作出决定后，他说他的名字叫汤姆·罗宾逊。然而这个人既没有注意到他的犹豫，也没有注意到他的假名，相反却陷入了沉思当中。他命令年轻的绅士坐下，把他遭遇的冒险故事告诉他。他建议他实话实说，不论这些事情有多么不体面，都不要隐瞒。“确实，”他说，“不管你犯了什么罪，你的罪恶越让人无法忍受，我越高兴，因为只有这样你才能够帮助我达到我的目的。”

得到了鼓励，年轻的绅士尽量去迎合主人，开始胡乱编造一些故事。当然其中大部分情节来自他搜集的有关杰克上校的故事，有的情节也来自斯莫利特先生写的关于弗迪南德的小说。故事里头的他恶贯满盈、卑鄙无耻。同时，让他吃惊的是，他发现说谎并不像他想象的那么难。这位主人一句话也不说，听了很长时间，最终，他不得不让这个忏悔者停下。“告诉我事实，先生，”他大叫，“我一点儿也不相信你说的话，但是我很满意在你身上发现的一样东西，我有理由相信，你是一个最荒谬的撒谎者，你很像很久以前我遇到的一个人。但我敢确定，一个能够在说谎时保持平静的人是可怕的，就像你做得那样。即使你没有犯过罪，没有做过什么背叛行为，但你能够自如地说谎，这非常适合我的要求，虽然我宁愿让你成为一个逃跑的罪犯，或者杀人犯，或者小偷。”

“先生，”敦伯恩严肃地说，“很抱歉，我可能不符合你的要求，就像你说的，我也发现撒谎很简单，如果你给我足够的时间，我敢说我能够在其他或更多犯罪事件中成为专家，来满足你的想象力。我不能让自己成为一个杀人犯，我也不愿成为一个纵火犯，但我能够轻易地学会在玩牌时作弊，或者，如果能够让你高兴的话，我也可以伪造你的名字弄张100英镑的支票。不过，我完全不知道为什么你要选择我来做一件邪恶的、毁坏名声的事情。”

听到这些话，那个人哈哈大笑起来。“我保证，”他叫道，“你是我见到过的最冷静的坏蛋。但是，来吧，”他迅速冷静下来，说，“你说你的名字是什么？”

“先生，我得声明，”敦伯恩坦白地说，“我已经完全忘记了，我的名字是汤姆还是约翰·罗宾逊。”

那个人再次大笑起来，“好，”他说，“这有什么关系？托马斯或者约翰，都一样。我明白你是一个粗鲁、污秽的乞丐，我相信你会成为一个逃亡的仆人。即便像你说得最坏的那种情况，不管怎样，你都很适合我的要求。至于名字，我会给你起一个合适的，也将是最好的名字。

在这个房子里，我会给你一个家，给你足够穿三个月的衣服，让你看起来像个贵族。你可以过上最好的生活，接触殖民地里很多上流社会的人。但前提是你要按照我教你的那样做来度过这三个月，我会好好款待你的，怎么样，成交吗？”

敦伯恩坐在那里严肃地想了一会儿，“首先，”他说，“我必须知道你给我起什么名字。”

那个人怀疑地看了看他，然后，好像突然作了决定，大声说道：“什么，那又怎么样？它是什么？为什么我要害怕？我告诉你，你的名字是弗雷德里克·敦伯恩，你是克兰德涅伯爵的二儿子。”

此刻，就算是一声惊雷落在敦伯恩的脚下，他也不会像听到这些令人吃惊的话时那样完全失去了说话的能力。在此后很长的一段时间里，他都不知道该看哪里，或者想些什么，他完全惊呆了。这时，黑仆人走了进来，带来了一瓶朗姆酒和面包、奶酪。听到开门声，年轻的绅士才从震惊中回过神来，突然哈哈大笑起来，这个声音听起来这样刺耳、不和谐，以至于俄巴底亚上尉紧盯着他，好像他的这个粗鲁的交易人突然失去了理智一样。

四

贝琳达·贝尔福德是威廉·贝尔福德的独生女儿，这位年轻的女士看上去一点儿也不做作，她拥有尊贵的女人魅力。确实，许多杰出的鉴赏家都毫无异议地认为她是北方殖民地中最令人倾慕的美女。她中等身材，体形圆润，姿态优雅，令人过目难忘。她的头发是棕黑色的，非常柔软，有时会卷起来贴在雪白的脖子上，让人误以为是黑色的。她的眼球是咖啡色的，散发出足以将人熔化的、液体般的光泽；她的鼻子不大，却很挺拔细腻，似画龙点睛之笔，为她带来了无穷的魅力。不论在任何场合，只要她一出现，就会引起全场的关注，她的名字总是出现在北方省第一要塞城镇茶后饭余讨论的话题当中。

这天，贝尔福德夫人和她可爱的女儿愉快地招待了一帮朋友，度过了上流社会忙碌而令人愉快的早晨，大家吃着茶点，聊着天。突然，贝尔福德上校冲了进来，看上去非常兴奋，甚至表现得有点失态。

“亲爱的！亲爱的！”他大叫，“我给你带来了一个好消息！简直难以置信，不可思议！女士们，你们猜谁到了新希望？不，你们肯定猜不到，我不得不启发你们一下。弗雷德里克来了，伯爵的二儿子。是的，你看上去很吃惊，今天早上，也就是不到半小时前，我看到他了，也和他说话了。他正隐名埋姓在这里旅行，我的兄弟俄巴底亚认出了他，现在正在新房子里招待他。我听说来自要塞的很多官员都聚在那里和小伙子玩牌，掷骰子。那高贵的年轻绅士一看到我，就认出了我。‘这是——’他说，‘如果我没有认错的话，你一定是贝尔福德上校，我爸爸敬重的朋友。’”他接着说：“他是一个最有趣、最直率的年轻人，非常活跃，姿态优雅，非常像他尊贵的父亲。”

就像他想象的那样，这条消息立即引起了在场所有人的骚动，“亲爱的，”贝尔福德夫人一听到贝尔福德上校的消息，马上表现出极其夸张的惊奇，她大叫道：“亲爱的，为什么你不把他带过来让我们看看呀？你失去了一个这么好的机会！”

“说实话，亲爱的，”贝尔福德上校说，“我并没有忘记邀请他到这里，他肯定地说，如果不是因为和一些要塞来的年轻绅士有约会的话，没有什么事情比到这里更让他快乐的。但是，你要相信，我不会让他不确定下次来访时间就走的。明天下午两点，他将和我们共进午餐。贝琳达，亲爱的，”这时，贝尔福德上校注意到女儿的红扑扑的脸蛋，“你必须把你最好的状态表现出来，因为这是一个相当正式的场合。我确定，尊贵的绅士对于女性肯定有着一种独特的品位。”

“放心吧，爸爸，”年轻的女士活泼可爱地大叫道，“我不会让年轻的绅士看到任何一点儿不雅，我向你发誓，我保证。”她精神抖擞地说：“我不明白为什么他来新希望也不提前跟我们说一下，你是他父亲秘密的通信者呀。我也不相信叔叔俄巴底亚家的热情好客能够超过咱们家。”

“亲爱的，”贝尔福德上校冷静地说，“你说这些话说明你太轻率了，想想你的尊贵地位吧。不过，我得向你解释，他这次是意外来到美国的，肯定是偶然的，要不然他不会隐名埋姓，如果不是我的兄弟俄巴底亚认出了他，我们可能还不知道他的到来呢！他说，他一点儿也不想访问新希望，如果不是俄巴底亚上尉竭力相劝的话，他肯定不会来的。”

贝琳达小姐一直受到父母娇宠，并没有回应父亲的责备，而是傲慢地抬起了头，撅起了樱桃小嘴。

尽管年轻的女士一再强调自己会用非凡的魅力迎接他们期待的客人，但她依然没有因此减少考虑她受指责的那件事情。因此，当父亲把她带到尊贵的客人面前时，因为这种情绪的存在，她的脸色明亮，目光闪闪的，年轻的绅士一下子被吸引住了，站在那里呆呆地看着她，不知道该做些什么，他甚至忘记了拜访时应有的优雅举止。

不过，他很快回过神来，作了自我介绍，然后坐在餐桌旁，开始和这位女性伙伴进行自如、活泼的交谈，相互开开玩笑，他发现她的智慧丝毫不亚于她的女性魅力。

“确实，女士，”他大声说，“我现在要好好地感谢这次发生在我身上的意外事件。在从英国到美国的路上，很多事情出乎我的想象。这里的景色是多么漂亮啊！大自然是多么富饶啊！女士，看起来是多么优雅啊！”他激情澎湃地说，“你的国家真是一个天堂。”

“确实，先生，”年轻的女士也快活地说，“我不想把你的赞扬当做恭维的话，我保证我从来没有认识过一个年轻的绅士能够在困境中还没有停止享受天堂的生活。”

“固然，”我们的主人公说，“对于一个年轻人来说，能够到圣人的住所是一种奢望，更没有想到会和一位美女在交谈——”

“你确定在英国有美女吗？”年轻的女士问，“在美国，你必须满足于现行宪法框架内的上流社会的要求。”

“的确，小姐，”年轻绅士说，“你的话让我不得不坦白，在上流社会中，我所做的事情大多是为了满足于自己的兴趣爱好，很少有机会去和美女交流。”

除了活泼的玩笑之外，有时谈话中也会伴随着严肃一点的话题。总之，年轻的绅士愉快地吃完了午餐。饭后，他们在凉亭里抽了袋烟，在花园里散散步，最终敦伯恩完满地完成了自己的表演，在往回走的时候，他觉得自己非常高兴、非常快乐。她的才智，是多么敏锐呀！她的外表，是多么漂亮呀！他傻笑着，沉浸在愉快的回忆当中。

年轻的绅士受到上天的眷顾，拥有高大挺拔的身材，高高的鼻梁，漂亮消瘦的脸颊，一看就知道受过良好的教育。对于贝琳达来说，她以前从来没有见到过能够超越理查德小说里所描写的那么优雅、高贵的绅士。她自己并不知道，他已经深深地烙在了她的记忆中。她尽力去掩盖自己的情绪，但却显得那么苍白无力。此时，如果有人发现了她的想法，她肯定会感到万分羞辱的。

尽管我们的女士在傻傻的梦中享受着这种快乐，读者一定会明白，她如此尊贵，肯定会掩盖住自己这些愚蠢的、浪漫的幻想，为它盖上精致的外衣。她要让他在第二天下午见到她时，比上次对她着迷十倍。

毫无疑问，年轻的女士十分懂得如何充分利用这样的机会，她在取悦异性方面有着丰富的经验，既能让对方感到甜蜜，又能让他们倍感折磨，在夜里吸引他们如炬的目光，在白天让他们产生奇异的幻想。

就这样到了月底，年轻的绅士不知道这种生活能继续几周还是几年，沉迷于甜蜜之中的他已经不再考虑时间，其他人都认为他已经被上流社会吞噬掉了。他不愿意像往常那样玩牌、掷骰子了，对于要在贝尔福德宫殿里与上流社会的人消磨时光，他也越来越失去了耐心，一从他们中解脱出来，他就会再次沉迷于自己的激情当中。

同时，俄巴底亚上尉也习惯了他的客人的存在，他对于自己的可怕的事业没有做任何伪装，不断地让这一地区的人们陷入恐惧之中。当然，这个西印度群岛人一直在暗中观察着自己的食客们。

十月的一天，天气很好，年轻的绅士花费了大半个下午的时间在上流社会中应酬。尽管树叶已经凋零，但是穿过稀疏的树枝，他能够看到金色的阳光发出迷人的光彩。我们的主人公激情涌动，每次从她家离开时，他都好像羽毛一样飞了起来，也不知道是阳光带来的温暖，还是由于激情的燃烧而感到浑身发热。

一天，他取道老礼拜堂返回到他看来可憎的家中。突然，他碰到了资助人俄巴底亚船长正在指挥人埋葬三个在他邪恶的商业贸易中惨死的受害人，他们死于那天下午，其中两个已经被埋葬了，第三个人也被扔到了新挖的墓穴中，周围的人正在往里面填土。俄巴底亚就站在附近，悠闲冷静地抽着烟。在斜阳下，他的红色衣服看起来像一团火焰一样。他双手交叉扶着象牙头的手杖，当我们的主人公走近时，他转过身来，用邪恶的表情看着他，咧开嘴笑着，像小丑一样向他问候，一看就没安好心。“今天下午我们可爱的人过得怎样？”俄巴底亚船长问。

你可以想象当一个正在天堂快乐漫步的人突然一下子被打到了污秽的地狱中是什么样的感觉，你就会明白我们主人公此刻心中的厌恶和反感之情。他正在饶有兴致地思考着，突然从爱情的美梦中惊醒，发现自己站在了冷酷、猥亵的资助人面前，耳朵里还传来了他粗鲁的问候。

他承认自己并不敢马上回答他的主人，于是，他一句话也没有说，就转身走开了。

然而，他并没有这么轻松地躲过去，还没有走出二十步，就听到后面传来了脚步声。他转过头去，发现俄巴底亚船长正匆忙地跟了过来，晃动着他的手杖，不停地朝他痴痴地笑着，好像看到了最滑稽诙谐的事情。“怎么了！”他匆忙地喘了口气，大叫道，“怎么！怎么！你不回答，你这个坏蛋！你眼睛瞎了！你以为你真的是贵族的儿子？过来，过来，不要惹恼我，孩子！我并不是一个冷酷的主人，我能听到风如何吹，我一直在看着你的所作所为。我知道谁是你的爱人，哈哈，你这个小坏蛋！你爱上了我的侄女，是不是？嗯，苹果熟了，你该摘了。结婚吧，该死的，如果你把她掌握在手中为我服务的话，我会在结婚那天给你20英镑。现在你以为你是谁，穿着借来的衣服的污秽的乞丐？”

年轻的绅士突然停了下来，脸上充满了痛苦之情，一想到父亲的愤怒，他马上把自己从情网中拉了出来。“俄巴底亚·贝尔福德船长，”他说，“你是我一生之中见到过的最无耻的恶棍，但是，如果我有幸得到年轻女士的欢心的话，我就是死了也不会为你服务的！”

听到这些话，俄巴底亚船长并没有被他这些诚实的话所触怒，反而狂笑起来，头朝后仰着，下巴在阳光下夸张地抖动着，阳光照耀在他宽阔、像巨穴一样的咽喉上。

五

克兰德涅伯爵的二儿子弗雷德里克·敦伯恩将要与新希望的威廉·贝尔福德上校的独生女儿贝琳达·贝尔福德结婚的消息迅速传了出来，引起了整个北美洲殖民地人的巨大兴趣。

结婚的日子已经确定了下来，一切也都已经布置好，按照最高的规格招待前来的上流社会的客人。俄巴底亚船长并没有参加仪式，或者过来吃早餐。我们的船长在他那巨大房子的大厅里徘徊着，抽着烟，打着响指。看到自己阴谋即将得以实现，他禁不住哈哈大笑起来，他相信自己已经控制住了他的兄弟贝尔福德上校。

结婚的日子终于到了，喜宴盛况空前，充分显示了贝尔福德上校家的富足和高贵。在举行喜宴的时候，客厅和餐厅之间的巨大折叠门被打开了，里面放了一张有两套单元房那么长的桌子，上面摆满了华丽精致的盘子和瓷器。桌子旁聚集了许多著名的人物，场面之壮观非比寻常。

在桌子上首那里，年轻的夫妻容光焕发，完全沉浸在当前的快乐和幸福之中，根本不去考虑将来会是什么样子。

正当喜宴达到高潮之时，走廊里突然传来争吵声，有人在询问发生了什么事情。这时，俄巴底亚·贝尔福德闯进了房间，摇晃着他的象牙头手杖，一看就是心怀不轨的样子。他直接面朝新郎致辞，丝毫没有理会其他任何人。他大叫道："尽管我不想打破这种快乐的场面，但我还是会按照我的承诺给你钱的，这是我承诺在你娶我侄女之后付给你的20英镑。"

然后，他从丝绸钱包里拿出一堆金币，送到了新郎的桌子旁。年轻的绅士站了起来，非常礼貌地鞠了一躬，把钱放进了口袋里。

"现在，年轻的绅士，"俄巴底亚船长握起手，把手杖夹在腋窝，眉毛下就是他那充满恶意的夸张的眼神，他大叫道，"现在，年轻的绅士，可能你应该会很愿意向在座的女士们和先生们说明一下你为我提供的服务，因为我已经支付给你钱了。"

"我当然很愿意，"我们的主人公大声说，"这是在这个世界上我最愿意做的事儿。"

大家都安静了下来，对于入侵者异常的议论感到十分惊奇，甚至连仆人也都拿着盘子站在那里想听一听到底是怎么回事儿。新娘突然感到一种无法言喻的焦虑，脸色越来越苍白，她伸出手，紧紧地抓住了爱人的手，新郎也欣然握住了她的手。至于贝尔福德上校和夫人，根本不知道这些谈话意味着什么，他们像石头一样坐在了那里，一个面如死灰，一个脸上涨得通红。不过，年轻的绅士显得十分冷静，他用手指了指入侵者，宣布："俄巴底亚船长、先生们女士们，你们看一看，这是我一生中遇到的最无耻的恶棍，他不但跟踪我尊敬的岳父贝尔福德上校，而且还对无辜的品德高尚的年轻女孩——我现在的妻子进行报复。这是一个多么无耻的人啊！但是他的诡计走过头了，他用绳子绊住了自己的脚，我将告诉你我的真实故事，他曾经逼我说，但我一直没有说。我现在说完，你也可以为你自己辩护。"

听到这些意想不到的话，俄巴底亚船长胜利的表情渐渐消失了，脸拉得越来越长，最后脸上阴云密布，显得焦虑万分。他已经丢失了1000英镑，他已经无法掩饰自己的羞辱和沮丧。在听的过程当中，他也曾露出恶意的笑容，年轻的绅士开始讲述自己的冒险经历，从和两个同伴在纽约离散开始讲起，告诉了人们那些难忘的冒险。当他讲的时候，俄巴底亚的脸就像调色板一样，从自然的棕色逐渐地变得蜡黄，然后变成铅灰色，后来变成了死人般的颜色，他简直快被气晕了。大滴大滴的汗珠从额头上流了下来。最后，他再也不能忍受了，用巨大的、刺耳的声音，大叫道："撒谎，太荒谬了！他是我从雨中救回来的逃亡的乞丐仆人，现在他来反对我，我曾经那么仁慈地对待他。"

"先生，"年轻的绅士回答道，声音舒缓而放松，"我说的并不是谎言，而是事实。如果你对我的实话有任何怀疑的话，这里有一封信，是我尊敬的父亲寄给我的。贝尔福德上校，你非常熟悉我父亲的笔迹，你看一看，告诉他我是否在骗你们。"

听完这些话，贝尔福德上校好像瘫痪了一样，颤抖着双手拿起了信，当他看到之后，所有的疑虑立刻被消除了，情绪也马上从震惊、紧张中放松下来。

在这期间，年轻的绅士转向俄巴底亚上尉，大声说道："先生，我确实是上帝派到这里来揭穿你邪恶面具的人，"他那善良而恳切的表情赢得了所有人的敬意，他继续说："我和你在一起度过了令人厌恶的三个月，我了解你的生活习惯、你生活环境的各种细节，我对你的了解就像你自己了解自己一样。我现在要告诉大家，你是如何恶劣地、冒渎地把老自由恩典礼拜堂变成了一个奴隶的围栏。在那里，你已经同西印度群岛进行了一年多邪恶的、最不人道的奴隶交易。"

听到这些，俄巴底亚上尉突然开始为自己辩护了，他狂笑着。"那又怎么样？"他大叫道，"这里有什么邪恶的事儿？我只是向甘蔗种植园提供一些黑奴而已！如果机会允许的话，这里有人会做得比这好吗？我只是做一些奴隶贸易，并没有违法。"

"我感到很惊奇，"年轻的绅士说，"我很惊奇你可以轻易地忽略掉这样邪恶的事情，我亲自数了一下，在罗德岛已经有五十多个牺牲品了。忏悔吧，先生，现在还有时间。"

对于这个恳请，俄巴底亚上尉并没有回答，反而爆发出一阵最为恶毒、最厚颜无耻的笑声。

"好吧！"年轻的绅士说，"你敢让我再继续揭露你吗？我这里还有另一个证据，可能会让你好好考虑一下。"说完，他从口袋里掏出一个用白纸包装的小包裹，打开让大家看了看，这是一个明亮、华丽的东西。"这就是，"他解释道，"我在俄巴底亚上尉的写字台上找蜡封信时发现的东西。"这就是已故的古德郝斯征收员的金鼻烟盒。"先生，"他叫道，"你要如何解释这个东西为什么会出现在你的家里？看，盖子上刻了所有者的名字和他救了我一命的情况。看到这个东西的第一眼就立刻引起了我的注意，因为我回忆起我的父亲让我把这个给救命恩人。它怎么到了你的手里？为什么你一直这么小心地藏着它？先生，从古德郝斯先生之死，我猜想你一定有比贩卖奴隶更罪恶的事情。你的奴隶贸易船上的莫里斯上尉一从牙买加返回来，我就把他逮捕了，逼他说出关于古德郝斯不幸被谋杀的所有情况。”

看到年轻绅士拿出的意想不到的物品时，俄巴底亚的下巴垂了下来，他那深穴一样的嘴张了张，却什么也说不出来了，就好像突然被击瘫了一样。他举起了颤抖的手，慢慢地、机械地摸着那个被火药熏黑的下巴，然后，他突然集中精神，恢复了一度从他身上消失的力量，大声叫道：“我向上帝发誓这是一个意外，我是把他推下了楼梯，但是他跌了下去，自己扭断了脖子。”

年轻的绅士看着他，满脸冷笑。“先生，”他说，“你应该有机会向合适的部门去解释这个意外，除非，”他又说，“你选择从这个地方离开，逃避法律应该给你的公正惩罚。”

俄巴底亚咆哮道：“不管你要怎样，我都不会屈服！我会活着看你受到折磨！我会——”他张开嘴，结结巴巴地说，但却不知道该用什么样的话语来表达自己的愤怒和失望。然后他猛烈地挥着手，推开身边围观的人，转身迅速地走出了房子，留下了一连串的咒骂。

他的到来破坏了喜宴的喜庆气氛，但是刚才年轻的绅士所说的一切却化解了他一进来时给大家带来的巨大疑惑和焦虑，让人们不再考虑这些琐碎的细节。

至于年轻的绅士，他从冒险中走了出来，举止如此高贵、气度如此宽宏正直，使现场的人对这个年轻人有如此的判断力感到十分钦佩。他的新娘，如果在以前把他看成帕里司和阿基里斯合二为一的人的话，那么现在她认为除此之外，还应该加上智慧的内斯特。

俄巴底亚上尉尽管对敌人暴跳如雷，尽管一再表明要坚持自己的决定，不管结果会怎样，但是没过几天，他突然从新希望神秘地消失了。无论是因为他怀疑自己的正直而不能自制了，还是对自己的图谋失败感到羞耻，反正很明显，他的目的没有得逞。在一个月的时间内，他把更多的财产从他的房子里转移走，装好带到了港口，运到了没有人知道的地方。从此以后，俄巴比亚上尉再也没有在这个地方出现过。

从那以后，老礼拜堂再也没有受到打扰，不过，尽管这个魔鬼已经从他的住处被驱逐出去了，但是老教堂却一直没能祛除他带来的邪恶的名声，直到前面所讲的故事发生十年以后，这个房子才在一场大火中被烧毁了。

在故事即将结束的时候，我们必须说明一点，当尊贵的弗雷德里克·敦伯恩把他的妻子带回高贵的家庭时，一看到她的美丽与活泼，大家就马上忘记了她比敦伯恩的身份地位低的这样一个事实。在不到两年的时间之内，他的哥哥卡瑞克福德在佛罗伦萨因生活过度放荡而死亡，因此，年轻的绅士成为了父亲爵位的唯一法定继承人，这个家庭的两个分支终于合二为一。

图书在版编目（CIP）数据

海贼王/(美)派尔著；梦迪译.—北京：新世界出版社，2012.7
ISBN 978-7-5104-3098-5
Ⅰ.①海… Ⅱ.①派… ②梦… Ⅲ.①长篇小说—美国—现代
Ⅳ.①I712.45
中国版本图书馆CIP数据核字(2012)第146203号

海贼王

作　　者：(美)派尔
责任编辑：杨　磊　　李楠杨
封面设计：王　鑫
责任印制：李一鸣　　黄厚清
出版发行：新世界出版社
社　　址：北京西城区百万庄大街24号（100037）
发 行 部：（010）6899 5968　（010）6899 8705（传真）
总 编 室：（010）6899 5424　（010）6832 6679（传真）
http：// www.nwp.cn
http：// www.newworld-press.com
版 权 部：+8610 6899 6306
版权部电子信箱：frank@nwp.com.cn
印　　刷：北京华忠兴业印刷有限公司
经　　销：新华书店
开　　本：880×1230　1/32
字　　数：191千字　印张：7.5
版　　次：2012年9月第1版　2012年9月第1次印刷
书　　号：ISBN 978-7-5104-3098-5
定　　价：28.80元